COLEÇÃO MISTÉRIO & SUSPENSE

BRAM STOKER

DRÁCULA

VOLUME 2

5ª edição

Tradução
Adriana Lisboa

EDITORA
NOVA
FRONTEIRA

Título original: *Dracula*

EDITORA NOVA FRONTEIRA PARTICIPAÇÕES S.A.
Rua Candelária, 60 – 7º andar – Centro 20091-020
Rio de Janeiro – RJ – Brasil – Tel.: (21) 3882-8200

IMAGENS DE CAPA: Arte feita a partir de Fujhine. std | Freepik; Roberto Castillo | Shutterstock; Thomas Sandberg | Shutterstock; Nosyrevy | Shutterstock; KsanaGraphica | Shutterstock.
IMAGENS DE MIOLO: Arte feita a partir de Fujhine. std | Freepik; Roberto Castillo | Shutterstock; Thomas Sandberg | Shutterstock; Nosyrevy | Shutterstock; KsanaGraphica | Shutterstock; Mossolainen Nikolai | Shutterstock.

DADOS INTERNACIONAIS DE CATALOGAÇÃO
NA PUBLICAÇÃO (CIP)
(CÂMARA BRASILEIRA DO LIVRO, SP, BRASIL)

Stoker, Bram, 1847-1912
Drácula : volume 2 / Bram Stoker ;
tradução Adriana Lisboa. -- 5. ed. -- Rio de Janeiro :
Nova Fronteira, 2020. -- (Coleção Mistério e Suspense).
256 p.

Título original: Dracula
ISBN 978-65-5640-065-5

1. Drácula, Conde (Personagem fictício)
2. Ficção irlandesa 3. Vampiros - Ficção
I. Título. II. Série

20-40005 CDD-Ir823

Índices para catálogo sistemático:
1. Ficção : Literatura irlandesa Ir823
Maria Alice Ferreira - Bibliotecária - CRB-8/7964

CAPÍTULO 14

Diário de Mina Harker

23 de setembro – Jonathan está melhor após uma noite ruim. Estou feliz que ele tenha bastante trabalho a fazer, pois isso mantém sua mente afastada daquelas coisas terríveis. E, ah, estou satisfeitíssima que ele já não esteja se sentindo oprimido pela responsabilidade de sua nova posição. Sabia que ele seria fiel a si mesmo, e como estou orgulhosa, agora, ao ver meu Jonathan elevar-se à altura dos progressos que fez e manter-se a par, em todos os sentidos, das obrigações que assumiu. Ficará fora o dia todo, até tarde, pois disse que não poderá vir almoçar em casa. Já cumpri minhas tarefas domésticas, portanto, vou pegar esse diário escrito no exterior e trancar-me em meu quarto para lê-lo...

24 de setembro – Não tive condições de escrever ontem à noite; aquele terrível diário de Jonathan me abalou demais. Pobre querido! Como deve ter sofrido, independentemente de ter relatado fatos reais ou frutos de sua imaginação. Pergunto-me se há alguma verdade em tudo aquilo. Será que ele já sofria de meningite e então escreveu todas aquelas coisas terríveis, ou será que tinha de fato motivos para fazê-lo? Suponho que jamais venha a saber, pois não ouso tocar nesse assunto com ele... Aquele homem que vimos ontem, contudo! Jonathan parecia bastante seguro a respeito dele... Pobre rapaz! Acho que o funeral o abalou e lhe trouxe de volta à mente pensamentos antigos...

Ele próprio acredita em tudo. Lembro-me de como falou, no dia de nosso casamento: "A menos que alguma necessidade urgente me obrigue a recordar as horas terríveis, fruto do sono ou da vigília, da loucura ou da sanidade." Parece haver alguma continuidade em tudo isso... Aquele conde assustador vinha para Londres... Se for assim, e ele tiver vindo para esta cidade, com seus atraentes milhões... Talvez haja uma necessidade urgente; se for verdade, não devemos nos acovardar diante dela... Estarei preparada. Vou pegar minha máquina de escrever imediatamente e começar a transcrição. O diário estará pronto para que outros o leiam, se preciso. E se assim quiserem. Então, se eu estiver preparada, talvez o pobre Jonathan não fique abalado, pois posso falar por ele e jamais permitir que ele fique preocupado ou alarmado com nada disso. Se um dia ele superar o nervosismo, talvez possa querer me contar tudo, e posso lhe fazer perguntas e esclarecer detalhes, e ver o que faço para reconfortá-lo.

Carta de Van Helsing a Mrs. Harker
24 de setembro.
(CONFIDENCIAL)

Cara senhora,

Peço que me perdoe por lhe escrever, eu que antes assumi a tarefa de lhe transmitir a triste notícia da morte de Miss Lucy Westenra. Graças à gentileza de lorde Godalming, recebi o direito de ler todas as suas cartas e papéis, pois estou profundamente interessado em certos assuntos de importância vital. Em meio a essa papelada, encontrei algumas cartas suas, que mostram como as duas eram amigas e como a senhora a amava. Ah, madame Mina, imploro-lhe, em nome desse amor, que me ajude. É pelo bem de outras pessoas que lhe faço esse pedido – é para reparar grandes males e evitar muitas e terríveis desgraças, que talvez sejam maiores do que a senhora possa conceber. Seria possível nos encontrarmos? Pode confiar em mim. Sou amigo do dr. Seward e de lorde Godalming (este último era o Arthur de Miss Lucy). É preciso que no momento esse encontro seja estritamente confidencial. Partirei para Exeter imediatamente se a senhora me autorizar e me disser onde e quando podemos nos encontrar. Imploro-lhe que me perdoe, madame. Li suas cartas para a pobre Lucy; sei quão bondosa é a senhora e como seu marido sofre; rogo-lhe então que, se possível, não lhe diga nada a esse respeito, para evitar quaisquer males. Mais uma vez, minhas sinceras desculpas.

Van Helsing

Telegrama de Mrs. Harker a Van Helsing

25 de setembro – Venha hoje no trem das 10h15, se conseguir chegar a tempo. Posso vê-lo a qualquer hora. Wilhelmina Harker.

Diário de Mina Harker

25 de setembro – Não posso evitar uma terrível perturbação à medida que se aproxima a hora da visita do dr. Van Helsing, pois de certa forma imagino que vá esclarecer um pouco a triste experiência de Jonathan; e, como ele cuidou da querida Lucy em seus momentos finais, poderá me contar tudo sobre ela. Essa é a razão de sua vinda: quer conversar sobre Lucy e seu sonambulismo, e não sobre Jonathan. Então eu agora jamais saberei a verdade! Como sou tola. Aquele terrível diário se apossa da minha imaginação e projeta sua sombra sobre tudo o mais. É claro que é sobre Lucy. O hábito retornara à minha pobre querida, e ela deve ter adoecido naquela terrível noite no penhasco. Quase me esqueci, envolvida como estava em meus assuntos particulares, de como ela ficou doente após aquela noite. Deve ter contado a ele a respeito de sua aventura sonâmbula no penhasco, e também que eu sabia tudo a respeito; agora ele quer que eu lhe diga o que sei, para que ele possa compreender melhor. Espero ter agido corretamente não dizendo nada a Mrs. Westenra; jamais me perdoaria se alguma atitude minha, mesmo que a simples omissão, causasse algum mal à pobre Lucy. Espero que o dr. Van Helsing também não me recrimine; tenho tido tantas preocupações e suportado tanta ansiedade ultimamente que sinto não ser capaz de aguentar ainda mais, no momento.

Suponho que chorar às vezes nos faça bem – limpa o ar, como faz a chuva. Talvez eu tenha ficado abalada com a leitura daquele diário, ontem à noite, e agora Jonathan saiu pela manhã para ficar fora o dia todo e a noite também. É a primeira vez que nos separamos desde o casamento. Espero que ele se cuide, e que nada de desagradável ocorra. São duas horas, e logo o doutor estará aqui. Não direi nada sobre o diário de Jonathan, a menos que ele me pergunte. Estou satisfeita por ter datilografado o meu; assim, caso ele me pergunte sobre Lucy, posso mostrá-lo; isso poupará muitas perguntas.

Mais tarde – Ele veio e se foi. Ah, que encontro estranho, e como faz minha cabeça girar! Sinto-me como se estivesse sonhando. Será tudo isso possível, ou mesmo uma parte? Se eu não tivesse lido antes o diário de Jonathan, não aceitaria nem mesmo a possibilidade. Meu pobre Jonathan! Como ele deve ter sofrido. Deus permita que tudo isso não volte a alarmá-lo. Vou tentar evitar que ele saiba, mas talvez venha a ser um consolo e uma ajuda saber que seus olhos e cérebro não o iludiram, e que era tudo verdade – mesmo que isso seja terrível e as consequências possam vir a ser assustadoras. Talvez a dúvida o persiga, e, quando *for* esclarecida, não importa qual seja a verdade – se esteve ele dormindo ou acordado –, ele venha a ficar mais satisfeito e em melhores condições de suportar esse choque. O dr. Van Helsing deve ser uma boa pessoa, e também brilhante, se é amigo de Arthur e do dr. Seward, e se eles o trouxeram da Holanda para cuidar de Lucy. Sinto, após tê-lo visto, que ele *é* uma boa pessoa, gentil e de natureza nobre. Quando vier, amanhã, perguntarei a respeito de Jonathan; e então, se Deus quiser, toda essa tristeza e ansiedade talvez terminem bem. Eu antes achava que gostaria de praticar entrevistas; o amigo de Jonathan no *Exeter News* lhe disse que a memória é tudo nesse trabalho – o entrevistador deve ser capaz de anotar praticamente cada palavra que foi dita, mesmo que tenha que reescrever isto ou aquilo mais tarde. Esta será uma entrevista rara; tentarei registrá-la *verbatim*:

Eram 14h30, quando bateram na porta. Muni-me de minha coragem *à deux mains* e aguardei. Em poucos minutos, Mary abriu a porta e anunciou:

– Dr. Van Helsing.

Levantei-me e me inclinei, e ele veio a mim; um homem de peso médio, compleição forte, os ombros aprumados, peito largo e pescoço firme sobre o tronco, como a cabeça sobre o pescoço. O porte da cabeça impressiona de saída, pois parece indicar pensamento e poder; é uma cabeça nobre, bem-proporcionada, ampla e larga atrás das orelhas. O rosto, barbeado, revela um queixo duro e quadrado, uma boca ampla, resoluta e expressiva, um nariz de bom tamanho – reto, mas com narinas sensíveis, que parecem se dilatar quando as grossas sobrancelhas se franzem e os lábios se comprimem. A testa é larga e bonita, praticamente reta logo acima das sobrancelhas e depois curvando-se para trás sobre duas saliências bem afastadas – a testa é de tal modo constituída que o cabelo ruivo não consegue cobri-la, caindo naturalmente para trás e para os lados. Seus grandes olhos de um azul-escuro são bem afastados um do outro; tornam-se rápidos ou ternos, ou rígidos, de acordo com o humor dele. Disse-me:

– Mrs. Harker, correto?

Inclinei a cabeça, concordando.

– E antes era Miss Mina Murray?

Novamente fiz que sim.

– Vim ver Mina Murray, que era amiga daquela pobre menina, Lucy Westenra. Madame Mina, é para falar da falecida que estou aqui.

– Meu senhor – disse eu –, o fato de ter sido amigo de Lucy Westenra e de tê-la ajudado lhe confere justificativas suficientes.

Estendi a mão. Ele me cumprimentou e disse, afetuosamente:

– Ah, madame Mina, eu sabia que a amiga daquela pobre e delicada moça devia ser uma boa pessoa, mas ainda me faltava comprová-lo...

Terminou sua fala com uma mesura cortês. Perguntei-lhe qual o motivo exato de sua visita; assim sendo, ele imediatamente abordou o assunto:

– Li suas cartas para Miss Lucy. Perdoe-me, mas eu tinha que começar minha investigação de algum modo e não havia ninguém a quem consultar. Eu sabia que a senhora havia estado com ela em Whitby. Ela às vezes escrevia num diário. Não fique surpresa, madame Mina; o diário começou depois que a senhora partiu, Miss Lucy a estava imitando. Nesse diário, ela relaciona certos fatos a uma noite de sonambulismo, escrevendo que a senhora a salvou. Venho vê-la movido por uma grande perplexidade e lhe peço que me faça a gentileza de relatar tudo aquilo de que for capaz de se lembrar.

– Creio que posso lhe contar tudo, dr. Van Helsing.

– Ah, então a senhora tem boa memória para fatos, para detalhes? Nem sempre é assim com as jovens.

– Não, doutor, mas eu escrevi tudo na época. Posso lhe mostrar, se quiser.

– Ah, madame Mina, eu ficaria grato. A senhora estaria me prestando um grande favor.

Não pude resistir à tentação de fazer certo mistério – creio ser um vestígio do gosto da maçã original que ainda permanece em nossas bocas –, de modo que lhe entreguei o diário taquigrafado. Ele o apanhou com uma mesura cortês e perguntou:

– Posso ler?

– Se quiser – respondi, com o máximo de seriedade possível.

Ele o abriu, e por um instante seu rosto assumiu uma expressão consternada. Então, pôs-se de pé e fez uma mesura.

– Ah, mas que mulher esperta! – disse ele. – Já faz tempo que sei que Mr. Jonathan é um homem de muita sorte, mas veja só, sua esposa tem todas as qualidades. E será que a senhora não me fará a honra de prestar-me uma ajuda lendo isto para mim? Ai de mim! Não compreendo a estenografia.

A essa altura, minha brincadeirinha já terminara, e eu estava quase envergonhada; peguei a cópia datilografada de minha cesta de costura e a entreguei a ele.

– Desculpe-me – disse eu –, não pude evitar. Mas estive pensando que suas perguntas seriam acerca da pobre Lucy, e que talvez o senhor não pudesse esperar, e não por minha causa, mas porque sei que seu tempo deve ser precioso. Por isso, datilografei tudo para o senhor.

Ele pegou a cópia e seus olhos brilharam:

– A senhora é muito boa – disse ele. – Posso ler agora? Talvez queira lhe fazer algumas perguntas quando tiver terminado.

– Decerto que sim – disse eu. – Leia enquanto vou dar instruções para o almoço, e o senhor poderá me fazer as perguntas enquanto comemos.

Ele fez uma mesura, instalando-se numa cadeira, de costas para a luz. Deixou-se absorver pelos papéis, enquanto fui tratar do almoço, sobretudo para não o atrapalhar. Quando voltei, encontrei o andando rapidamente de um lado para outro da sala, o rosto corado de exaltação. Correu até mim e segurou minhas mãos:

– Ah, madame Mina – disse ele. – Como posso dizer quanto lhe sou grato? Estes papéis são como a luz do sol. Descortinam o caminho para mim. Toda essa luz me ofusca, sinto-me aturdido, mas ainda assim nuvens correm pelo céu o tempo todo. A senhora não compreende, sei disso, e não tem como compreender. Ah, mas estou agradecido, minha brilhante senhora. Madame – prosseguiu ele, num tom bastante solene –, se algum dia houver algo que Abraham van Helsing possa fazer pela senhora ou pelos seus, basta dizer. Será um prazer e uma alegria servi-la como amigo, e devotar tudo o que aprendi e tudo o que sou capaz de fazer em benefício da senhora e das pessoas que ama. Há escuridão em nossas vidas, e há luzes; a senhora é uma das luzes. Terá uma vida boa e feliz, e seu marido terá na senhora uma verdadeira bênção.

— Mas, doutor, o senhor tece elogios demais a mim... O senhor não me conhece.

— Não a conheço! Eu, que sou velho, e que durante toda a vida estudei homens e mulheres; eu, um especialista no cérebro, em tudo o que a ele pertence e dele deriva! E li seu diário, que a senhora tão gentilmente datilografou para mim e que exala sinceridade a cada linha. Eu, que li sua carta tão carinhosa à pobre Lucy, falando-lhe de seu casamento e de sua confiança... Dizer que não a conheço! Ah, madame Mina, as boas mulheres contam tudo de suas vidas, a cada dia, a cada hora e a cada minuto, coisas tais que os anjos podem ler, e nós, homens que buscam a sabedoria, temos algo dos olhos dos anjos. Seu marido é um homem de natureza nobre, e a senhora também é nobre, pois é capaz de confiar, e a confiança não vinga em naturezas vis. Seu marido... Fale-me dele. Passa bem? Toda aquela febre já passou e ele está mais forte e bem-disposto?

Vi ali uma oportunidade de lhe perguntar sobre Jonathan, e disse:

— Já está quase recuperado, mas ficou muito abalado com a morte de Mr. Hawkins.

Ele me interrompeu:

— Ah, sim, eu sei. Li suas duas últimas cartas.

Prossegui:

— Suponho que tenha de fato se abalado, pois quando estávamos na cidade, terça-feira passada, ele teve uma espécie de choque.

— Um choque, e tão pouco tempo após a meningite! Isso não foi nada bom. Que tipo de choque?

— Ele acreditou ter visto alguém que lhe recordou algo terrível, na verdade o motivo de ter caído doente.

Então, tudo pareceu me atropelar. A pena que eu sentia de Jonathan, o horror que ele experimentou, o mistério assustador de seu diário e o medo que pairava sobre mim desde então, tudo isso me veio à mente num tumulto. Acho que fiquei histérica, pois caí de joelhos e lhe estendi as mãos, implorando-lhe que fizesse meu marido ficar bem outra vez. Ele segurou minhas mãos e me levantou, fazendo com que eu me sentasse no sofá e sentando-se ao meu lado. Com minha mão entre as suas, ele me disse, com uma delicadeza infinita:

– Minha vida é árida e solitária, e trabalho tanto que não tive muito tempo para dedicar às amizades. Mas, desde que fui chamado aqui pelo dr. John Seward, conheci tantas boas pessoas e vi tanta nobreza que sinto mais do que nunca a solidão da minha própria vida. Solidão que, aliás, aumenta conforme envelheço. Acredite-me, então, que venho aqui tomado por um profundo respeito pela senhora, e a senhora me deu esperanças. Não de que eu venha a encontrar aquilo que procuro, mas de que ainda há boas mulheres capazes de trazer felicidade à vida. Boas mulheres, cujas vidas e cuja honestidade servirão de modelo para as crianças que ainda vão nascer. Fico muito feliz em poder lhe ser útil, pois, se o seu marido sofre, as causas desse sofrimento estão dentro dos domínios de meus estudos e experiência. Prometo-lhe que por ele farei alegremente *tudo* o que puder, a fim de fortalecê-lo e devolver-lhe a coragem, e a fim de tornar sua vida, minha senhora, mais feliz. Agora deve comer. Está esgotada e talvez ansiosa demais. Seu marido, Jonathan, não gostaria de vê-la tão pálida, e sentir-se desagradado por quem ama não lhe fará bem. Portanto, pelo bem dele, a senhora precisa se alimentar e sorrir. Contou-me tudo sobre Lucy, e agora não falaremos mais sobre isso, para que não a aflija. Ficarei em Exeter esta noite, pois quero refletir sobre o que a senhora me contou e, depois de refletir, farei algumas perguntas, se me permitir. E, então, a senhora também vai me falar dos problemas do seu marido da melhor forma possível, mas não agora. Precisa comer, e depois pode me contar tudo.

Depois do almoço, voltamos para a sala de visitas, e ele me disse:

– E agora fale-me dele.

Quando me vi na situação de falar com aquele homem de muito estudo, comecei a recear que ele fosse me considerar uma tola e uma fraca, e Jonathan um louco – aquele diário é tão estranho –, de modo que hesitei em prosseguir. Mas ele era gentil e atencioso; prometera me ajudar, e eu confiava nele. Disse, portanto:

– Dr. Van Helsing, o que tenho a contar é tão esquisito que devo lhe pedir que não ria de mim ou de meu marido. Desde ontem a dúvida se apossou de mim como uma febre. O senhor precisa ser gentil comigo e não pode me achar uma tola por ter, mesmo que parcialmente, acreditado em coisas tão estranhas.

Ele me reassegurou, com suas palavras tanto quanto com sua atitude, ao dizer:

– Ah, minha cara, se soubesse quão estranha é a situação que me traz aqui, seria a senhora a rir. Aprendi a não fazer pouco das crenças de ninguém, por mais estranhas que pareçam. Tenho tentado manter minha mente aberta, e não são os fatos corriqueiros da vida que hão de fechá-la, mas as coisas estranhas, as coisas extraordinárias, as coisas que nos fazem duvidar se estamos loucos ou sãos.

– Obrigada, mil vezes obrigada! O senhor tirou um peso da minha mente. Se me permitir, lhe darei alguns papéis para ler. São muitos, mas datilografei tudo. Esclarecerá o que me preocupa com relação a Jonathan. É a cópia do diário que ele manteve quando estava no exterior, e lá ele registrou tudo o que aconteceu. Não ouso dizer uma palavra a respeito; o senhor há de ler e julgar. Quando nos reencontrarmos, então, talvez o senhor possa me fazer a gentileza de dizer o que pensa.

– Prometo – disse ele, quando lhe entreguei os papéis. – Pela manhã, o mais cedo possível, virei vê-la e também o seu marido, se possível.

– Jonathan estará aqui às 11h30; o senhor pode vir almoçar conosco e aproveitar para vê-lo. Em seguida, pode embarcar no trem rápido das 15h34, que o deixará em Paddington antes das vinte horas.

Ele ficou surpreso que eu soubesse de cor os horários dos trens, mas não sabe que me informei sobre todos os trens que chegam a

Exeter e que partem daqui a fim de poder ajudar Jonathan caso ele esteja com pressa.

O professor então apanhou os papéis e se foi, e aqui estou eu, pensando... pensando não sei o quê.

Carta (manuscrita) de Van Helsing a Mrs. Harker
25 de setembro, 18 horas.

Cara madame Mina,

Li o maravilhoso diário de seu marido. A senhora pode dormir sem a tortura da dúvida. Por mais que tudo pareça estranho e terrível, é *verdade*! Juro pela minha vida. Pode ser pior para outros, mas para ele e para a senhora não há perigo. Ele é um rapaz nobre. Deixe-me dizer, pela experiência que tenho com os homens, que alguém que agiu como ele, descendo pela parede do castelo até aquele quarto, e depois fazendo-o uma segunda vez, não é alguém a quem um choque vá causar danos permanentes. Seu cérebro e seu coração estão bem. Posso jurá-lo, mesmo antes de tê-lo visto. Portanto, fique descansada. Terei muitas perguntas a fazer a ele sobre outros assuntos. Foi uma bênção para mim ter ido vê-la hoje, pois descobri tanta coisa de uma só vez que estou atordoado – mais atordoado do que nunca, e preciso pensar.

Sinceramente,
Abraham van Helsing

Carta de Mrs. Harker a Van Helsing
25 de setembro, 18h30.

Meu caro dr. Van Helsing,

Mil vezes obrigada por sua carta tão gentil, que tirou um grande peso de minha mente. Ainda assim, se tudo é verdade, que coisas terríveis há no mundo, e quão abominável é o fato de aquele homem, aquele monstro, estar realmente em Londres! Não ouso pensar nisso. Neste momento, enquanto escrevo, recebo um telegrama de Jonathan dizendo que partiria de Launceston no trem das 18h25, e que chegará aqui às 22h18, para que eu não tenha que passar a noite sozinha. Portanto, será que, em vez de vir para o almoço, o senhor não poderia estar aqui às oito horas, para o café da manhã – se não for cedo demais? Poderá ir embora, se estiver com pressa, no trem das 10h30, chegando a Paddington às 14h35. Não é necessário que me responda; se não mandar notícias, presumo então que virá para o café da manhã.

Sinceramente grata,
sua amiga
Mina Harker

Diário de Jonathan Harker

26 de setembro – Não achei que fosse algum dia voltar a escrever neste diário, mas a hora chegou. Quando voltei para casa ontem à noite, Mina havia preparado a ceia, e depois que terminamos de comer contou-me sobre a visita de Van Helsing; disse-me que lhe deu cópias datilografadas dos dois diários e que havia ficado muito ansiosa a meu respeito. Mostrou-me a carta do doutor, na qual ele atestava a veracidade de tudo o que eu escrevera. Isso parece ter feito de mim um novo homem. Foi a dúvida quanto à realidade de tudo aquilo que me abateu. Sinto-me impotente, no escuro, e receoso, mas, agora que *sei*, já não tenho medo, nem mesmo do conde. Ele conseguiu, afinal de contas, vir a Londres, e foi ele quem vi. Rejuvenesceu, mas como? Van Helsing é o homem certo para desmascará-lo e expulsá-lo daqui, se for como Mina o descreveu. Ficamos acordados até tarde, conversando sobre o assunto. Mina está se vestindo, e eu vou falar com o hotel dentro de alguns minutos, a fim de trazê-lo até aqui...

Ele ficou, creio, surpreso ao me ver. Quando cheguei à sala em que Van Helsing estava e me apresentei, ele me segurou os ombros e girou meu rosto na direção da luz, dizendo, depois de me estudar minuciosamente:

— Mas madame Mina disse-me que o senhor estava doente, que tinha sofrido um choque!

Foi tão engraçado ouvir minha esposa ser chamada de "madame Mina" por aquele velho senhor de rosto forte e gentil. Sorri, e disse:

— Eu *estava* doente, e *sofri* um choque, mas o senhor já me curou.

— E como?

— Através de sua carta para Mina, ontem à noite. Eu tinha muitas dúvidas, e tudo assumiu um tom de irrealidade. Eu não sabia em que confiar, mesmo em se tratando do que me diziam meus sentidos. Por não saber em que confiar, não sabia o que fazer; tudo o que me restava era continuar trabalhando no que até então havia sido minha rotina habitual. Mas a rotina deixou de me satisfazer, e comecei a desconfiar de mim mesmo. Doutor, o senhor não sabe o que é duvidar de tudo, até de si mesmo. Não, o senhor não sabe; com sobrancelhas como as suas, não poderia saber.

Ele pareceu satisfeito, e riu ao dizer:

— Ah! Então o senhor é um fisionomista. Aprendo mais coisas aqui a cada hora que passa. É com muito prazer que venho acompanhá-los no desjejum. E, ah, o senhor há de perdoar elogios vindos de um velho como eu, mas sua esposa é uma verdadeira bênção.

Eu seria capaz de ficar o dia inteiro ouvindo-o tecer elogios a Mina, de modo que simplesmente fiz que sim, em silêncio.

— Ela é uma das mulheres de Deus, moldada por Sua própria mão para mostrar aos homens e às outras mulheres que há um céu no qual podemos entrar, e cuja luz pode muito bem estar aqui mesmo na Terra. Tão fiel, tão encantadora, tão nobre e altruísta, o que é muito, vou lhe dizer, nestes tempos tão céticos e egoístas. E o senhor... Li todas as cartas enviadas à pobre Miss Lucy, e algumas falam do senhor, de modo que o conheço há alguns dias através das palavras de outras pessoas. Mas foi ontem à noite que vislumbrei seu verdadeiro eu. O senhor me dará sua mão, não dará? E que sejamos amigos pelo resto de nossas vidas.

Apertamos as mãos, e ele era tão honesto e tão gentil que tive de conter as lágrimas.

– E agora – prosseguiu ele –, será que posso lhe pedir ajuda? Tenho uma tarefa imensa a cumprir, e ela se inicia com o desvendar dos fatos. Aqui, o senhor pode me ajudar. Pode me dizer o que aconteceu antes de partir para a Transilvânia? Mais tarde talvez eu lhe peça outro tipo de ajuda, mas no momento isso será suficiente.

– Ouça, meu senhor – disse eu –, o que tem a fazer diz respeito ao conde?

– Sim – disse ele, solene.

– Então estou com o senhor, de corpo e alma. Como partirá no trem das 10h30, não terá tempo de ler, mas vou apanhar a papelada. Pode levá-la consigo para ler no trem.

Após o café da manhã, deixei-o na estação. Ao nos despedirmos, ele disse:

– Talvez possa vir a Londres se eu mandar chamá-lo, e madame Mina também.

– Iremos quando o senhor quiser – disse eu.

Eu comprara para ele os jornais matutinos e também os vespertinos de Londres, da véspera. Ele os folheava enquanto conversávamos junto à janela do vagão, esperando a partida do trem. Subitamente, algo pareceu chamar-lhe a atenção num deles, o *The Westminster Gazette* – eu conhecia o jornal pela cor –, fazendo-o empalidecer. Leu algo com muita atenção, murmurando para si mesmo:

– *Mein Gott! Mein Gott!* Tão cedo! Tão cedo!

Creio que chegou a se esquecer da minha presença ali, naquele momento. Nesse instante, o trem apitou e começou a se mover. Isso chamou o professor de volta à realidade. Ele se inclinou para fora da janela e acenou, dizendo:

– Lembranças a madame Mina! Escreverei assim que possível.

26 de setembro – De fato, o fim é algo que não existe. Não se passou uma semana desde que escrevi *Finis*, e aqui estou, recomeçando tudo, ou na verdade continuando o mesmo diário. Até hoje à tarde, eu não tinha motivos para pensar no que foi feito. Renfield tem estado tão são quanto possível. Já estava bem adiantado com o negócio das moscas e acabava de dar início à criação de aranhas, de modo que não me criou problemas. Recebi uma carta de Arthur, escrita no domingo, e dela deduzi que ele tem suportado tudo bastante bem. Quincey Morris está com ele, o que é uma ajuda e tanto, pois ele é o rei do bom humor. Quincey me escreveu algumas palavras, também, e por meio dele soube que Arthur está começando a recuperar algo da sua antiga vivacidade; no que diz respeito a eles, portanto, minha mente está tranquila. Quanto a mim, voltava a me dedicar ao meu trabalho com o antigo entusiasmo, tanto que poderia dizer que a ferida que a pobre Lucy deixou em mim estava começando a cicatrizar. Tudo foi reaberto, porém; qual será o fim, só Deus sabe. Imagino que Van Helsing pense saber, também, mas só revela o suficiente em cada ocasião para estimular minha curiosidade. Foi a Exeter ontem, e passou a noite lá. Voltou hoje, e quase entrou pulando dentro do meu escritório, às 17h30, aproximadamente, colocando em minhas mãos o *The Westminster Gazette* de ontem à noite.

– O que você acha disso? – perguntou, afastando-se e cruzando os braços.

Passei os olhos pelo jornal, pois de fato não sabia o que ele queria dizer, mas ele o tirou de mim e indicou um parágrafo que falava de crianças que estavam sendo atraídas para longe em Hampstead. Isso não me disse muito, até que cheguei a uma passagem que descrevia pequenas feridas circulares em seus pescoços. Algo me ocorreu, e eu levantei os olhos.

– E então? – perguntou ele.

– São como as feridas da pobre Lucy.

– E o que você deduz disso?

— Apenas que há algo em comum. Seja lá o que tenha ferido, está ferindo também as crianças.

— Indiretamente isso é verdade, mas não diretamente.

— O que quer dizer, professor? — perguntei.

Eu estava um tanto inclinado a não levar muito em consideração sua seriedade — pois, afinal de contas, quatro dias de repouso, sem a prisão daquela ansiedade torturante, haviam servido para me animar um pouco —, mas, quando vi seu rosto, recuperei a sobriedade. Ele jamais tivera uma expressão de maior gravidade, nem mesmo no meio de todo o nosso desespero por causa da pobre Lucy.

— Diga-me! — exclamei. — Não sou capaz de arriscar uma opinião. Não sei o que pensar e não tenho informações em que possa basear minhas conjecturas.

— Quer me dizer então, amigo John, que não tem qualquer suspeita sobre a causa da morte de Miss Lucy, mesmo depois de todas as pistas dadas não só pelos fatos, mas por mim também?

— Morreu de esgotamento nervoso após uma grande perda de sangue.

— E como esse sangue foi perdido?

Balancei a cabeça. Ele foi até onde eu estava e sentou-se ao meu lado, prosseguindo:

— Você é um homem inteligente, amigo John. Tem um bom raciocínio, uma grande sagacidade, mas é preconceituoso demais. Não permite que seus olhos vejam e que seus ouvidos escutem, e que tome conhecimento daquilo que não faz parte de sua vida cotidiana. Não acha que há coisas que não é capaz de compreender e ainda assim existem? Que há coisas que certas pessoas veem e outras não? Há muitas coisas, antigas e novas, que não devem ser contempladas pelos olhos dos homens, porque eles sabem, ou julgam saber, certas coisas que outros homens lhes disseram. Ah, o defeito da nossa ciência é querer explicar tudo. Quando não é capaz de fazê-lo, decreta que não há o que explicar. Ainda assim, porém, a cada dia vemos crescerem ao nosso redor crenças que se julgam novas, mas que não passam de crenças antigas fingindo serem novas. Como as belas senhoras na ópera. Suponho que você não acredite em transferência corporal. Não? Nem em materialização. Não? Nem em corpos astrais. Não? Nem em leitura de pensamentos. Não? Nem no hipnotismo...

– Acredito – disse eu. – Charcot demonstrou-o muito bem.

Ele sorriu e continuou:

– Então está satisfeito a esse respeito. Verdade? E é claro que compreende como funciona e pode seguir a mente do grande Charcot, que infelizmente já não está mais entre nós, até a alma do paciente que ele hipnotiza. Não? Então, amigo John, devo deduzir que você simplesmente aceita o fato e fica satisfeito ao deixar o espaço entre a premissa e a conclusão em branco? Não? Então me diga, já que sou um estudioso do cérebro, como pode aceitar o hipnotismo e rejeitar a leitura de pensamentos. Deixe que eu lhe diga, meu amigo, que atualmente certas conquistas da ciência da eletricidade teriam sido condenadas como profanas pelos próprios homens que descobriram a eletricidade. E esses homens, não muito tempo atrás, teriam sido queimados como bruxos. Sempre há mistérios na vida. Por que motivo Matusalém viveu novecentos anos; o "Old Parr", 169; e a nossa pobre Lucy, com o sangue de quatro homens em suas veias, não sobreviveu um dia? Pois, se ela tivesse vivido mais um dia que fosse, poderíamos tê-la salvado. Você conhece todos os mistérios da vida e da morte? Conhece na íntegra a anatomia comparada e pode dizer por que certos homens têm as características dos brutos e outros não? Pode me dizer por que, enquanto outras aranhas morrem tão pequenas e jovens, aquela enorme aranha viveu durante séculos na torre da antiga igreja espanhola, crescendo cada vez mais, até que, ao descer, fosse capaz de beber todo o óleo das lamparinas da igreja? Pode me dizer por que, nos pampas, e em outros lugares, há morcegos que vêm à noite e abrem as veias do gado e dos cavalos e lhes sugam todo o sangue? Como pode ser que, em algumas ilhas dos mares ocidentais, haja morcegos que ficam o dia todo dependurados nas árvores, descritos por aqueles que os viram como nozes ou casulos gigantes, e que, quando os marinheiros dormem no convés, por fazer muito calor, voam até eles, e então... e então, na manhã seguinte, os homens são encontrados mortos, pálidos como estava Miss Lucy?

— Meu Deus, professor! — exclamei, alarmado. — O senhor está me dizendo que Lucy foi mordida por um morcego desses e que algo desse tipo existe em Londres no século XIX?

Ele fez um gesto com a mão, em silêncio, e depois prosseguiu:

— Pode me dizer por que a tartaruga vive mais do que longas gerações de homens, por que o elefante vive o suficiente para observar sucessões de dinastias e por que o papagaio nunca morre somente devido a uma mordida de gato ou de cão ou algum mal dessa natureza? Pode me dizer por que os homens acreditam, em todas as épocas e em todos os lugares, que há alguns entre eles capazes de viver para sempre, se assim permitirem? Homens e mulheres que não podem morrer? Todos sabemos, porque a ciência nos assegurou, que existiram sapos presos dentro de rochas durante milhares de anos, presos em buracos tão pequenos que somente eles cabiam ali, desde a época em que o mundo era jovem. Pode me dizer por que o faquir indiano é capaz de morrer intencionalmente e ser enterrado, e seu túmulo fechado, e o milho semeado na terra que o recobre, e o milho ser colhido e cortado e semeado e novamente colhido e cortado, e finalmente virem homens tirar a fechadura intacta e deparar-se com o faquir indiano vivo, que se ergue e anda no meio deles como antes?

Naquele ponto, eu o interrompi. Estava ficando desnorteado. Ele abarrotara de tal forma minha mente com sua lista de excentricidades e de possíveis impossibilidades da natureza que minha imaginação estava sendo estimulada demais. Eu tinha a vaga ideia de que ele estava me ensinando algo, como costumava fazer muito tempo atrás em seu estúdio, em Amsterdã; mas naquela época ele costumava me dizer o que era, para que eu pudesse ter o objeto de seus pensamentos o tempo todo em mente. Agora, eu já não contava com sua ajuda, mas ainda assim queria segui-lo, e então disse:

— Professor, deixe-me ser seu aluno predileto outra vez. Diga-me qual a tese, para que eu possa aplicar seu conhecimento à medida que o senhor avança. No momento, estou indo de um canto a outro dentro de minha própria mente, e é assim que os loucos seguem uma ideia, não os sãos. Sinto-me como um principiante se arrastando num pântano em meio à neblina, saltando de uma moita a outra num esforço cego de prosseguir sem saber para onde estou indo.

– A imagem é boa – disse ele. – Vou lhe dizer. Minha tese é a seguinte: quero que você acredite.

– Acredite em quê?

– Acredite em coisas que julga impossíveis. Deixe-me ilustrar. Certa vez, ouvi um americano definir a fé da seguinte forma: "A faculdade que nos torna capazes de acreditar em coisas que sabemos não serem verdadeiras." Eu, entre outros, estou de acordo com esse homem. Ele quis dizer que devemos ter a mente aberta, e não deixar que uma verdade ínfima comprometa o avanço de uma grande verdade, como faz uma pequena pedra com um trem. Chegamos primeiro à verdade ínfima. Ótimo! Nós a guardamos e a valorizamos, mas ao mesmo tempo não devemos achar que se trata de toda a verdade do universo.

– Então o senhor quer que eu não deixe certas convicções prévias comprometerem a receptividade de minha mente com relação a esse estranho assunto. Estou entendendo bem sua lição?

– Ah, você ainda é meu aluno preferido. Vale a pena ensiná-lo. Agora que está disposto a compreender, deu o primeiro passo rumo à compreensão. Acha então que os pequenos orifícios no pescoço das crianças foram feitos pelo mesmo ser que feriu Miss Lucy?

– Suponho que sim.

Ele se pôs de pé e disse, solenemente:

– Então você está errado. Ah, quem dera fosse isso! Mas, ai de mim! Não é. É pior, muito, muito pior.

– Pelo amor de Deus, professor Van Helsing, o que está querendo dizer?! – exclamei.

Ele desabou sem esperanças numa cadeira, colocando os cotovelos sobre a mesa e cobrindo o rosto com as mãos ao dizer:

– Foram feitos pela própria Miss Lucy!

CAPÍTULO 15

Diário do dr. Seward (continuação)

Por algum tempo, senti-me dominado pela mais pura raiva; foi como se ele tivesse, enquanto Lucy ainda vivia, a golpeado no rosto. Dei uma pancada forte na mesa e me pus de pé ao lhe dizer:

– Dr. Van Helsing, o senhor está louco?

Ele ergueu a cabeça e olhou para mim, e de certa forma a ternura de seu rosto me acalmou no mesmo instante.

– Quem dera que estivesse! – disse ele. – Seria mais fácil lidar com a loucura do que com isto. Ah, meu amigo, por que você acha que fiquei fazendo rodeios, que demorei tanto para lhe dizer uma coisa tão simples? Seria porque o odeio desde sempre? Seria porque queria fazê-lo sofrer? Seria porque eu queria, já tão tarde, vingar-me por aquela ocasião em que você me salvou de uma morte assustadora? Claro que não!

– Desculpe-me – eu disse.

Ele prosseguiu:

– Meu amigo, foi porque eu queria lhe revelar a verdade da forma mais branda possível. Sabia quanto você amava aquela encantadora moça. Mesmo agora, porém, não espero que venha a acreditar. É tão difícil aceitar de imediato qualquer verdade abstrata que chegamos a duvidar de que certa coisa seja possível quando sempre acreditamos que não seria. Mais difícil ainda é aceitar uma verdade concreta e tão triste, ainda mais como a que se refere a Miss Lucy. Hoje à noite vou comprovar o que afirmei. Você tem coragem de vir comigo?

Essas palavras me desconcertaram. Não é nada agradável comprovar uma verdade dessas. Byron sabia disso, ao falar, por exemplo, do ciúme: "E comprovar a verdade que lhe era mais abominável." O professor viu minha hesitação e disse:

– A lógica é simples, e dessa vez não é a lógica de um louco, saltando de moita em moita num pântano coberto pelo nevoeiro. Se não for verdade, então prová-lo será um alívio. Pelo menos não nos fará mal algum. Mas se for verdade! Ah, isso é o que temo, mas o próprio temor deve auxiliar a minha causa, pois num certo sentido nos obriga a acreditar. Venha, vou lhe dizer o que proponho: em primeiro lugar, que partamos agora para ver aquela criança no hospital. O dr. Vincent, do North Hospital, onde os jornais dizem estar a criança, é meu amigo, e seu também, creio, já que você era estudante em Amsterdã. Ele permitirá que dois cientistas se inteirem do caso, se não permitir que dois amigos o façam. Nada lhe diremos, somente que gostaríamos de estudá-lo. E então...

– E então?

Ele tirou uma chave do bolso e ergueu-a:

– E então passaremos a noite, você e eu, no adro onde Lucy jaz. Esta é a chave da fechadura do túmulo. Consegui com o agente funerário, para entregar a Arthur.

Meu coração afundou-me no peito, pois senti que havia algo de terrível e assustador diante de nós. Nada podia fazer, contudo, então me recompus da melhor forma possível e lhe disse que era melhor nos apressarmos, pois a tarde já avançava...

Encontramos a criança acordada. Ela dormira e comera um pouco, e de modo geral se recuperava. O dr. Vincent tirou o curativo do pescoço e nos mostrou as duas perfurações. Não havia dúvidas quanto à semelhança com as feridas do pescoço de Lucy. Eram menores, e as bordas pareciam mais recentes; era tudo. Perguntamos a Vincent a que ele as atribuía, e ele respondeu que devia ser uma mordida de algum animal, talvez uma ratazana; mas ele estava inclinado a pensar que havia sido feita por um dos morcegos que são tão numerosos nos morros ao norte de Londres.

– Entre várias espécies inofensivas – disse ele – talvez haja alguma espécie selvagem e maligna, oriunda do sul. Algum marinheiro deve ter trazido um espécime para cá, e o animal conseguiu escapar, ou um filhote pode ter conseguido fugir do Jardim Zoológico. Talvez uma linhagem tenha se originado ali entre o cruzamento de um morcego comum com um vampiro. Essas coisas acontecem, como sabem. Faz apenas dez dias que um lobo fugiu, e descobriram que seus rastros seguiam na nossa direção. Durante uma semana, depois que isso aconteceu, as crianças só faziam brincar de Chapeuzinho Vermelho no parque e em cada ruazinha, até que essa "moça de branco" apareceu. Desde então, é o grande sucesso entre elas. Até mesmo este pingo de gente perguntou à enfermeira, hoje, ao acordar, se poderia ir embora. Quando ela lhe perguntou por que ele queria ir, respondeu que era para brincar com a "moça de branco".

– Espero – disse Van Helsing – que ao mandarem a criança de volta para casa advirtam seus pais para que a mantenham sob severa vigilância. Essas fantasias de que alguém os está chamando para longe são muito perigosas; se o menino ficasse fora mais uma noite, provavelmente teria sido fatal. Mas, de qualquer modo, acredito que o senhor ainda vai mantê-lo no hospital por alguns dias.

– Com certeza, pelo menos por uma semana. Mais do que isso, se a ferida não tiver cicatrizado.

Nossa visita ao hospital tomou mais tempo do que havíamos calculado, e o sol já havia se posto quando saímos. Quando Van Helsing viu quanto escurecera, disse:

– Não há pressa. É mais tarde do que eu pensava. Venha, vamos procurar algum lugar onde possamos comer e então seguiremos nosso caminho.

Jantamos no Jack Straw's Castle junto com um grupo de ciclistas e outros fregueses bastante barulhentos. Por volta das dez horas, saímos do restaurante. Já estava bastante escuro, e as lamparinas espalhadas aqui e ali faziam com que a escuridão fosse maior quando saíamos do círculo que iluminavam. O professor com certeza sabia qual o caminho que devíamos tomar, pois seguia adiante sem hesitação; quanto a mim, eu estava bastante confuso sobre nossa localização. Conforme avançávamos, encontrávamos cada vez menos gente, até que afinal ficamos um tanto surpresos ao encontrar até mesmo a patrulha da polícia montada fazendo sua habitual ronda pelos subúrbios. Por fim, chegamos ao cemitério, pulando o muro. Com certa dificuldade – pois estava muito escuro e o lugar nos era praticamente desconhecido –, encontramos o túmulo da família Westenra. O professor apanhou a chave, abriu a porta que rangia e, dando um passo atrás, com toda a polidez, mas sem se dar conta, fez um gesto para que eu fosse primeiro. Havia uma deliciosa ironia na oferta, na cortesia em me dar a preferência numa situação medonha como aquela. Logo depois de mim, ele entrou e cuidadosamente fechou a porta, depois de certificar-se de que não iria se trancar automaticamente. Se fosse o caso, estaríamos em maus lençóis. Remexeu na valise, então, tirando de lá uma caixa de fósforos e uma vela. Acendeu-a. À luz do dia, cheio de grinaldas de flores, o túmulo já parecera soturno e assustador o suficiente. Agora, porém, alguns dias depois, quando as flores pendiam mortas, o branco enferrujara e o verde se transformara em marrom; quando as aranhas e os besouros haviam retornado aos seus domínios habituais; quando a pedra descolorida e a argamassa onde a poeira se incrustava, e o ferro oxidado e úmido e o bronze embaçado e a prata manchada refletiam o brilho débil da vela, o efeito era mais sórdido e miserável do que se poderia imaginar. Transmitia de forma convincente a ideia de que não era apenas a vida – a animal – que se acabava.

Van Helsing começou a fazer seu trabalho de maneira sistemática. Segurando a vela de modo a poder ler as placas nos caixões, e num ângulo tal que a cera pingava em manchas brancas, congelando imediatamente ao tocar o metal, certificou-se de qual era o caixão de Lucy. Vasculhou outra vez o interior da valise e tirou de lá uma chave de fenda.

– O que o senhor vai fazer? – perguntei.

– Abrir o caixão. Você logo irá se convencer.

No mesmo instante começou a tirar os parafusos e finalmente levantou a tampa, mostrando o invólucro de chumbo por baixo. Aquela visão era quase demais para mim. Parecia uma afronta tão grande à morta como se lhe tivéssemos tirado as roupas durante o sono, enquanto ainda vivia.

Cheguei a segurar a mão do professor para detê-lo.

– Você verá – foi tudo o que ele disse, e, novamente vasculhando dentro da valise, tirou de lá uma pequena serra tico-tico.

Golpeando a chave de fenda sobre o chumbo com pancadas que me fizeram estremecer, ele fez um pequeno orifício, que era, no entanto, grande o suficiente para deixar passar a extremidade da serra. Eu esperara que dali saísse uma grande quantidade de gás, pois o cadáver já estava ali havia uma semana. Nós, médicos, que temos de estudar nossos males, precisamos nos acostumar com esse tipo de coisa, e recuei até a porta. O professor, contudo, não se interrompeu nem por um instante. Serrou cerca de meio metro num dos lados do caixão de chumbo, depois ao longo dele, depois do outro lado. Pegando uma das pontas da aba solta, puxou-a até o pé do caixão. Segurando a vela a fim de que iluminasse a abertura, fez sinal para que eu fosse olhar.

Aproximei-me e olhei. O caixão estava vazio.

Era decerto uma surpresa para mim, e causou-me um choque considerável, mas Van Helsing mantinha-se inabalável. Estava agora mais do que nunca certo sobre suas teorias e estimulado a prosseguir em suas tarefas.

– Está satisfeito agora, amigo John?

Senti minha natureza obstinadamente argumentativa despertar dentro de mim ao lhe responder:

– Estou satisfeito com o fato de que o corpo de Lucy não está no caixão, mas isso só prova uma coisa.

– E que coisa é essa, amigo John?

– Que não está aí.

– Seu raciocínio tem lógica – disse ele. – Mas como explica que não esteja?

– Talvez um ladrão de cadáveres – sugeri. – Algum dos homens da agência funerária pode tê-lo roubado.

Senti que falava bobagem, no entanto, aquele era o único motivo real que eu era capaz de sugerir. O professor suspirou:

– Pois bem – disse ele –, temos que obter outras provas! Venha comigo.

Fechou o caixão novamente, juntou todos os seus apetrechos, guardando-os na valise, apagou a vela e colocou-a lá também. Abrimos a porta e saímos. Ele me entregou a chave, dizendo:

– Pode ficar com isto? É melhor você não ter dúvidas.

Eu ri – não era uma risada alegre, sou obrigado a dizer –, fazendo-lhe um gesto para que a guardasse consigo.

– Uma chave não significa nada – disse eu. – Talvez haja duplicatas, e de qualquer modo não é difícil arrombar uma fechadura como aquela.

Ele nada disse, mas colocou a chave no bolso. Então me disse para vigiar um dos lados do cemitério, enquanto ele vigiaria o outro. Ocupei meu posto atrás de um teixo e vi seu vulto escuro se afastando até que as pedras tumulares e as árvores o ocultaram de mim.

Foi uma vigília solitária. Logo depois que eu ocupara meu posto, ouvi um relógio distante bater meia-noite, e depois uma e duas horas da madrugada. Eu estava gelado e amedrontado, além de zangado com o professor por ter me levado numa missão daquelas, e comigo mesmo por ter ido. Sentia frio e sono demais para ficar observando com atenção, mas não estava sonolento o suficiente para não cumprir minha obrigação, de modo que passei momentos verdadeiramente terríveis, miseráveis.

De súbito, quando olhei para o lado, achei ter visto algo como um vulto branco passando entre dois teixos negros na extremidade do cemitério oposta à do túmulo; ao mesmo tempo, um vulto escuro saiu do local onde o professor estava e correu em sua direção. Segui para o mesmo local, mas tinha que contornar pedras tumulares e sepulturas cercadas; tropeçava nos túmulos. O céu estava nublado, e, em algum lugar distante dali, um galo cantou. Um pouco adiante, atrás de uma fileira de juníperos que marcavam o caminho para a igreja, um vulto branco e pouco nítido correu na direção do túmulo. Como as árvores encobriam a ambos, não pude ver onde o vulto desapareceu. Ouvi ruídos vindos do local onde o vira pela primeira vez; lá chegando, encontrei o professor segurando nos braços uma criança pequena.

– Está satisfeito agora?

– Não – disse eu, de um modo que percebi ser agressivo.

– Não está vendo a criança?

– Sim, é uma criança, mas quem a trouxe aqui? E está ferida?

– Veremos – disse o professor, e num ímpeto saímos do adro; ele levava nos braços a criança adormecida.

Quando já havíamos nos afastado um pouco, ele foi até uma moita de árvores, acendeu um fósforo e olhou o pescoço da criança. Não se via qualquer tipo de ferimento ali.

– Eu não tinha razão?

– Chegamos bem a tempo – disse o professor, aliviado.

Tínhamos então que decidir o que fazer com a criança e discutimos a respeito. Se a levássemos até uma delegacia de polícia, teríamos que fazer um relato de nosso itinerário noturno; teríamos pelo menos que dizer como havíamos encontrado a criança. Afinal, portanto, resolvemos levá-la até o parque e, quando ouvíssemos um policial se aproximando, poderíamos deixá-la num lugar onde ele a fosse ver. Tudo funcionou conforme nossos planos. Perto dos limites de Hampstead Heath, ouvimos os passos pesados de um policial. Deixando a criança no meio do caminho, ficamos esperando e observando até que ele a visse, sob o facho de luz que sua lanterna lançava de um lado a outro. Ouvimos sua exclamação de surpresa e fomos embora em silêncio. Tivemos sorte de conseguir tomar um cabriolé perto de *Spaniards* e voltamos para a cidade.

Não consigo dormir e, portanto, decidi fazer estas anotações. Mas tenho que tentar dormir pelo menos algumas horas, pois Van

Helsing deve me chamar ao meio-dia. Insiste que o acompanhe em outra expedição.

27 de setembro – Passava das duas da tarde quando conseguimos uma oportunidade adequada para nossa tentativa. O funeral que acontecera ao meio-dia já havia terminado, e as últimas pessoas que pranteavam o defunto tinham ido embora com passos lentos quando, olhando com cuidado por trás de uma moita de amieiros, vimos o sacristão trancar o portão depois de sair. Sabíamos que estaríamos a salvo até de manhã, se quiséssemos, mas o professor me disse que não precisaria de mais do que uma hora. Mais uma vez tive aquele horrível senso da realidade das coisas, em que qualquer esforço de imaginação parecia fora de lugar. Distingui com nitidez os perigos que corríamos em nosso ímpio trabalho. Além disso, considerava-o inútil. Por mais que fosse ultrajante abrir um caixão de chumbo e ver se uma mulher morta há mais de uma semana estava morta de fato, agora me parecia pura insanidade abrir novamente o túmulo – pois sabíamos, após tê-lo comprovado com nossos próprios olhos, que o caixão estava vazio. Estremeci, mas permaneci quieto, visto que Van Helsing tinha aquele hábito de seguir seu próprio caminho, independentemente de quem protestasse. Pegou a chave, abriu a câmara mortuária e de novo fez aquele gesto cortês para que eu fosse na frente. O lugar não estava tão horripilante quanto na noite passada, mas, ah, o aspecto era indizivelmente ruim quando o sol batia ali. Van Helsing foi até o caixão de Lucy, e eu o segui. Ele se curvou e tornou a afastar a aba de chumbo; fiquei chocado, num misto de surpresa e desânimo.

Ali estava Lucy, e seu aspecto era idêntico ao da noite anterior ao funeral. Estava, se possível, mais bela e radiante do que nunca, e eu não podia acreditar que estivesse morta. Os lábios estavam vermelhos, ainda mais vermelhos do que antes, e havia um delicado rubor em sua face.

– Isto é algum truque? – perguntei.

– Está convencido agora? – perguntou-me por sua vez o professor. Ao falar, estendeu a mão e, de um modo que me fez estremecer, afastou os lábios mortos e me mostrou os dentes brancos.

– Veja só – prosseguiu –, estão mais afiados do que antes. Com este aqui e este aqui – e ele tocou um dos caninos e o dente abaixo daquele –, as crianças pequenas podem ser mordidas. Acredita, agora, amigo John?

Mais uma vez, a hostilidade argumentativa despertou dentro de mim. Não podia aceitar uma ideia tão esmagadora como aquela que ele sugeria. Então, numa tentativa de discutir, da qual naquele mesmo instante me envergonhava, eu disse:

– Talvez ela tenha sido colocada aí de ontem para hoje.

– É mesmo? E quem teria feito isso?

– Não sei. Alguém.

– Mas ela está morta há uma semana. A maioria das pessoas, após esse tempo, não teria um aspecto como o dela.

Eu não tinha respostas para isso, e me calei. Van Helsing não pareceu notar o meu silêncio; de qualquer modo, não demonstrava nem despeito nem triunfo. Olhava intensamente para o rosto da defunta, erguendo as pálpebras e vendo os olhos, e depois abrindo outra vez os lábios para examinar os dentes. Virou-se para mim, então, e disse:

– Há algo aqui que difere de todos os registros. Uma espécie de vida dupla que não é habitual. Ela foi mordida pelo vampiro quando estava num transe, em meio ao sonambulismo... Ah, você se surpreende pois não sabe disso, amigo John. Mais tarde saberá tudo. Nesse estado, era mais fácil para ele vir lhe sugar mais sangue. Foi em transe que ela morreu, e é em transe que é também Não Morta. Assim sendo, difere de todos os outros. Normalmente, quando os Não Mortos dormem em casa – e ele fez um gesto abrangente com o braço, para designar o que um vampiro considerava sua "casa" –, seu rosto mostra o que realmente são. Mas esta moça é tão adorável que, quando não está agindo como uma Não Morta, seu corpo assume o aspecto de um cadáver comum.

Não há malignidade, veja, e isso torna difícil a tarefa de matá-la durante o sono.

Essas palavras enregelaram-me o sangue, e comecei a perceber que estava aceitando as teorias de Van Helsing; mas se ela estivesse de fato morta, o que havia de tão terrível na ideia de matá-la? Ele levantou os olhos para mim e obviamente viu a mudança em minha expressão, pois disse, quase alegre:

– Ah, agora você acredita?

Respondi:

– Não me pressione demais de uma vez. Estou disposto a aceitar. Como fará esse maldito trabalho?

– Vou decepar a cabeça de Lucy e encher sua boca com alho, e atravessarei seu corpo com uma estaca.

Estremeci ao pensar em mutilar daquele modo o corpo da mulher que eu amara. O sentimento não era, porém, tão forte quanto eu imaginara. Eu estava, na verdade, começando a estremecer devido à presença daquele ser, daquela Não Morta, como Van Helsing a chamava, e a abominá-la. É possível que o amor seja inteiramente subjetivo, ou objetivo?

Esperei um tempo considerável até que Van Helsing começasse, mas ele estava como que perdido em pensamentos. Logo em seguida, ele fechou a valise num gesto e disse:

– Estive pensando e me decidi sobre o que é melhor fazer. Se eu simplesmente seguisse minha inclinação, faria o que tem de ser feito agora, neste momento. Mas há outras coisas a seguir, e que são mil vezes mais difíceis, pois não as conhecemos. Isto é simples. Ela ainda não tirou a vida de ninguém, embora seja apenas uma questão de tempo; agir agora seria livrá-la para sempre do perigo. Mas então talvez precisemos de Arthur, e como diremos a ele tudo isso? Se você, que viu as feridas no pescoço de Lucy, e viu as feridas tão similares naquela criança, no hospital; se você, que viu o caixão vazio ontem à noite e hoje ocupado por uma mulher que não mudou em nada, a não ser para se tornar mais bela e corada uma semana depois de morta; se você, que sabe disso e que viu o vulto branco trazer a criança ontem à noite para o cemitério, ainda assim relutou em aceitar o que seus sentidos lhe diziam, como posso esperar então que Arthur, que não sabe de nada disso, acredite? Ele desconfiou de mim quando o impedi de beijá-la no momento de sua morte. Sei que me perdoou por ter, devido a alguma ideia equivocada, feito coisas que o impediram de dizer adeus como deveria. Talvez ele pense que, num equívoco ainda maior, esta mulher foi enterrada viva. E que, no maior de todos os equívocos, nós a matamos. Argumentará então que fomos nós que a matamos com nossas ideias equivocadas e ficará para sempre profundamente infeliz. Jamais, porém, terá certeza, e isso será o pior de tudo. Às vezes acreditará que a mulher que amava foi enterrada viva, e essa ideia tingirá seus sonhos com os horrores do que ela deve ter sofrido. Depois, achará que talvez estejamos corretos, e que sua amada era, afinal de contas, uma Não Morta. Não! Eu disse a ele uma vez, e desde então descobri muitas coisas. Agora, já que sei ser tudo verdade, tenho milhares de motivos a mais para saber que ele terá que provar de águas amargas até poder chegar à água doce. Aquele pobre rapaz há de passar por momentos em que o próprio paraíso há de lhe parecer negro; então poderemos agir em nome do bem de todos e devolver-lhe a paz. Já tomei minha decisão. Vamos. Volte hoje à noite para o hospício e certifique-se de que tudo esteja bem. Quanto a mim, passarei a noite aqui no cemitério, à minha maneira. Amanhã à noite, venha me encontrar no Berkeley Hotel às dez horas. Mandarei chamar Arthur, também, assim como aquele admirável jovem americano que doou seu sangue. Mais tarde, teremos trabalho a fazer. Vou com você até Piccadilly; pretendo jantar lá, pois tenho que estar de volta antes do pôr do sol.

Trancamos o túmulo e nos afastamos; pulamos o muro do cemitério, o que não era uma tarefa tão difícil assim, e voltamos para Piccadilly.

Bilhete deixado por Van Helsing em sua valise, no Berkeley Hotel, endereçado ao dr. John Seward (Não foi entregue.) 27 de setembro.

Amigo John,

Escrevo estas palavras no caso de alguma coisa acontecer. Vou sozinho ficar de vigília naquele cemitério. Quero que a Não Morta, Miss Lucy, não saia hoje à noite, de modo a estar mais faminta amanhã. Assim sendo, colocarei algumas coisas de que ela não gosta – alho e um crucifixo – na porta do túmulo, que assim estará selada. Ela ainda é uma Não Morta jovem, e há de obedecer. Além do mais, isso só vai impedi-la de sair; talvez não impeça que entre, pois nesse momento os Não Mortos se desesperam e precisam encontrar o caminho menos difícil, qualquer que seja ele. Estarei por perto durante toda a noite, desde o pôr do sol até depois da alvorada, e se houver algo que possa ser descoberto, eu descobrirei. Não temo Miss Lucy, e não temo por ela; mas o outro, aquele que a transformou numa Não Morta, tem agora o poder de procurar seu túmulo e encontrar abrigo. Ele é astuto, como sei da parte de Mr. Jonathan e a tomar pela forma como ele nos iludiu quando disputávamos a vida de Miss Lucy – e perdemos. Em vários sentidos, os Não Mortos são fortes. Suas mãos têm sempre a força de vinte homens; mesmo nós quatro, que demos nossa força a Miss Lucy, acabamos por fortalecê-lo. Além disso, pode invocar seu lobo e não sei mais o quê. Portanto, se ele vier aqui esta noite, irá me encontrar; mas ninguém mais conseguirá fazê-lo até que já seja tarde demais. Pode ser, no entanto, que ele não tente vir até aqui. Não há motivos para isso; seu território de caça é mais divertido do que o cemitério onde a Não Morta dorme e um velho observa.

Portanto, escrevo-lhe no caso de uma eventualidade... Pegue os papéis que estão com este bilhete, os diários de Harker e o resto, e leia-os, e então encontre esse poderoso Não Morto e decepe-lhe a cabeça e queime seu coração, ou então atravesse-o com uma estaca, para que não importune mais o mundo.

Se for assim, adeus.
Van Helsing

Diário do dr. Seward

28 de setembro – É maravilhoso o que uma boa noite de sono pode fazer por nós. Ontem eu estava quase disposto a aceitar as ideias monstruosas de Van Helsing, mas agora tudo parece se delinear de modo apavorante diante de mim como ultrajes ao senso comum. Não tenho dúvidas de que ele acredite em tudo. Pergunto-me se sua mente pode ter se tornado de algum modo desarticulada. Com certeza deve haver *alguma* explicação racional para todas essas coisas misteriosas. É possível que o professor tenha feito tudo ele mesmo? Ele tem uma inteligência tão incomum que, se perdesse a lucidez, levaria a cabo seus planos relativos a alguma ideia fixa de modo esplêndido. Reluto em considerar essa hipótese, e na verdade seria uma surpresa tão grande quanto a anterior descobrir que Van Helsing enlouqueceu. De qualquer modo, vou observá-lo cuidadosamente. Talvez descubra alguma pista desse mistério.

29 de setembro, de manhã – Na noite passada, um pouco antes das dez horas, Arthur e Quincey foram até o quarto de Van Helsing; ele nos disse o que desejava que fizéssemos, dirigindo-se sobretudo a Arthur, como se todos os nossos propósitos estivessem centrados nos dele. Começou dizendo que esperava que todos o acompanhássemos.

— Temos uma tarefa de extrema gravidade para cumprir — disse ele. — Vocês sem dúvida ficaram surpresos com a minha carta?

A pergunta dirigia-se diretamente a lorde Godalming.

– Eu fiquei. Ela me perturbou um pouco. Tem havido problemas suficientes ao meu redor nos últimos tempos. Gostaria de evitá-los, por ora. Também fiquei curioso sobre o assunto a que o senhor se referia. Quincey e eu conversamos a respeito; quanto mais falávamos, mais intrigados ficávamos, e no momento posso dizer que, no que me diz respeito, estou totalmente no escuro sobre o significado de tudo isso.

– Eu também – disse Quincey Morris, lacônico.

– Ah – disse o professor –, então estão mais adiantados do que o amigo John aqui, que precisa voltar muito atrás antes de avançar o suficiente para poder começar.

Era evidente que ele reconhecera a volta de minha antiga atitude pouco crédula sem dizer uma palavra. Então, voltando-se para os outros dois, disse, num tom de extrema gravidade:

– Quero sua permissão para fazer, hoje à noite, aquilo que a meu ver é o correto. É pedir muito, sei disso. Só saberão quanto isso é verdade quando estiverem a par do que me proponho a fazer. Portanto, preciso que me deem sua permissão no escuro, a fim de que, mais tarde, embora os dois talvez fiquem zangados comigo por um tempo, e não posso deixar de admitir essa possibilidade, não venham a se culpar de nada.

– O senhor está sendo franco, de qualquer forma – interrompeu Quincey. – Fico do lado do professor. Não compreendo quais são suas intenções, mas juro que ele é honesto, e isso me basta.

– Obrigado, meu senhor – disse Van Helsing, orgulhoso. – É uma honra ter no senhor um amigo que confia em mim, e seu apoio me é muito caro.

Estendeu a mão, e Quincey a apertou. Então Arthur se manifestou:

– Dr. Van Helsing, não me agrada comprar nada no escuro, como costumam dizer, e, caso se trate de algo que envolva minha honra de cavalheiro ou minha fé de cristão, não posso fazer uma promessa dessas. Se o senhor puder me garantir que o que pretende fazer há de respeitá-las, então tem meu consentimento, mesmo que eu realmente não compreenda quais são suas intenções.

– Aceito sua limitação – disse Van Helsing. – Tudo o que lhe peço é que, caso sinta necessidade de condenar qualquer atitude minha, em primeiro lugar a considere bem e fique satisfeito com o fato de não violar esses dois princípios.

– De acordo! – disse Arthur. – Isso é bastante justo. E agora que os *pourparlers* terminaram, posso lhe perguntar o que devemos fazer?

– Quero que venham comigo, e em sigilo, ao cemitério em Kingstead.

O desânimo estampou-se no rosto de Arthur, e ele disse, um tanto surpreso:

– Onde a pobre Lucy está enterrada?

O professor se inclinou, fazendo que sim. Arthur prosseguiu:

– E lá chegando...?

– Entrar no túmulo!

– Professor, o senhor está falando sério ou se trata de alguma piada monstruosa? Perdoe-me, vejo que fala sério.

Tornou a sentar-se, mas pude ver que sua postura era firme e orgulhosa, como a de alguém que não perde a dignidade. Fez-se silêncio até que ele perguntou novamente:

– E após entrar no túmulo?

– Abrir o caixão!

– Isso é demais! – disse ele, levantando-se irritado outra vez. – Estou disposto a ser paciente em tudo aquilo que é razoável, mas isso... essa profanação do túmulo de alguém que...

Ele chegou a engasgar de indignação. O professor olhava compadecido para ele.

– Se eu pudesse lhe poupar essa dor, meu pobre amigo – disse –, Deus sabe que pouparia. Mas hoje à noite devemos trilhar caminhos espinhosos. Do contrário, mais tarde, e para todo o sempre, os pés que tanto ama trilharão o caminho das chamas!

Arthur ergueu os olhos com uma expressão rígida no rosto pálido, e disse:

– Cuidado, meu senhor! Cuidado!

– Não seria melhor ouvir o que tenho a dizer? – sugeriu Van Helsing. – Então, o senhor ao menos saberá quais os limites da minha proposta. Devo prosseguir?

– Isso é justo o bastante – irrompeu Morris.

Após uma pausa, Van Helsing prosseguiu, evidentemente com esforço:

– Miss Lucy está morta, não é verdade? Sim! Portanto, não iremos lhe causar mal algum. Mas se ela não estiver morta...

Arthur pôs-se de pé num salto.

– Meu Deus do céu! – exclamou. – O que o senhor quer dizer? Por acaso houve algum engano e ela foi enterrada viva? – gemeu ele, numa angústia que nem mesmo a esperança amainava.

– Eu não disse que ela estava viva, rapaz. Não foi nisso que pensei. Direi apenas que talvez ela seja uma Não Morta.

– Não Morta! E não está viva! O que o senhor quer dizer? Por acaso tudo isso é um pesadelo, ou o quê?

– Há mistérios sobre os quais os homens só podem tecer conjecturas, e que era após era só podem solucionar parcialmente. Acredite-me, estamos agora diante de um desses mistérios. Mas eu não acabei. Posso decepar a cabeça de Miss Lucy?

– Pelos céus, não! – gritou Arthur, profundamente exaltado. – Por nada neste mundo eu consentiria qualquer mutilação de seu corpo. Dr. Van Helsing, o senhor está passando dos limites. O que lhe fiz para que tenha que me torturar desse modo? O que lhe fez aquela pobre e adorável moça para que o senhor queira desonrar desse modo seu túmulo? Por acaso o senhor está louco ao dizer tais coisas, ou sou eu quem está louco por ouvi-las? Não ouse voltar a pensar numa profanação como essa. Não consentirei em nada do que faça. É meu dever proteger o túmulo de Lucy de qualquer injúria, e, por Deus, hei de cumpri-lo!

Van Helsing levantou-se de onde estivera todo o tempo sentado e disse, num tom grave e severo:

– Meu lorde Godalming, eu também tenho um dever a cumprir. Um dever para com os outros, para com o senhor, para com a falecida. E, por Deus, hei de cumpri-lo! Tudo o que lhe peço, no momento, é que venha comigo, que olhe e que ouça. E se, quando mais tarde eu lhe fizer o mesmo pedido, o senhor não desejar vê-lo levado a cabo mais do que eu próprio, então... então cumprirei o meu dever, seja lá o que isso signifique para mim. E então, para atender aos seus desejos, estarei a seu dispor a fim de lhe prestar contas, quando e onde quiser – sua voz falhou ligeiramente. – Imploro-lhe, porém – ele prosseguiu, falando com um tom de piedade –, que não continue sentindo raiva de mim. Numa longa vida de atos que nem sempre foram agradáveis de realizar e que às vezes torturaram meu coração, nunca tive uma tarefa tão difícil quanto agora. Acredite-me, se o senhor algum dia vier a mudar de ideia com relação a mim, um único olhar seu será suficiente para apagar por completo este momento tão triste, pois eu faria tudo o que estivesse ao alcance de um ser humano para poupar-lhe este sofrimento. Só lhe peço que reflita. Por que eu me daria tanto trabalho e tanto desgosto? Vim do meu país até aqui a fim de fazer o bem que me fosse possível, a princípio para ajudar meu amigo John, e depois para ajudar uma adorável jovem que também eu vim a amar. Envergonho-me de dizê-lo, mas faço-o com a melhor das intenções: dei por ela o que o senhor mesmo deu. O sangue de minhas veias. Eu, que não era, como o senhor, o amado de Miss Lucy, mas apenas seu médico e amigo. Dei a ela minhas noites e meus dias, antes de sua morte e depois dela. Se minha própria morte lhe puder ser benéfica, mesmo agora que ela é uma morta Não Morta, de bom grado hei de concedê-la.

Disse tais palavras com um orgulho muito grave e delicado, e Arthur ficou bastante emocionado. Tomou a mão do velho professor e disse, a voz rouca:

– Ah, é difícil pensar nisso, e não sou capaz de compreendê-lo. Mas pelo menos irei com o senhor e aguardarei.

CAPÍTULO 16

Diário do dr. Seward
(continuação)

Faltavam apenas 15 minutos para a meia-noite quando entramos no cemitério, após ter pulado o muro baixo. A noite estava escura, e a lua brilhava ocasionalmente por entre os intervalos das nuvens espessas que corriam pelo céu. Todos nos mantínhamos juntos, e Van Helsing ia um pouco à frente, indicando-nos o caminho. Quando chegamos perto do túmulo, olhei atentamente para Arthur, pois eu temia que a proximidade de um lugar carregado de memórias tão dolorosas fosse transtorná-lo, mas ele se controlava bem. Presumi que o próprio mistério sobre aqueles procedimentos de certa forma neutralizava seu pesar. O professor destrancou a porta e, vendo uma hesitação natural entre nós, por inúmeras razões, resolveu a dificuldade entrando primeiro. O resto de nós seguiu-o, e ele fechou a porta. Acendeu um lampião escuro e apontou para o caixão. Arthur deu um passo à frente, hesitante. Van Helsing me disse:

— Você veio aqui comigo ontem. O corpo de Miss Lucy estava naquele caixão?

— Estava.

O professor voltou-se para os outros, dizendo:

– Estão ouvindo, e, no entanto, não há ninguém que acredite em mim.

Pegou sua chave de fenda e desaparafusou a tampa do caixão. Arthur olhava, muito pálido, mas em silêncio. Quando a tampa foi removida, adiantou-se. Obviamente, ele não sabia da existência de um caixão de chumbo, ou, de qualquer modo, não pensara a respeito. Quando viu a fenda no chumbo, o sangue subiu-lhe ao rosto, mas logo ele voltou a assumir uma palidez intensa. Ainda estava em silêncio. Van Helsing afastou a aba de chumbo. Todos nós olhamos para o interior do caixão e recuamos. Estava vazio!

Durante vários minutos não se disse uma palavra. O silêncio foi quebrado por Quincey Morris:

– Professor, eu confio no senhor. Sua palavra é tudo o que quero. Não faria uma pergunta dessas, normalmente... não lhe causaria a desonra de duvidar do senhor, mas este é um mistério que vai além de qualquer possibilidade de honra ou desonra. Foi o senhor quem fez isto?

– Juro por tudo o que me é mais sagrado que não a removi, nem mesmo a toquei. O que aconteceu foi o seguinte: há duas noites, meu amigo Seward e eu viemos aqui. Nossas intenções eram boas, acreditem. Eu abri o caixão, que então estava lacrado, e nós o encontramos, como agora, vazio. Esperamos, então, e vimos um vulto branco se aproximando por entre as árvores. No dia seguinte, viemos aqui durante o dia, e ela estava no caixão. Não estava, amigo John?

– Sim.

– Naquela noite, chegamos bem a tempo. Mais uma criança bem pequena havia desaparecido, e nós a encontramos, felizmente a salvo, entre os túmulos. Ontem vim até aqui antes do ocaso, pois ao ocaso os Não Mortos podem se mover. Esperei aqui durante toda a noite até a alvorada, mas nada vi. Provavelmente isso se deu porque coloquei alho sobre as fechaduras e dobradiças dessas portas, e os Não Mortos não o suportam; coloquei também outras coisas de que eles costumam fugir. Na noite passada, ninguém passou por essa porta, e hoje, antes do pôr do sol, retirei meu alho e as outras coisas. E então eis que encontramos o caixão vazio. Mas tenham ainda um pouco de paciência comigo. Até o momento, há muitas coisas estranhas. Vamos aguardar do lado de fora, todos nós, tomando cuidado para que não nos vejam ou escutem, e fatos bastante estranhos ainda hão de acontecer. Então – disse ele, fechando a tampa de sua lamparina –, vamos para fora.

Abriu a porta e nós saímos em fila. Ele saiu por último e a trancou.

Ah! Como o ar noturno parecia fresco e puro após o terror daquele túmulo. Como era agradável ver as nuvens correndo pelo céu e o brilho passageiro da lua entre elas – eram como as alegrias e as tristezas da vida dos homens. Como era agradável respirar o ar puro, que não guardava nenhum vestígio de morte e decomposição. Como era bom ver o clarão vermelho no céu para além da colina e ouvir o ruído longínquo que sublinha a vida de uma cidade grande. Todos esses detalhes eram, à sua própria maneira, solenes, e sobrepujavam o resto. Arthur permanecia em silêncio – e tentava, eu podia ver, compreender o propósito e o significado daquele mistério. Eu, de minha parte, estava razoavelmente paciente, e propenso a mais uma vez deixar de lado as dúvidas e aceitar as conclusões de Van Helsing. Quincey Morris era um homem fleumático, no sentido de alguém que aceita todas as coisas, e as aceita num espírito de bravura tranquila, a despeito de todos os riscos que corre. Não podendo fumar, cortou um bom pedaço de tabaco e começou a mastigá-lo. Quanto a Van Helsing, ocupava seu tempo de forma bastante precisa. Primeiro, tirou de sua valise algo semelhante a biscoitos finos, tipo *wafer*, embrulhados cuidadosamente num guardanapo branco. Em seguida, apanhou dois punhados de uma substância branca, como massa de pão ou pasta de cimento. Esmigalhou os biscoitos e começou a misturá-los à massa com as mãos. Depois, fez rolos delgados com a massa resultante e começou a colocá-los nos vãos entre a porta do túmulo e a moldura. Eu fiquei um tanto intrigado, e, aproximando-me, perguntei-lhe o que estava fazendo. Arthur e Quincey também foram ver, pois estavam curiosos.

– Estou fechando o túmulo para que a Não Morta não possa entrar.

– E essa massa que o senhor está colocando aí vai impedi-la? – perguntou Quincey. – Puxa vida! Isto é algum jogo?

– Sim.

– E o que está usando?

Dessa vez a pergunta foi feita por Arthur. Van Helsing tirou o chapéu em reverência ao responder:

– A hóstia. Trouxe de Amsterdã. Tenho indulgência.

Foi uma resposta que espantou o mais cético entre nós, e individualmente sentimos que, diante de um propósito honesto como o do professor – um propósito que recorria àquilo que ele tinha como mais sagrado –, nossa desconfiança não tinha como sobreviver. Num silêncio respeitoso, tomamos os lugares que nos haviam sido indicados em volta do túmulo, mas fora da vista de qualquer um que se aproximasse. Tive pena dos outros, sobretudo de Arthur. Para mim, aquilo não era novidade, pois eu já passara pela experiência daquela terrível vigília – e ainda assim eu, que até uma hora antes repudiara as provas, sentia-me deprimido. Jamais os túmulos me haviam parecido tão horrivelmente brancos; nunca antes os ciprestes ou os teixos ou os juníperos haviam parecido incorporar tanto a tristeza fúnebre; nunca as árvores ou a grama haviam farfalhado e se agitado de modo tão agourento; jamais os galhos de árvore tinham estalado de forma tão misteriosa; e nunca o uivo distante dos cães soara como um presságio tão terrível através da noite.

Houve um longo silêncio, um vazio imenso e doloroso, e então o professor fez um "S-s-s-s!" forte. No final da aleia de teixos, direção em que ele apontava, vimos um vulto branco avançar – um vulto branco e pouco nítido, com alguma coisa escura junto ao peito. Deteve-se, e nesse instante um raio de luar apareceu por entre as nuvens, revelando, com nitidez assustadora: uma mulher de cabelos escuros, vestida com uma mortalha. Não podíamos ver seu rosto, pois ela estava curvada sobre algo que notamos ser uma criança de cabelos louros. Fez-se uma pausa e ouvimos um gritinho agudo, como o das crianças durante o sono, ou o dos cachorros diante do fogo e ao sonhar. Começamos a nos adiantar, mas o professor ergueu a mão em advertência do lugar onde estava, atrás de um teixo, e nos fez recuar. Ao olharmos para o vulto branco, este começou a andar novamente. Já estava agora perto o suficiente para que o víssemos com clareza, ainda iluminado pela luz da lua. Meu coração enregelou-se, e pude ouvir Arthur arquejar quando reconhecemos a fisionomia de Lucy Westenra. Lucy Westenra, e, no entanto, tão mudada. Seu encanto havia se transformado numa crueldade inflexível e impiedosa; sua pureza, em voluptuosidade lasciva. Van Helsing saiu de onde estava, e, obedecendo ao seu gesto, também saímos; nós quatro nos enfileiramos diante da porta do túmulo. Van Helsing ergueu a lamparina e abriu a tampa; sob o facho de luz que caiu sobre o rosto de Lucy, pudemos ver que os lábios estavam rubros com sangue fresco, e que um pouco desse sangue escorrera-lhe pelo queixo, maculando a pureza de sua mortalha de linho.

Estremecemos de horror. Eu podia ver, sob a luz trêmula, que mesmo os nervos de aço de Van Helsing haviam vacilado. Arthur estava ao meu lado e, se eu não tivesse lhe segurado o braço e o ajudado a ficar de pé, ele teria caído.

Quando Lucy – chamo à coisa que estava diante de nós Lucy porque assumira sua forma – nos viu, recuou com um rosnado furioso, igual ao de um gato quando pego de surpresa; então, seus olhos se fixaram acima de nós. Eram os olhos de Lucy, na forma e na cor, mas estavam impuros e tomados por um fogo infernal, em lugar da pureza e da delicadeza que conhecíamos. Naquele momento, o que ainda restava do meu amor se transformou em ódio e aversão; se ela tivesse que ser morta naquele instante, eu teria realizado a tarefa com uma selvagem satisfação. Enquanto ela olhava, seus olhos faiscaram com um brilho ímpio, e a face se contorceu num sorriso voluptuoso. Ah, meu Deus, como estremeci ao vê-lo! Com um gesto negligente, insensível como um demônio, deixou cair ao chão a criança que até então agarrava tenazmente junto ao peito, rosnando sobre seu corpo como faz um cão com um osso. A criança deu um grito agudo e ficou no chão, choramingando. A frieza daquele gesto arrancou um gemido de Arthur; quando ela avançou em sua direção com os braços estendidos e um sorriso lascivo, ele recuou e escondeu o rosto entre as mãos.

Ela continuou avançando, porém, e disse, com uma graça lânguida e voluptuosa:

– Venha, Arthur. Deixe esses outros e venha. Meus braços estão famintos por você. Venha, e poderemos descansar juntos. Venha, meu marido, venha!

Havia algo de diabolicamente encantador em seu tom de voz – algo do som do vidro quando golpeado – que ecoava em nossos cérebros mesmo quando ouvíamos as palavras dirigidas a outro. Quanto a Arthur, estava como que enfeitiçado; tirando as mãos que recobriam sua face, abriu os braços. Ela saltava para dentro deles quando Van Helsing se adiantou e segurou entre os dois seu pequeno crucifixo de ouro. Ela recuou, e, com o rosto subitamente distorcido, tomado pela ira, passou como um raio por ele como se quisesse entrar no túmulo.

A menos de um metro da porta, no entanto, parou, como se alguma força irresistível a detivesse. Voltou-se, então, revelando seu rosto sob a límpida luz da lua e a chama da lamparina, que agora os nervos de aço de Van Helsing já não deixavam tremular. Nunca vi um rosto com tamanha malícia e frustração; e nunca mais, creio eu, esse rosto há de ser contemplado por olhos mortais. A bonita cor tornou-se lívida, os olhos pareciam lançar centelhas do fogo do inferno, as sobrancelhas estavam franzidas como se as dobras da pele fossem as serpentes da Medusa, e os belos lábios manchados de sangue abriram-se num quadrado, como aquelas máscaras gregas ou japonesas. Se algum rosto jamais significou morte – se a aparência pudesse matar –, então foi o que vimos naquele momento.

E assim, durante meio minuto que pareceu uma eternidade, ela ficou entre o crucifixo erguido e o lacre sagrado do local por onde costumava entrar. Van Helsing rompeu o silêncio perguntando a Arthur:

– Responda-me, amigo! Devo levar adiante meu trabalho?

Arthur caiu de joelhos e escondeu a face entre as mãos ao responder:

– Faça o que achar melhor, amigo. Faça o que achar melhor. Não pode haver um horror maior do que este – e um gemido partiu do fundo de sua alma.

Quincey e eu fomos ao mesmo tempo até ele, segurando-lhe os braços. Pudemos ouvir o estalo da lamparina se fechando enquanto Van Helsing baixava-a; aproximando-se do túmulo, começou a remover das frestas um pouco do símbolo sagrado que colocara ali. Todos observamos com surpresa e terror que, quando ele se afastou, a mulher, cujo corpo era naquele momento tão real quanto o nosso, entrou no túmulo atravessando uma fresta em que a lâmina de uma faca mal teria entrado. Todos sentimos um grande alívio quando vimos o professor calmamente recobrir o local com a massa.

Quando ele terminou, ergueu a criança e disse:

– Venham, agora, amigos. Não há mais nada que possamos fazer até amanhã. Há um funeral ao meio-dia, e devemos todos estar aqui logo depois. Os amigos do defunto terão ido embora por volta das duas horas, e, quando o sacristão trancar o portão, nós permaneceremos. Então, haverá mais coisas a fazer, mas não como esta noite. Quanto a este pequenino aqui, ela não lhe causou um dano muito grande. Ele estará bem amanhã à noite. Vamos deixá-lo onde a polícia o encontre, como na outra noite, e então voltamos para casa.

Aproximando-se de Arthur, ele disse:

– Meu amigo Arthur, esta foi uma prova de fogo, mas mais tarde, quando olhar para trás, verá que foi necessária. Está provando das águas amargas, meu filho. Nesta mesma hora, amanhã, se Deus quiser já as terá ultrapassado, e terá bebido da água doce. Portanto, procure não se lamentar em excesso. Até lá, não irei lhe pedir que me perdoe.

Arthur e Quincey vieram para casa comigo, e tentamos animar um ao outro no caminho. Havíamos deixado a criança num lugar seguro, e estávamos cansados; todos acabamos conseguindo ter quase uma noite normal de sono.

29 de setembro, à noite – Um pouco antes do meio-dia, nós três – Arthur, Quincey Morris e eu – chamamos o professor. Foi curioso notar que, numa espécie de consenso, todos havíamos vestido roupas negras. Arthur se vestia assim, é claro, pois estava de luto profundo, mas o resto de nós as usava por instinto. Chegamos ao cemitério à uma e meia e ficamos perambulando por ali, evitando ser vistos pelas pessoas que trabalhavam, de modo que, quando os coveiros terminaram sua tarefa e o sacristão, acreditando que todos já haviam ido embora, trancou o portão, o local era todo nosso. No lugar de sua pequena valise preta habitual, Van Helsing trazia consigo uma comprida valise de couro, semelhante a uma bolsa de críquete; era evidentemente pesada.

Quando nos vimos sozinhos e escutamos os últimos passos morrerem na estrada, seguimos o professor em silêncio até o túmulo, como se isso tivesse sido estabelecido previamente. Ele destrancou a porta, e nós entramos, fechando-a em seguida. Então ele tirou da bolsa a lamparina, que acendeu, e também duas velas, que, depois de acesas, afixou sobre outros caixões derretendo-lhes a extremidade, a fim de que tivéssemos luz suficiente para trabalhar. Quando tornou a abrir o caixão de Lucy, todos olhamos – Arthur tremendo como vara verde – e vimos que lá estava o corpo, em toda a sua beleza. Em meu coração, porém, já não havia amor. Tudo o que eu sentia era repulsa pela Coisa abominável que se apoderara do corpo de Lucy, onde sua alma já não habitava. Pude ver que mesmo o rosto de Arthur endureceu ao contemplá-la. Em seguida, ele disse a Van Helsing:

– Este é mesmo o corpo de Lucy, ou um demônio que tomou sua forma?

– É seu corpo, e ao mesmo tempo não é. Mas espere um pouco e há de vê-la como era, e como ainda é.

O ser deitado no caixão parecia um pesadelo de Lucy. Os dentes pontiagudos, a boca voluptuosa e manchada de sangue cuja visão nos fazia estremecer, a aparência geral lasciva e sensual que era como uma zombaria da adorável pureza de Lucy. Como sempre metódico, Van Helsing começou a retirar vários instrumentos de sua bolsa e arrumá-los, deixando-os prontos para o uso. Primeiro pegou um ferro de soldar e um pouco de solda, depois uma pequena lamparina a óleo, que, quando acesa num canto do túmulo, liberava um gás que produzia uma chama quente e azulada. Em seguida, retirou da bolsa seus bisturis, que colocou bem à mão, e por fim uma estaca cilíndrica de madeira, com uns sete centímetros de espessura e quase um metro de comprimento. Uma das extremidades da estaca foi carbonizada no fogo, endurecendo, e esculpida numa ponta bem fina. Junto com a estaca, Van Helsing pegou um martelo pesado, igual aos que são usados nas casas para quebrar os grandes blocos de carvão. Para mim, os preparativos que um médico faz para realizar qualquer tipo de trabalho são estimulantes, mas o efeito que aqueles objetos tiveram tanto em Arthur quanto em Quincey foi de certa consternação. Ambos aferravam-se à coragem, porém, e se mantinham quietos.

Quando tudo estava pronto, Van Helsing disse:

– Antes que façamos qualquer coisa, deixem que eu lhes diga o seguinte: tudo isso advém da sabedoria e da experiência dos antigos e daqueles que estudaram os poderes dos Não Mortos. Quando se tornam seres dessa natureza, a mudança traz consigo a maldição da imortalidade. Não podem morrer e têm de seguir era após era fazendo novas vítimas e multiplicando os males do mundo, pois todos os que morrem após serem sugados pelos Não Mortos se tornam eles próprios Não Mortos e se alimentam de seus semelhantes. Assim, o círculo se amplia cada vez mais, como as ondas produzidas por uma pedra que é lançada na água. Amigo Arthur, se tivesse dado aquele beijo na pobre Lucy antes que ela morresse, ou ontem à noite, quando abriu seus braços para ela, após sua própria morte iria se tornar também um *nosferatu*, como chamam esses seres na Europa oriental, e por sua vez criaria mais Não Mortos que tanto nos aterrorizam. A carreira desta moça tão infeliz apenas começou. As crianças cujo sangue ela sugou ainda não são caso perdido, mas se ela continuar vivendo, uma Não Morta, perderão mais sangue e virão a ela devido ao poder que exerce, a fim de que ela ponha aqueles lábios cruéis sobre suas feridas. Se ela morrer de fato, porém, tudo termina: os pequenos orifícios no pescoço desaparecerão, e as crianças voltarão às suas brincadeiras sem nem mesmo saber o que aconteceu. Se fizermos com que essa Não Morta descanse como verdadeira morta, porém, a maior bênção será saber que a alma da pobre moça que todos amávamos estará novamente livre. Em vez de fazer coisas hediondas à noite e se degradar cada vez mais com a assimilação de seus atos durante o dia, ocupará seu lugar entre os outros anjos. Portanto, meu amigo, abençoada será a mão que desferir o golpe capaz de libertá-la. Estou disposto a fazê-lo, mas por acaso algum de nós tem mais direito? Não será nada agradável pensar nisso mais tarde, no silêncio das noites insones: "Foi minha mão que a mandou para as estrelas; foi a mão de quem mais a amava; a mão que, entre todas as outras, ela própria teria escolhido, se pudesse?" Digam-me se há alguém assim entre nós.

Todos olhamos para Arthur, que percebeu, assim como nós, a gentileza infinita que sugeria que fosse a sua a mão que nos devolveria Lucy como uma lembrança sagrada, e não ímpia. Adiantou-se e disse, corajosamente, embora sua mão tremesse e seu rosto estivesse pálido como a neve:

– Meu verdadeiro amigo, do fundo de meu coração partido lhe agradeço. Diga-me o que devo fazer, e não hei de vacilar!

Van Helsing pousou a mão por um instante em seu ombro, dizendo:

– Rapaz valente! Basta um momento de coragem e tudo estará terminado. A estaca precisa ser atravessada no corpo dela. Será assustador, repugnante, devo dizê-lo, mas será rápido, e sua satisfação há de ser maior do que sua dor. Deste túmulo sombrio, o senhor sairá como se andasse nas nuvens. Não deve vacilar, porém, uma vez tendo começado. Pense apenas que nós, seus sinceros amigos, estamos ao seu lado, e que rezamos o tempo todo pelo senhor.

– Prossiga – disse Arthur, a voz rouca. – Diga-me o que devo fazer.

– Pegue a estaca em sua mão esquerda, pronto para colocar a extremidade sobre o coração, e segure o martelo com a direita. Então, começaremos a rezar pela morta; tenho o livro aqui, e vou ler enquanto os outros acompanham. Nesse momento, golpeie a estaca, em nome de Deus, de modo que todos possamos ficar em paz com a morta que amamos e que a Não Morta seja destruída.

Arthur pegou a estaca e o martelo, e uma vez tendo se concentrado na ação que estava prestes a cumprir, suas mãos não tremeram uma vez sequer. Van Helsing abriu o missal e começou a ler; Quincey e eu o acompanhamos da melhor forma possível. Arthur colocou a ponta da estaca sobre o coração de Lucy e, quando olhei, pude ver a depressão que fazia na pele branca. Então, ele golpeou com toda a sua força.

A Coisa dentro do caixão se contorceu, e um grito medonho, de gelar o sangue, saiu dos lábios vermelhos e abertos. O corpo se sacudiu e tremeu e se revirou em contorções selvagens; os dentes brancos e afiados se trincaram até cortar os lábios, e a boca se cobriu com uma espuma escarlate. Mas Arthur não vacilou. Parecia uma imagem de Thor conforme seu braço firme se erguia e baixava, cravando cada vez mais fundo aquela abençoada estaca, enquanto o sangue do coração perfurado jorrava e esguichava ao nosso redor. Seu rosto estava rígido e parecia iluminado por sua elevada tarefa; essa visão nos encheu de coragem, e nossas vozes pareciam retinir pela pequena câmara mortuária.

As contorções e os estremecimentos do corpo começaram a diminuir, os dentes pareceram trincar-se e a face tremia. Por fim, imobilizou-se. A terrível tarefa estava terminada.

O martelo caiu das mãos de Arthur. Ele cambaleou e teria caído se não o segurássemos. Grandes gotas de suor brotavam-lhe da testa, e sua respiração vinha aos arquejos, entrecortada. Fora realmente um esforço supremo para ele, e, se não o motivassem fins maiores do que suas humanas ponderações, não teria conseguido chegar ao fim. Durante alguns minutos, ficamos tão preocupados com ele que não olhamos para o caixão. Quando o fizemos, porém, um murmúrio de surpresa nos saiu dos lábios. Nossos olhares eram tão ávidos que Arthur se ergueu, pois estava sentado no chão, e também veio ver: uma luz de inesperada felicidade iluminou-lhe o rosto então, dispersando por completo o abatimento e o horror.

Ali, no caixão, já não estava a Coisa perversa que tanto temíamos e começáramos a odiar a ponto de sua destruição ser considerada um privilégio delegado ao mais merecedor entre nós, mas Lucy, tal como a havíamos visto em vida, o rosto de uma pureza e uma delicadeza inigualáveis. É verdade que também estavam ali, como havíamos visto enquanto ela vivia, os traços das preocupações, da dor e do abatimento, mas nos eram caros, pois eram coerentes com o que sabíamos ser verdade. Um a um, sentimos que a calma sagrada que cobria como a luz do sol o rosto e o corpo abatidos era apenas um símbolo e um sinal terreno da calma destinada a reinar para sempre.

Van Helsing se aproximou e pousou a mão no ombro de Arthur, dizendo:

– E agora, Arthur, meu amigo, meu caro rapaz, não estou perdoado?

A reação àquela tensão terrível veio, quando ele pegou a mão do velho professor entre as suas e, levando-a aos lábios, beijou-a, dizendo:

– Perdoado! Que Deus o abençoe por ter devolvido à minha amada sua alma e a mim a paz.

Colocou suas mãos no ombro do professor e, deitando a cabeça sobre seu peito, chorou em silêncio por algum tempo, enquanto nós permanecíamos imóveis. Quando ergueu a cabeça, Van Helsing lhe disse:

– E agora, meu filho, pode beijá-la. Beije seus lábios mortos, se quiser, como ela teria desejado se tivesse podido escolher. Pois agora ela já não é mais um demônio com um sorriso sarcástico nos lábios. Já não é uma Coisa abominável para toda a eternidade. Já não é uma das Não Mortas do Diabo. Está morta de fato, na paz de Deus, e sua alma está junto a Ele!

Arthur se inclinou e a beijou, e em seguida mandamos que ele e Quincey saíssem do túmulo. O professor e eu serramos a outra extremidade da estaca, deixando a ponta no corpo. Então, decepamos a cabeça e enchemos a boca de alho. Soldamos o caixão de chumbo, aparafusamos a tampa do caixão e, juntando nossos apetrechos, saímos. Após trancar o túmulo, o professor deu a chave a Arthur.

Lá fora, o ar estava agradável, o sol brilhava e os pássaros cantavam. Toda a natureza parecia estar afinada num tom diferente. Havia alegria, júbilo e paz em toda parte, pois agora poderíamos descansar no que dizia respeito àquela questão, e estávamos felizes, embora não fosse uma felicidade absoluta.

Antes de irmos embora, Van Helsing disse:

– Agora, meus amigos, um passo de nossa tarefa foi dado, um passo extremamente penoso para todos nós. Mas ainda resta uma tarefa maior: encontrar o autor de todos esses males e eliminá-lo. Tenho pistas que podemos seguir, mas a tarefa é longa e árdua; não exclui os perigos e o sofrimento. Irão me ajudar? Aprendemos a acreditar, todos nós, não é mesmo? Sendo assim, nossa tarefa não está clara? Sim! E não prometeremos seguir em frente até o fim, por mais penoso que seja?

Todos nós sucessivamente tomamos sua mão, e a promessa estava feita. Disse o professor, enquanto saíamos do cemitério:

– Daqui a duas noites, encontrem-me para que jantemos às sete horas com o amigo John. Vou pedir a ajuda de duas outras pessoas, que no momento os senhores ainda não conhecem. Estarei pronto, então, para mostrar nosso trabalho e revelar nossos planos. Amigo John, venha comigo para casa, pois tenho muitos assuntos a discutir, e você pode me ajudar. Hoje à noite parto para Amsterdã, mas retorno amanhã à noite. É agora que começa nossa grande empresa. Mas primeiro terei muito a dizer, a fim de que todos saibam o que deve ser feito e temido. Então, renovaremos nossas promessas, pois temos uma tarefa terrível diante de nós e, uma vez tendo colocado nossos pés em marcha, não devemos retroceder.

CAPÍTULO 17

Diário do dr. Seward
(continuação)

Quando chegamos ao Berkeley Hotel, Van Helsing encontrou um telegrama esperando por ele:

"Chegarei de trem. Jonathan está em Whitby. Notícia importante. – *Mina Harker.*"

O professor ficou muito satisfeito.

– Ah, essa maravilhosa madame Mina – disse ele. – Uma pérola entre as mulheres! Ela está chegando, mas eu não posso ficar. Ela terá que ir para sua casa, amigo John. Você precisa ir apanhá-la na estação. Telegrafe a ela *en route*, para que não seja apanhada de surpresa.

Depois que o fiz, ele tomou uma xícara de chá e enquanto isso me contou sobre um diário escrito por Jonathan Harker quando estava fora do país. Deu-me uma cópia datilografada e outra do diário que Mrs. Harker escrevera em Whitby.

– Leve isto aqui – disse ele – e os estude com atenção. Já estará a par dos fatos quando eu regressar, e então poderemos iniciar de forma mais adequada nossa investigação. Guarde-os com cuidado, pois há informações preciosas aí. Toda a sua fé será necessária, mesmo tendo passado por uma experiência como a de hoje. O que está relatado nos diários – disse ele, colocando a mão grave e pesadamente no pacote de papéis a que se referia – talvez seja o começo do fim para você, para mim e para muitos outros, ou talvez seja o repicar dos sinos dos Não Mortos que caminham pela Terra. Peço-lhe que leia tudo com a mente aberta e, se puder acrescentar o que quer que seja à história narrada aqui, não hesite em fazê-lo, pois é importantíssimo. Você tem anotado num diário todos esses acontecimentos estranhos, não é verdade? Então examinaremos tudo isso juntos quando nos reencontrarmos.

Ele se preparou para a partida, e pouco depois seguiu para Liverpool Street. Quanto a mim, fui para Paddington, onde cheguei 15 minutos antes do trem.

A multidão se dissipou, após o alvoroço comum às plataformas de trens que estão chegando. Eu começava a me inquietar, temendo não encontrar minha convidada, quando uma moça bonita, de rosto delicado, aproximou-se de mim e disse, após um rápido olhar:

– O senhor é o dr. Seward, não? – Respondi de imediato, e ela estendeu a mão para me cumprimentar. – Reconheci-o pela descrição da pobre Lucy, mas... – Ela se interrompeu de repente e enrubesceu um pouco.

O rubor que também tingiu minha face de certa forma deixou-nos ambos à vontade, pois funcionou como uma resposta tácita. Peguei sua bagagem, que incluía uma máquina de escrever, e tomamos o metrô para a Fenchurch Street, depois que mandei um telegrama para minha governanta instruindo-a a preparar imediatamente uma sala de estar e um quarto para Mrs. Harker.

Chegamos na hora adequada. Ela sabia, é claro, que se tratava de um hospício, mas vi que não pôde evitar um estremecimento quando entramos.

Disse-me que, se possível, gostaria de ir imediatamente ao meu escritório, pois tinha muito a dizer. Então, eis-me aqui encerrando meu registro em meu diário fonográfico enquanto a aguardo. Ainda não tive tempo de examinar os papéis que Van Helsing deixou comigo, embora estejam abertos diante de mim. Preciso fazer com que ela se ocupe com algo, a fim de poder ter uma oportunidade de lê-los. Ela não sabe *quão* precioso é o tempo e qual a tarefa que temos nas mãos. Preciso tomar cuidado para não a assustar. Ei-la!

Diário de Mina Harker

29 de setembro – Depois de me lavar, desci para o escritório do dr. Seward. Detive-me um instante à porta, pois pensei tê-lo ouvido falando com alguém. Como ele havia me pedido que não demorasse, porém, bati, e, ao ouvi-lo dizer "Entre", abri a porta.

Para minha grande surpresa, não havia ninguém com ele. Estava só, e na mesa à sua frente havia algo que, pelas descrições, reconheci de imediato como sendo um fonógrafo. Nunca vira um e fiquei muito interessada.

– Espero não tê-lo feito esperar – disse eu –, mas parei junto à porta e, como o escutei falando, achei que havia alguém com o senhor.

– Ah – replicou ele, com um sorriso –, só estava fazendo um registro em meu diário.

– Seu diário? – indaguei, surpresa.

– Sim – disse ele. – Gravo-o aqui.

Ao dizê-lo, pôs a mão sobre o fonógrafo. Fiquei muito animada com aquilo e disse, sem pensar:

– Puxa, isso derruba até mesmo a taquigrafia! Posso ouvi-lo dizer alguma coisa?

– Claro que sim – respondeu ele, entusiasmado, e levantou-se para pôr o fonógrafo pronto para funcionar. Então se deteve, e uma expressão preocupada nublou seu rosto:

– O fato – começou ele, embaraçado – é que registro todo o meu diário aqui, e ele se refere exclusivamente... quase exclusivamente aos meus casos, e pode ser inconveniente... isto é, quero dizer...

Ele se interrompeu, e tentei ajudá-lo a se livrar do embaraço:

– O senhor ajudou a cuidar da querida Lucy no final. Deixe-me ouvir como ela morreu; por tudo que sei sobre ela, ficarei bastante agradecida. Ela me era muito, muito querida.

Para minha surpresa, ele respondeu, com uma expressão de horror na face:

– Falar-lhe sobre a morte de Lucy? Por nada nesse mundo!

– Por que não? – perguntei, pois um sentimento grave e terrível começava a me dominar.

Ele fez outra pausa, e pude ver que tentava inventar uma desculpa. Por fim, gaguejou:

– Sabe, não tenho como escolher uma parte específica do diário.

Enquanto falava, uma ideia lhe ocorreu, e ele disse, com uma simplicidade inconsciente, numa voz distinta e com a ingenuidade de uma criança:

– Isso é verdade, juro pela minha honra. Juro por Deus! – Não pude evitar um sorriso, ao qual ele respondeu com uma careta. – Eu me denunciei... – disse ele. – Mas por acaso a senhora sabe que, embora eu venha mantendo este diário há meses, nem uma única vez me ocorreu como faria para encontrar uma parte específica, se quisesse?

A essa altura, eu estava convencida de que o diário do médico que cuidara de Lucy talvez tivesse algo a acrescentar aos conhecimentos que possuíamos daquele terrível Ser e disse, ousadamente:

– Então, dr. Seward, é melhor o senhor me deixar fazer uma cópia datilografada.

Ele assumiu uma palidez cadavérica ao dizer:

– Não! Não! Não! Por nada nesse mundo eu a colocaria a par daquela história terrível!

Então foi terrível; minha intuição estava correta! Refleti por um momento, e, enquanto meus olhos passeavam pela sala, procurando inconscientemente algo capaz de me ajudar, caíram sobre uma grande quantidade de folhas datilografadas na mesa. Seus olhos perceberam a expressão dos meus, e automaticamente os acompanharam. Quando ele viu o pacote, compreendeu o que eu pensava.

– O senhor não me conhece – disse eu. – Depois de ler esses papéis, meu próprio diário e também o de meu marido, que datilografei, há de me conhecer melhor. Não hesitei em revelar meus mais íntimos pensamentos pelo bem desta causa. Mas, é claro, o senhor não me conhece... ainda. E não posso esperar que confie em mim, por ora.

Trata-se com certeza de um homem de natureza nobre: a pobre Lucy estava certa a seu respeito. Ele se levantou e abriu uma grande gaveta, em que estavam arrumados em ordem vários cilindros ocos de metal cobertos com cera escura, e me disse:

– A senhora tem toda a razão. Não confiei na senhora por não a conhecer. Mas agora a conheço, e deixe-me dizer que devia tê-la conhecido há muito tempo. Sei que Lucy falou a meu respeito com a senhora; ela também me falou a seu respeito. Posso reparar essa situação da única maneira que está em meu poder? Pegue os cilindros e ouça-os. A primeira meia dúzia é pessoal e não vai horrorizá-la, ajudando-a a me conhecer melhor. Até lá, o jantar estará pronto. Nesse ínterim, lerei alguns destes documentos e estarei em posição de compreender melhor certas coisas.

Ele próprio levou o fonógrafo para minha sala de estar, preparando-o para mim. Agora descobrirei coisas agradáveis, tenho certeza, pois aqui está o outro lado de um genuíno caso de amor, do qual já conheço um lado...

Diário do dr. Seward

29 de setembro – Fiquei tão absorvido pelo maravilhoso diário de Jonathan Harker e pelo de sua esposa que deixei o tempo passar sem me dar conta. Mrs. Harker não estava no andar inferior quando a criada veio correndo avisar que o jantar estava servido, de modo que eu disse:

– Ela provavelmente está cansada; jantaremos uma hora mais tarde.

E retomei meu trabalho. Eu acabava de terminar a leitura do diário de Mrs. Harker, quando ela entrou. Estava muito bonita, mas triste também, e seus olhos estavam avermelhados, o que indicava que havia chorado. De alguma forma, isso me sensibilizou bastante. Deus sabe que tenho tido, ultimamente, motivos para derramar muitas lágrimas, mas elas me foram negadas; agora, a visão daqueles olhos encantadores, úmidos com as lágrimas recentes, falou-me direto ao coração. Eu disse, da maneira mais gentil possível:

– Receio tê-la feito sofrer.

– Ah, não, o senhor não me fez sofrer – replicou ela –, mas fiquei mais comovida do que sou capaz de dizer com o seu pesar. Esta máquina é maravilhosa, mas tudo assume uma veracidade cruel. Revelou-me, com todas as nuances, a angústia de seu coração. Era como uma alma gritando para Deus Todo-Poderoso. Ninguém jamais deve voltar a ouvir essas palavras! Veja, tentei ser útil. Transcrevi as palavras em minha máquina de escrever, e ninguém mais precisará ouvir seu coração bater como eu ouvi.

– Ninguém há de saber. Ninguém precisa saber – eu disse, em voz baixa.

Ela cobriu minha mão com a sua e disse, num tom de enorme gravidade:

– Ah, os outros precisam saber, sim!

– Precisam! Mas por quê?

– Porque se trata de uma parte dessa terrível história, uma parte da morte da pobre Lucy e de tudo o que a causou. Porque, na luta que temos diante de nós para livrar o mundo desse monstro terrível, precisamos recorrer a todo conhecimento e toda ajuda que pudermos obter. Acho que nos cilindros que o senhor me deu havia mais do que gostaria que eu soubesse, mas posso ver que seus registros iluminam de várias formas esse obscuro mistério. Vai deixar que eu ajude, não vai? Sei de tudo, até um determinado ponto. Já posso ver, embora seu diário só tenha me levado até o dia 7 de setembro, como a pobre Lucy foi assediada e como seu terrível destino estava sendo traçado. Jonathan e eu temos trabalhado dia e noite desde que o professor Van Helsing veio nos ver. Meu marido foi a Whitby reunir mais informações e estará aqui amanhã, para nos ajudar. Não precisamos de segredos entre nós. Trabalhando juntos e em total confiança, com certeza podemos ser mais fortes do que se um de nós estivesse no escuro.

Ela me lançou um olhar tão suplicante, e ao mesmo tempo seu comportamento revelava tanta coragem e determinação, que de imediato cedi aos seus desejos.

– A senhora pode agir como quiser – disse eu. – E que Deus me perdoe se eu estiver agindo mal! Ainda há coisas horríveis que virá a saber, mas, se chegou tão longe no caminho que levou à morte de Lucy, sei que não ficará satisfeita se permanecer no escuro. E mais ainda: talvez o próprio fim lhe conceda um lampejo de paz. Venha, o jantar está servido. Precisamos nos manter fortes para o que temos à nossa frente; nossa tarefa é terrível e assustadora. Depois que tiver comido, saberá o resto. E eu responderei a todas as suas perguntas, caso haja algo que, embora claro para nós, que estávamos presentes, venha a ser incompreensível para a senhora.

Diário de Mina Harker

29 de setembro – Após o jantar, vim com o dr. Seward ao seu escritório. Ele trouxe o fonógrafo de meus aposentos, e eu peguei minha máquina de escrever. Ele me instalou numa cadeira confortável e colocou o fonógrafo de maneira que eu o alcançasse sem ter que me levantar. Mostrou-me como fazê-lo parar caso precisasse de uma pausa. Então, muito atenciosamente, sentou-se numa cadeira de costas para mim, de modo a me dar toda a liberdade possível, e começou a ler. Coloquei a forquilha de metal nos ouvidos e pus-me a escutar.

Quando a terrível história da morte de Lucy – e de tudo o que se seguiu – chegou ao fim, recostei-me na cadeira, sem forças. Felizmente, não sou do tipo que costuma desmaiar. Quando o dr. Seward me viu, pôs-se de pé num pulo, com uma exclamação horrorizada. No mesmo instante, apanhou uma garrafa num armário e me deu um pouco de conhaque. Em alguns minutos, a bebida me revigorou um pouco. Meu cérebro ainda rodava, e creio que só consegui suportar tudo aquilo sem fazer uma cena porque, em meio a tantos horrores, havia um raio de luz sagrado a me garantir que minha adorada Lucy estava afinal em paz. Tudo era tão fantástico, tão misterioso e estranho que, se eu não soubesse da experiência de Jonathan na Transilvânia, não teria acreditado. De qualquer maneira, não sabia em que acreditar e consegui superar aquela dificuldade ocupando-me de outra coisa. Tirei a capa de minha máquina de escrever e disse ao dr. Seward:

– Vou escrever tudo isso agora. Temos que ter tudo pronto para o dr. Van Helsing, quando ele chegar. Enviei um telegrama a Jonathan, dizendo-lhe que venha para cá quando chegar a Londres, vindo de Whitby. Num caso como esse, as datas são tudo, e acho que teremos feito muito se conseguirmos aprontar todo o nosso material e colocar cada item em ordem cronológica. O senhor me diz que lorde Godalming e Mr. Morris também virão. Temos que estar em condições de lhes relatar tudo, quando chegarem.

Ele então ajustou o fonógrafo para que funcionasse lentamente, e eu comecei a datilografar a partir do início do sétimo cilindro. Fiz três cópias do diário, como havia feito com o resto. Já era tarde quando cheguei ao fim, mas o dr. Seward fora fazer a ronda dos pacientes. Quando terminou, voltou e sentou-se ao meu lado, lendo, para que eu não me sentisse muito só enquanto trabalhava. Como ele é bom e atencioso. O mundo parece cheio de homens bons – mesmo que também haja *monstros* em seu meio. Antes de deixá-lo, lembrei-me do que Jonathan escrevera em seu diário acerca da perturbação do professor ao ler qualquer coisa num jornal vespertino, na estação, em Exeter. Ao ver, então, que o dr. Seward guardava os jornais, peguei emprestados os arquivos do *The Westminster Gazette* e do *The Pall Mall Gazette*, levando-os para os meus aposentos. Lembro-me de quanto o *The Dailygraph* e o *The Whitby Gazette*, dos quais eu retirara alguns recortes, nos ajudaram a compreender os terríveis acontecimentos em Whitby, quando o conde Drácula desembarcou, de modo que examinarei os jornais vespertinos daquela data em diante, e talvez faça novas descobertas. Não tenho sono, e o trabalho me ajudará a manter a calma.

30 de setembro – Mr. Harker chegou às nove horas. Recebera o telegrama de sua esposa pouco antes de partir. É um homem de inteligência incomum, se julgarmos por seu rosto, e cheio de energia. Se este diário for verdadeiro – e, a julgar por minhas estranhas experiências, deve ser –, é também um homem de coragem. Ter descido àquela câmara mortuária uma segunda vez foi de uma ousadia notável. Após ter lido seu relato, eu esperava encontrar um homem destemido, mas dificilmente teria imaginado tratar-se do cavalheiro reservado e metódico que veio até aqui hoje.

Mais tarde – Após o almoço, Harker e a esposa voltaram para os seus aposentos. Ao passar diante da porta há algum tempo, ouvi o barulho da máquina de escrever. Os dois estão se empenhando a fundo. Mrs. Harker diz que eles estão reunindo e organizando em ordem cronológica até as mais ínfimas informações que têm. Harker obteve as cartas entre o consignatário dos caixotes em Whitby e os transportadores em Londres que se encarregaram deles. Agora está lendo a cópia datilografada que sua esposa fez do meu diário. Pergunto-me o que vão concluir de tudo isso. Aqui está...

É curioso que nunca tenha me ocorrido a possibilidade de que a casa vizinha fosse o esconderijo do conde! Deus sabe que tivemos pistas suficientes, dada a conduta do paciente Renfield! O pacote das cartas relativas à compra da casa estava com a cópia datilografada. Ah, se pudéssemos tê-las visto antes, talvez tivéssemos conseguido salvar a pobre Lucy! Mas devo parar de pensar nisso; é assim que começa a loucura! Harker voltou e pôs-se novamente a organizar seu material. Diz que por volta da hora do jantar poderão mostrar uma narrativa mais ou menos encadeada. Ele acha que nesse ínterim eu devia ir ver Renfield, que até o momento tem sido um índice das idas e vindas do conde. Isso ainda não me é muito claro, mas quando tiver as datas suponho que há de se tornar. Foi ótimo que Mrs. Harker tenha datilografado meus cilindros! De outro modo, jamais teríamos encontrado as datas...

Encontrei Renfield sentado calmamente em seu quarto com os dedos das mãos entrelaçados, sorrindo um sorriso benigno. Naquele momento, pareceu-me tão normal quanto qualquer um que eu jamais tenha visto. Sentei-me e conversei com ele sobre diversos assuntos, e sobre todos ele discorreu com naturalidade. Falou-me, então, e espontaneamente, sobre ir para casa, assunto que jamais mencionara durante sua estada aqui, até onde sei. De fato, ele falou confiante, pedindo sua imediata liberação. Creio que se não tivesse conversado com Harker, lido as cartas e verificado as datas de seus acessos, estaria pronto para autorizar sua liberação após um breve período de observação. A verdade é que estou bastante desconfiado. Todas as suas crises estavam de algum modo relacionadas à proximidade do conde. O que significa, então, esse contentamento absoluto? Será possível que seu instinto esteja satisfeito com o triunfo final do vampiro? Ele próprio é um zoófago e em seus impetuosos delírios falou de um "mestre". Tudo isso parece confirmar nossa ideia. Depois de algum tempo, contudo, vim embora; meu amigo está um pouco normal demais no momento para que seja prudente pô-lo à prova com muitas perguntas. Pode começar a pensar, e então...! Portanto, retirei-me. Desconfio desses seus estados de espírito tranquilos, de modo que dei instruções ao assistente para que ficasse atento a ele e tivesse uma camisa de força à mão, no caso de vir a ser necessária.

Diário de Jonathan Harker

29 de setembro, no trem para Londres – Quando recebi a mensagem atenciosa de Mr. Billington prontificando-se a me dar qualquer informação de que dispusesse, achei melhor ir a Whitby e fazer no próprio local minhas perguntas. Meu objetivo era rastrear aquela horrível carga do conde até o local em que se encontra, em Londres. Mais tarde talvez possamos lidar com ela. Billington Filho, um bom rapaz, encontrou-me na estação e me levou até a casa de seu pai, onde resolveram que eu deveria passar a noite. São hospitaleiros, com a verdadeira hospitalidade de Yorkshire: dão ao seu hóspede tudo aquilo de que precisa e o deixam à vontade para agir como desejar. Todos sabiam que eu tinha muito que fazer, e que minha estada seria breve. Em seu escritório, Mr. Billington já tinha aprontado todos os papéis relativos à consignação das caixas. Foi um choque tornar a ver uma das cartas que eu vira na mesa do conde antes de ficar a par de seus planos diabólicos. Tudo havia sido cuidadosamente planejado e realizado de forma sistemática e precisa. Ele parecia ter se preparado para qualquer obstáculo que por acaso pudesse surgir no caminho enquanto levava a cabo suas intenções. Não correra riscos, e a precisão absoluta com que suas instruções tinham sido seguidas era apenas o resultado lógico de seus cuidados. Vi a fatura, de que tomei nota: "Cinquenta caixas de terra comum, para ser usada com fins experimentais." Também vi a cópia da carta para Carter, Paterson & Co. e sua resposta. De ambas obtive cópias. Essas eram todas as informações que Mr. Billington podia me dar. Fui então até o porto, falar com os oficiais da guarda costeira e da alfândega, bem como com o capitão do porto. Todos tinham algo a dizer sobre a estranha chegada da embarcação, que já está se tornando tradição local, mas ninguém era capaz de acrescentar qualquer informação àquela descrição simples: "cinquenta caixas de terra comum". Fui então ver o agente ferroviário, que gentilmente me pôs em contato com os homens que haviam recebido as caixas. Seu registro correspondia à lista, e eles nada tinham a acrescentar, exceto o fato de que as caixas eram "extremamente pesadas", e que transportar havia sido um trabalho árduo. Um deles comentou que havia sido uma pena a ausência de um cavalheiro "como *o* senhor, *squire*", capaz de demonstrar algum apreço por seus esforços pagando-lhe uma bebida. Um outro falou que a sede que haviam sentido após todo aquele esforço havia sido tanta que nem mesmo o tempo transcorrido conseguira aplacá-la. Desnecessário dizer que antes de sair cuidei para eliminar, para sempre e de forma adequada, aquela fonte de reprimendas.

30 de setembro – O agente ferroviário teve a bondade de escrever uma carta de apresentação para mim, destinada ao seu velho companheiro, *o* agente ferroviário de King's Cross, para que, lá chegando pela manhã, eu pudesse lhe perguntar sobre *o* transporte das caixas. Ele também me pôs imediatamente em contato com *os* oficiais competentes, e vi que seu registro estava de acordo com a fatura original. As oportunidades de ficar com uma sede anormal estavam aqui reduzidas, mas foram utilizadas de forma bastante nobre, e mais uma vez senti-me compelido a lidar com *o* resultado de forma *ex posto facto.*

Dali, segui para o escritório central de Carter, Paterson & Co., onde fui recebido com a maior cortesia. Procuraram os registros da transação em seu diário e em seu copiador, e imediatamente telefonaram para King's Cross a fim de obter maiores detalhes. Por sorte, os homens que haviam feito o trabalho estavam lá, aguardando outro serviço, e na mesma hora o oficial enviou-os, mandando ainda, através de um deles, a guia e todos os papéis relativos à entrega das caixas em Carfax. Também nesse caso o registro estava perfeitamente de acordo. Os funcionários da transportadora puderam complementar a escassez de palavras escritas com alguns detalhes. Logo percebi que tais detalhes estavam quase que exclusivamente relacionados à natureza poeirenta do trabalho e à sede de que, em consequência, sofriam os trabalhadores. Quando lhes dei uma oportunidade, por meio da moeda corrente, de mais tarde mitigar aquele mal benéfico, um deles observou:

– Aquela era a casa mais esquisita que já vi na vida. Deus do céu! Acho que ninguém punha os pés ali há uns cem anos. A camada de poeira era tão espessa que acho que poderia dormir ali sem me machucar, como se fosse um colchão. Estava tão abandonada que cheirava à velha Jerusalém. Mas a antiga capela, essa, sim, foi o cúmulo! Meu colega e eu não víamos a hora de sair dali. Por Deus, se eu tivesse que ficar ali depois que escurecesse cobraria um *quid* por hora!

Tendo estado na casa, posso muito bem acreditar no que disse; se ele soubesse, porém, o que eu sei, creio que sua hora aumentaria de preço.

Um detalhe me deixou satisfeito: saber que *todas* as caixas que chegaram a Whitby, provenientes de Varna, a bordo do *Demeter*, foram deixadas em segurança na antiga capela de Carfax. Deve haver cinquenta delas, a menos que alguma tenha sido removida – o que temo que tenha acontecido, a tomar pelo diário do dr. Seward.

Tentarei ver o carreteiro que trazia as caixas de Carfax quando Renfield o atacou. É possível que venhamos a descobrir muita coisa seguindo essa pista.

Diário de Mina Harker

30 de setembro – Estou tão feliz que mal sei como me conter. Suponho que seja a reação ao medo obsessivo que senti: toda essa terrível história e a reabertura de sua antiga ferida poderiam ter efeitos prejudiciais sobre Jonathan. Até onde consegui, despedi-me dele quando partiu para Whitby com uma expressão de coragem em meu rosto, mas estava muito apreensiva. O esforço, contudo, lhe fez bem. Ele nunca esteve tão resoluto, tão forte, tão cheio de uma energia vulcânica quanto atualmente. É como disse o caro professor Van Helsing: ele possui grande firmeza de mente e de espírito, e funciona ainda melhor sob uma pressão capaz de destruir naturezas mais fracas. Voltou de lá cheio de vida e esperança e determinação. Já aprontamos tudo para hoje à noite. Sinto-me impaciente com a perspectiva. Creio que deveríamos ter piedade de um ser tão perseguido como é o conde. A realidade é que essa Coisa não é humana, nem mesmo animal. Ler o relato feito pelo dr. Seward sobre a morte de Lucy e tudo o que se seguiu é suficiente para secar as fontes de piedade no coração de qualquer um.

Mais tarde – Lorde Godalming e Mr. Morris chegaram mais cedo do que esperávamos. O dr. Seward havia saído a negócios e levara

Jonathan consigo, por isso tive de recebê-los. Foi um encontro bastante doloroso, pois me fez lembrar das esperanças que a pobre Lucy alimentara havia apenas alguns meses. É claro que ambos haviam ouvido Lucy falar de mim, e aparentemente o dr. Van Helsing também andara me elogiando muito, como disse Mr. Morris. Pobres rapazes! Nenhum deles está ciente de que sei tudo sobre os pedidos de casamento que fizeram a Lucy. Não sabiam exatamente o que dizer ou fazer, pois não tinham certeza do que eu sabia, de modo que se limitaram a conversar sobre assuntos neutros. Refleti sobre a questão, porém, e cheguei à conclusão de que o melhor a fazer era colocá-los a par de tudo, até o momento presente. Eu sabia, a partir do diário do dr. Seward, que ambos haviam estado presentes quando da morte de Lucy – sua verdadeira morte –, e que não precisava ter medo de revelar algum segredo antes da hora. Então lhes contei, da melhor forma possível, que lera todos os papéis e diários, e que meu marido e eu, após tê-los datilografado, acabávamos de colocar tudo em ordem. Dei a cada um uma cópia para que fossem ler na biblioteca. Quando lorde Godalming recebeu sua cópia e a examinou – na verdade é um bocado espessa –, perguntou:

– A senhora escreveu tudo isso, Mrs. Harker?

Fiz que sim, e ele prosseguiu:

– Não compreendo exatamente aonde tudo isso vai nos levar, mas todos vocês são tão bons e gentis, e vêm trabalhando com tanto afinco e dedicação, que tudo o que me resta fazer é aceitar suas ideias mesmo sem compreendê-las e tentar ajudá-los. Já tive uma lição sobre aceitar os fatos que deixaria qualquer um humilde até o último dia de sua vida. Além disso, sei que a senhora amava minha pobre Lucy...

Ele virou o rosto, cobrindo-o com as mãos. Sua voz estava embargada. Mr. Morris, com uma delicadeza instintiva, pousou a mão por um breve momento em seu ombro e saiu da sala em silêncio. Suponho que haja algo na natureza das mulheres capaz de fazer com que os homens se sintam livres para perder o controle de suas emoções em presença delas e expressá-las de forma terna e emotiva, sem que isso pareça detratar sua masculinidade. Quando lorde Godalming se viu a sós comigo, sentou-se no sofá e deu livre vazão aos seus sentimentos angustiados. Sentei-me ao seu lado e segurei-lhe a mão. Espero que ele não tenha considerado esse gesto um atrevimento de minha parte, e que, se por acaso se recordar desse momento mais tarde, não venha a ter essa impressão. Mas estou fazendo mau juízo dele: *sei* que não vai pensar dessa forma – é um cavalheiro de verdade. Disse a ele, pois vi que seu coração estava partido:

– Eu amava a querida Lucy. Sei o que ela representava para o senhor e o senhor para ela. Nós duas éramos como irmãs. Agora que ela se foi, o senhor permitirá que eu seja também sua irmã num momento de dificuldade? Sei de todas as tristezas que teve de suportar, embora eu não possa avaliar quão profundas são. Se a compreensão e a piedade puderem ajudá-lo nessa hora de aflição, o senhor permitirá que eu lhe preste essa ajuda, em nome de Lucy?

Num instante, o pobre rapaz sucumbiu à dor. Pareceu-me dar vazão a tudo o que sofrera em silêncio ultimamente. Ficou histérico e, erguendo as mãos abertas, juntou com força as palmas num gesto de absoluta angústia. Pôs-se de pé e voltou a se sentar, as lágrimas escorrendo-lhe pela face. Senti uma pena infinita do rapaz e abri os braços instintivamente. Soluçando, ele apoiou a cabeça em meu ombro e chorou como uma criança, seu corpo se sacudindo com a emoção.

Nós, mulheres, temos algo de maternal que faz com que nos elevemos acima de questões menos importantes quando tal espírito é invocado. Senti a cabeça daquele homem aflito apoiada em mim como se fosse a do bebê que algum dia talvez venha a repousar em meu peito, e acariciei seus cabelos como se fossem os do meu próprio filho. No momento, nem cheguei a pensar quão estranho era tudo aquilo.

Um pouco depois, seus soluços cessaram, e ele se ergueu, desculpando-se, embora não procurasse disfarçar suas emoções. Disse-me que, ao longo dos últimos dias e noites – dias exaustivos e noites insones –, ele não fora capaz de falar com ninguém, e que um homem precisa falar nos momentos de sofrimento. Não havia uma mulher para lhe oferecer compreensão, ou com quem ele pudesse falar abertamente sobre as terríveis circunstâncias que cercavam sua dor.

— Sei agora o quanto sofri — disse ele, enxugando os olhos —, mas mesmo neste exato instante não compreendo, e ninguém jamais será capaz de compreender, o que representou sua solidariedade, hoje. O tempo tornará tudo mais claro. Acredite: embora eu possa parecer agradecido agora, minha gratidão aumentará conforme eu entender melhor. A senhora permitirá que eu seja como seu irmão, para o resto da vida, em nome de Lucy?

— Em nome de Lucy — disse eu, enquanto apertávamos as mãos.

— Sim, e pelo seu próprio bem, também — acrescentou ele. — Pois se a estima e a gratidão de um homem lhe forem necessárias, saiba que a partir de hoje pode contar comigo. Se o futuro lhe reservar uma situação em que venha a precisar da ajuda de um homem, acredite, não há de me chamar em vão. Deus permita que nada aconteça em sua vida capaz de nublá-la. Mas, se acontecer, prometa-me que irá me procurar.

Ele estava sendo tão sincero, e seus sofrimentos ainda eram tão recentes, que senti que uma resposta afirmativa iria reconfortá-lo.

— Prometo — disse eu.

Ao sair da sala e seguir pelo corredor, vi Mr. Morris numa janela. Ele se virou ao ouvir meus passos.

— Como está Art? — perguntou. — Ah, vejo que a senhora o esteve reconfortando — prosseguiu, ao notar meus olhos vermelhos. — Pobre rapaz! Ele precisa disso. Ninguém além de uma mulher pode reconfortar um homem quando seu coração sofre; e ele não tinha quem o reconfortasse.

Ele carregava seu próprio sofrimento de forma tão corajosa que me apiedei dele. Vi o manuscrito em sua mão e sabia que, depois de lê-lo, ele haveria de se dar conta de quanto eu estava ciente. Disse-lhe, então:

— Gostaria de ser capaz de reconfortar todos vocês, que tanto têm sofrido. O senhor permitirá que eu seja sua amiga e virá a mim em busca de apoio, se precisar? Mais tarde saberá por que digo isso.

Ele viu que eu estava sendo sincera. Curvando-se, tomou minha mão, levou-a aos lábios e beijou-a. Parecia uma ajuda muito pequena a um espírito tão corajoso e abnegado; impulsivamente, inclinei-me e o beijei. Lágrimas brotaram-lhe nos olhos, e sua garganta comprimiu-se num engasgo momentâneo. Ele disse, bastante tranquilo:

– Mocinha, jamais há de se arrepender dessa gentileza tão sincera, enquanto viver! – E foi para o escritório, reunir-se ao amigo.

"Mocinha!" Aquela era a palavra que ele usava para falar com Lucy, e de fato a ela mostrou-se um verdadeiro amigo!

CAPÍTULO 18

Diário do dr. Seward

30 de setembro – Cheguei em casa às cinco horas e descobri que Godalming e Morris não só já haviam chegado, como também já tinham estudado as transcrições dos vários diários e cartas que Harker e sua maravilhosa esposa haviam feito e organizado. Harker ainda não regressara de sua visita aos homens da transportadora, a respeito dos quais escrevera-me o dr. Hennessey. Mrs. Harker serviu-nos uma xícara de chá, e digo com sinceridade que, pela primeira vez desde que vim morar aqui, esta velha casa pareceu *meu lar*. Quando terminamos, Mrs. Harker indagou:

– Dr. Seward, posso lhe pedir um favor? *Quero* ver seu paciente, Mr. Renfield. Deixe-me vê-lo. O que o senhor escreveu a respeito dele em seu diário interessa-me tanto!

Ela parecia tão bonita, tão encantadora, que eu não podia recusar, e não havia motivo para fazê-lo, de modo que a levei comigo. Quando cheguei ao quarto, disse a ele que uma dama gostaria de vê-lo, ao que ele simplesmente indagou:

– Por quê?

– Ela está percorrendo a casa e quer ver todos aqui – respondi.

– Ah, pois muito bem – disse ele. – Mande-a entrar, é claro, mas antes espere um pouco para que eu possa arrumar meu quarto.

Seu método de arrumação mostrou-se peculiar: ele simplesmente engoliu todas as moscas e aranhas nas caixas antes que eu pudesse detê-lo. Era bastante evidente que temia alguma interferência, ou que zelava pelos seus hábitos. Quando concluiu sua repugnante tarefa, disse, alegremente:

– Mande a senhora entrar.

Sentou-se na beira da cama com a cabeça baixa, mas com as pálpebras abertas, de modo a poder vê-la quando entrasse. Por um instante, pensei que ele poderia ter algum ímpeto homicida. Lembrei-me de como estivera calmo antes de me atacar em meu escritório e tomei o cuidado de posicionar-me num local onde pudesse contê-lo imediatamente, caso tentasse se lançar sobre ela. Mrs. Harker entrou no quarto com uma graça capaz de inspirar imediatamente respeito a qualquer lunático – pois a suavidade é uma das características que os loucos mais têm em apreço. Ela foi até ele, com um sorriso gracioso, e estendeu-lhe a mão.

– Boa tarde, Mr. Renfield – disse. – Conheço o senhor, pois o dr. Seward falou-me a seu respeito.

Ele não respondeu de imediato, mas estudou-a de alto a baixo com os olhos, o cenho franzido. Aquela expressão deu lugar a uma outra, de espanto, que logo se transformou em dúvida. Então, para minha grande surpresa, ele disse:

– A senhora não é a moça com quem o doutor queria se casar, certo? Não pode ser, não é mesmo? Ela está morta.

Mrs. Harker sorriu-lhe com doçura ao responder:

– Ah, não! Eu tenho o meu marido, com quem já era casada antes de conhecer pessoalmente o dr. Seward. Sou Mrs. Harker.

– Então, o que a senhora faz aqui?

– Meu marido e eu estamos visitando o dr. Seward.

– Então, não fique.

– Mas por que não?

Achei que aquele tipo de conversa pudesse ser desagradável a Mrs. Harker, tanto quanto estava sendo para mim, de modo que me incluí nela:

– Como você sabe que eu queria me casar com alguém?

Sua resposta foi extremamente desrespeitosa. Após uma pausa, durante a qual seus olhos desviaram-se de Mrs. Harker e se fixaram em mim, para logo em seguida voltar a contemplá-la, Renfield disse:

– Que pergunta mais idiota!

– Não concordo, Mr. Renfield – disse Mrs. Harker, tomando de imediato o meu partido.

Ele replicou com uma cortesia e um respeito que equivaliam, em intensidade, ao desprezo que demonstrara por mim:

– A senhora evidentemente há de compreender, Mrs. Harker, que, quando um homem é tão amado e respeitado quanto o nosso anfitrião, tudo o que lhe diz respeito é do interesse de nossa pequena comunidade. O dr. Seward é amado não apenas por seus familiares e amigos, mas até por seus pacientes. Alguns de nós mal são capazes de manter o equilíbrio mental e podem distorcer causas e efeitos. Como eu próprio tenho sido interno de um asilo de loucos, não posso deixar de notar que as tendências sofistas de outros internos os conduzem aos erros de *non causa* e *ignoratio elenchi*.

Arregalei os olhos diante daquela revelação. Ali estava o meu louco de estimação – o mais lunático que eu jamais encontrara – falando sobre filosofia e comportando-se como um cavalheiro. Pergunto-me se a presença de Mrs. Harker de alguma maneira lhe trouxe à tona certas memórias. Se essa nova fase era espontânea, ou de algum modo devida à sua influência inconsciente, ela deve ter algum dom ou poder bastante raro.

Continuamos a conversar durante algum tempo. Vendo que ele parecia bastante razoável, ela arriscou, olhando para mim em busca de aprovação, conduzir a conversa para o assunto favorito de Renfield. Fiquei mais uma vez muito surpreso, pois ele falou a respeito com a imparcialidade dos homens mais sãos; chegou a utilizar a si mesmo como exemplo ao mencionar certos detalhes.

— Ora, eu sou o exemplo de um homem que tinha uma crença estranha. Não é de se espantar que meus amigos tenham ficado alarmados e insistido para que eu fosse posto sob controle. Eu costumava imaginar a vida como uma entidade positiva e perpétua, e achava que, através da ingestão de um grande número de seres vivos, por mais baixo que fosse o lugar por eles ocupado na escala da criação, seria possível prolongar indefinidamente a vida. Em certos momentos, essa crença se tornou tão forte que cheguei a tentar tirar a vida de seres humanos. O próprio doutor há de confirmar que numa ocasião tentei matá-lo, com o objetivo de aumentar minhas forças vitais mediante a assimilação, em meu corpo, de sua vida, através de seu sangue. É claro que eu me baseava nas Escrituras: "Pois o sangue é a vida." Mesmo que o vendedor de certa panaceia tenha vulgarizado o truísmo a ponto de torná-lo desprezível. Não é verdade, doutor?

Fiz que sim, pois estava tão surpreso que mal sabia o que pensar ou dizer. Era difícil imaginar que eu o vira comer suas moscas e aranhas menos de cinco minutos antes. Consultando meu relógio, vi que devia ir à estação receber Van Helsing, de modo que disse a Mrs. Harker que era hora de partir. Ela veio de imediato, após dizer a Mr. Renfield, de forma cordial:

— Adeus, e espero vê-lo com frequência, sob circunstâncias mais agradáveis para o senhor.

Ao que, para minha enorme surpresa, ele respondeu:

— Adeus, minha cara. Peço a Deus que jamais torne a ver seu adorável rosto de novo. Que Ele a abençoe e proteja!

Quando fui à estação encontrar Van Helsing, não levei comigo os rapazes. O pobre Art parecia mais alegre do que desde antes de Lucy adoecer e Quincey recobrara seu estado de espírito exuberante.

Van Helsing desceu da carruagem com a agilidade de um garoto. Viu-me imediatamente e veio às pressas me encontrar, dizendo:

— Ah, amigo John, como andam as coisas? Bem? Ah! Estive ocupado, pois agora venho para ficar, se preciso for. Tudo o que me diz respeito já foi arranjado, e tenho muito a contar. Madame

Mina está com o senhor? Certo. E o marido dela, excelente pessoa, também está? E Arthur e meu amigo Quincey, estão todos com você? Ótimo!

Enquanto voltávamos para casa, contei-lhe o que se passara e como meu próprio diário tornara-se útil a partir da sugestão de Mrs. Harker, ao que o professor me interrompeu:

– Ah, aquela maravilhosa madame Mina! Tem o cérebro de um homem, na verdade o cérebro de um homem particularmente dotado, e o coração de uma mulher. O bom Deus criou-a com algum propósito, acredite em mim, ao fazer uma combinação tão excelente. Amigo John, até agora a sorte fez com que essa mulher nos ajudasse. Após esta noite, é preciso que ela se afaste dessa nossa terrível empresa. Não é bom fazê-la correr um risco tão grande. Nós, homens, estamos determinados a destruir esse monstro; na verdade temos o *compromisso* de fazê-lo. Mas isso não é tarefa para uma mulher. Mesmo que ela saia ilesa, seu coração pode não suportar tantos e tão intensos horrores, e mais tarde é possível que ela venha a sofrer, tanto acordada, com os nervos, quanto ao dormir, por causa dos sonhos. Além disso, ela é jovem, e casada há pouco; talvez haja outras coisas em que pensar, mesmo que não neste exato momento. Você está me dizendo que ela escreveu tudo, então precisa se reunir conosco. Mas amanhã deve dizer adeus a esse trabalho, e nós prosseguiremos sozinhos.

Concordei inteiramente com ele e lhe contei o que havíamos descoberto durante a sua ausência: que a casa comprada por Drácula era precisamente a vizinha à minha. Ele ficou surpreso e pareceu tomado por uma grande preocupação.

– Ah, se soubéssemos disso antes! – disse ele. – Teríamos podido, então, encontrá-lo a tempo de salvar a pobre Lucy. É inútil, porém, chorar sobre o leite derramado, como dizem. Não pensaremos nisso, mas seguiremos em nosso caminho até o fim.

Ele se calou, então, e permaneceu em silêncio até chegarmos ao meu portão. Antes de irmos nos preparar para o jantar, ele disse a Mrs. Harker:

– Meu amigo John disse-me, madame Mina, que a senhora e seu marido organizaram com precisão cronológica todos os eventos até o presente.

– Não até o presente, professor – disse ela, impulsivamente –, mas até esta manhã.

– Mas por que não até agora? Temos visto quão esclarecedores podem ser os pequenos eventos. Revelamos nossos segredos e, no entanto, ninguém está pior por causa disso.

Mrs. Harker começou a enrubescer. Apanhando alguns papéis de seu bolso, disse:

– Dr. Van Helsing, tenha a bondade de ler isto e dizer-me se devo incluí-lo. São as minhas anotações relativas ao dia de hoje. Também eu percebi a necessidade de tomar nota de tudo, no momento, por mais trivial que pareça. Mas há muito pouco aqui que não seja pessoal. Devo incluí-lo?

O professor leu os papéis com ar de gravidade, e, ao devolvê-los, disse:

– Não precisa incluir, se não quiser, mas devo pedir-lhe que inclua. Só o que pode advir destas palavras é um amor ainda maior da parte de seu marido; e da parte de todos nós, seus amigos, um maior respeito e estima.

Ela apanhou os papéis ruborizando novamente e sorrindo.

Assim sendo, todos os registros que temos até o momento estão completos e em ordem. O professor levou consigo uma cópia para estudar, após o jantar e antes de nosso encontro, marcado para as nove horas. O resto de nós já leu tudo. Portanto, quando nos reunirmos no escritório, estaremos todos a par dos fatos e poderemos discutir nosso plano de batalha contra esse terrível e misterioso inimigo.

Diário de Mina Harker

30 de setembro – Quando nos reunimos no escritório do dr. Seward duas horas após o jantar, que havia sido às seis, sem querer formamos uma espécie de junta ou comitê. O professor Van Helsing sentou-se à cabeceira da mesa, que lhe foi indicada pelo dr. Seward, quando entrou na sala. Fez com que eu me sentasse à sua direita, pedindo-me que fizesse às vezes de secretária; Jonathan sentou-se ao meu lado. Diante de nós estavam lorde Godalming, o dr. Seward e Mr. Morris – o primeiro ao lado do professor e o dr. Seward no meio. Disse o professor:

– Creio que posso partir do pressuposto de que todos estamos a par dos fatos registrados nesses papéis. – Todos assentimos. – Assim sendo – prosseguiu ele –, seria bom que eu lhes falasse um pouco sobre o tipo de inimigo com que temos de lidar. Vou lhes contar partes da história desse homem, partes sobre as quais meu conhecimento é seguro. Poderemos então discutir qual a melhor forma de agir e tomar nossas providências de acordo com as conclusões. Os vampiros existem; alguns de nós têm provas disso. Mesmo que não tivéssemos como comprová-lo a partir de nossa infeliz experiência, os ensinamentos e os registros do passado fornecem provas suficientes para pessoas sensatas. Admito que fui cético, a princípio. Se eu não me tivesse treinado ao longo dos anos para manter uma mente aberta, não teria acreditado até o momento em que a prova cabal estivesse bem diante do meu nariz. "Vejam! Vejam! Consegui prová-lo!" Ai de mim! Se eu soubesse a princípio o que hoje sei, ou mesmo se tivesse apenas suspeitado, uma vida tão preciosa teria sido poupada a todos nós que a amávamos. Mas isso são águas passadas, e devemos trabalhar para que outras pobres almas não pereçam, enquanto pudermos salvá-las. O *nosferatu* não morre como a abelha, após ter picado uma vez. Ele é mais forte e, sendo mais forte, tem um poder ainda maior de fazer o mal. Este vampiro que está entre nós é forte como vinte homens; sua astúcia é sobre-humana, pois acumula-se há séculos. Ele conta ainda com a ajuda da necromancia, que, conforme diz a etimologia do termo, é a adivinhação feita através dos mortos, e todos os mortos de que ele pode se aproximar estão sob seu comando. Ele é cruel, ou mais do que isso: é desumano como o próprio Diabo, destituído de coração. Pode, com certas limitações, aparecer quando e onde lhe aprouver, e sob qualquer uma das formas de que dispõe. Pode, na medida do seu alcance, comandar os elementos: a tempestade, a neblina e o trovão. Pode comandar todos os seres inferiores: a ratazana, a coruja e o morcego, a mariposa, a raposa e o lobo. Pode crescer e diminuir de tamanho, e às vezes pode mesmo ir e vir sem ser notado. Como, então, daremos início à nossa luta para destruí-lo? Como poderemos descobrir onde ele está? E, tendo-o descoberto, como poderemos destruí-lo? Meus amigos, a tarefa é imensa e terrível, e talvez haja consequências capazes de fazer estremecer o mais corajoso dos homens. Pois, se falharmos, a vitória será dele; nesse caso, qual há de ser o nosso fim? A vida nada significa, não me preocupo com isso. Nesta situação, porém, falhar não é uma simples questão de vida e morte. Significa nos tornarmos iguais a ele, nos tornarmos infames seres noturnos como ele, sem coração ou consciência, consumindo o corpo e a alma daqueles que mais amamos. As portas do céu nos estariam, então, para sempre vedadas. Quem haveria de tornar a abri-las? Seríamos abominados por todos, uma mancha no rosto luminoso de Deus, uma lança no corpo d'Aquele que morreu pelos homens. Mas estamos frente a frente com o dever. Haveremos de retroceder numa hora dessas? De minha parte, digo que não, mas estou velho, e a vida, com todo o brilho do sol, os lugares bonitos, o canto dos pássaros, a música e o amor, ficou para trás. Vocês, porém, são jovens. Alguns já passaram por sofrimentos, mas dias melhores ainda os aguardam. O que me dizem?

Enquanto ele falava, Jonathan tomara-me a mão. Temi que a natureza apavorante de nosso perigo o estivesse sobrepujando quando o vi estender a mão, mas sentir seu toque foi um sopro renovado de vida – tão forte, tão autoconfiante, tão resoluto. A mão de um homem corajoso fala por si própria, e não precisa sequer do amor de uma mulher para ouvir soar sua música.

Quando o professor terminou de falar, meu marido olhou-me nos olhos, e eu retribuí seu olhar. Não havia necessidade de palavras entre nós.

– Respondo por Mina e por mim – disse ele.

– Conte comigo, professor – disse Quincey Morris, como sempre lacônico.

– Estou com o senhor – disse lorde Godalming –, em nome de Lucy, se não por outros motivos.

O dr. Seward limitou-se a anuir com a cabeça. O professor se pôs de pé e, após colocar seu crucifixo de ouro sobre a mesa, estendeu as mãos de ambos os lados. Eu tomei sua mão direita e lorde Godalming, sua mão esquerda; Jonathan segurou minha mão direita com sua esquerda e estendeu a outra mão para Mr. Morris. Assim, quando todos nos seguramos as mãos, o pacto solene foi firmado. Senti meu coração enregelar, mas sequer me ocorreu retroceder. Retornamos aos nossos lugares, e o dr. Van Helsing prosseguiu com uma espécie de animação que demonstrava que o trabalho sério havia começado. Aquela tarefa devia ser levada tão a sério e profissionalmente quanto qualquer outra.

– Bem, vocês sabem contra o que temos que lutar, mas nós também não estamos desprovidos de recursos. Do nosso lado temos o poder da combinação, um poder negado aos vampiros; temos as fontes científicas; estamos livres para pensar e agir; e dispomos tanto das horas diurnas quanto das noturnas. De fato, até onde vão nossas forças, elas são livres, e nós somos igualmente livres para usá-las. Estamos nos devotando a uma causa, e a um objetivo em nada egoísta. Isso significa muito. Vejamos, agora, até onde os poderes que se armam contra nós são restritos, de maneira geral e individual. Trocando em miúdos, consideremos as limitações dos vampiros em geral e as deste vampiro em particular. Tudo o que temos à nossa disposição são tradições e superstições. A princípio, não parece grande coisa, quando a questão é de vida ou morte, ou mais do que isso. Ainda assim, temos que nos dar por satisfeitos. Em primeiro lugar, porque não há outra saída; não temos outra coisa a nosso dispor. Em segundo lugar, porque, afinal de contas, tradição e superstição são tudo. Por acaso não é nisso que se baseia a crença que outros têm nos vampiros, mesmo que no nosso caso infelizmente as coisas sejam diferentes? Um ano atrás, quem entre nós teria cogitado essa possibilidade, em pleno século XIX, em meio à ciência, ao ceticismo e ao prosaísmo? Chegamos a desdenhar uma crença que se comprovou diante de nossos olhos. Partamos, então, do princípio de que o próprio vampiro e a crença em suas limitações e sua cura encontram-se por ora apoiados na mesma base. Pois na verdade ele é conhecido em toda parte por onde já passaram os seres humanos. Na Grécia e na Roma Antigas, em toda a Alemanha, na França, na Índia, até mesmo no Quersoneso; e na China, tão distante de nós em todos os sentidos, mesmo ali, e nos dias de hoje, ele é conhecido e temido. Acompanhamos o despertar dos furiosos islandeses, dos hunos, gerados pelo próprio Demônio, dos eslavos, dos saxões, dos magiares. Até aqui, então, é somente nisso que teremos que basear nossas ações, e deixem-me dizer que muitas das crenças se justificam pelo que vimos em nossa própria e infeliz experiência. O vampiro continua vivo, não sendo suscetível à morte pela mera passagem do tempo, e se fortalece quando pode se nutrir do sangue dos vivos. Mais do que isso: nós mesmos vimos que ele pode até rejuvenescer; que suas funções vitais ganham vigor e parecem se renovar quando seu alimento especial é abundante. Mas ele não tem como se fortalecer sem esse alimento. Não come da mesma forma que nós. Até mesmo o amigo Jonathan, que viveu junto a ele durante semanas, jamais o viu comer, jamais! Seu corpo não projeta sombra e não se reflete no espelho, como Jonathan também observou. Tem em suas mãos a força de muitos homens, o que mais uma vez Jonathan pôde testemunhar ao vê-lo fechar a porta diante dos lobos e quando o ajudou na diligência. Pode transformar-se em lobo, conforme podemos deduzir a partir de sua chegada em Whitby, quando dilacerou o cachorro. Pode assumir o aspecto de um morcego, como foi visto na janela, em Whitby, por madame Mina, como foi visto ao sair voando desta casa tão próxima pelo amigo John, e também como foi visto por meu amigo Quincey, junto à janela de Miss Lucy. Pode chegar em meio ao nevoeiro que ele mesmo cria, o que nos foi comprovado pelo valente comandante daquela escuna. Com base no que sabemos, porém, a distância sobre a qual pode projetar esse nevoeiro é pequena e limita-se ao espaço ao seu redor. Chega em meio aos raios de luar como poeira elementar, como Jonathan viu fazerem aquelas irmãs no Castelo Drácula. Pode se tornar muito pequeno; nós mesmos vimos Miss Lucy, antes que ela repousasse em paz, deslizar por uma fenda mínima à porta do túmulo. Pode, uma vez tendo encontrado seu caminho, passar de qualquer lugar a qualquer lugar, independentemente de estar fechado ou mesmo soldado. Pode ver no escuro, o que não é um dom desprezível num mundo que vive a metade do tempo desprovido de luz. Ah, mas me ouçam até o fim. Ele pode fazer todas essas coisas, e, no entanto, não é livre. Tem menos liberdade do que o escravo da galé, do que o louco em sua cela. Não pode ir aonde bem entender; ele, que não faz parte da natureza, tem ainda assim que obedecer a algumas de suas leis, embora não saibamos o porquê. Não pode entrar em parte alguma antes dos outros, a menos que alguém da casa o convide a entrar; depois disso, contudo, pode ir e vir à vontade. Seus poderes terminam com o raiar do dia, como todas as coisas malignas. Só em certos momentos ele possui liberdade limitada. Se não se encontrar no local ao qual está vinculado, só pode se transformar ao meio-dia ou exatamente ao nascer do sol e ao ocaso. Tudo isso é o que nos é relatado, e a partir de nossos registros podemos provar muita coisa por dedução. Ele pode agir como quiser dentro de seus limites, quando habita em seu lar de terra, em seu túmulo, em seu lar infernal, num lugar profano, como sabemos, por ele ter usado a sepultura do suicida em Whitby. Ainda assim, em outras horas ele só pode se modificar no momento exato. Dizem também que só pode atravessar as águas na baixa-mar ou na maré enchente. E há também certas coisas que o atormentam e anulam seus poderes, como o alho, que conhecemos. Para os objetos sagrados, como este símbolo, meu crucifixo, que está entre nós agora que debatemos este assunto, para esses objetos ele nada significa, e, na presença deles, o vampiro se posiciona bem distante, em respeitoso silêncio. Há também outras coisas, sobre as quais quero lhes falar, pois podemos precisar delas em nossa busca. Um ramo de rosa-selvagem colocado sobre seu caixão o impede de sair dali; uma bala abençoada que seja disparada contra seu caixão tem o poder de matá-lo de forma definitiva; sobre a estaca cravada em seu corpo, já sabemos que pode conceder a paz; sabemos também que o decepar da cabeça traz a dádiva do repouso. Isso foi o que vimos com nossos próprios olhos. Assim sendo, ao encontrarmos a moradia desse homem-que-já-não-é, podemos confiná-lo ao seu caixão e destruí-lo, se agirmos em conformidade com o que sabemos. Mas ele é inteligente. Pedi a meu amigo Arminius, da Universidade de Budapeste, que fizesse uma pesquisa de sua história; de acordo com todas as fontes disponíveis, ele me fez um relato do que foi esse vampiro no passado. Deve ter, de fato, sido aquele Voivode Drácula que ganhou renome lutando contra os turcos, sobre o grande rio na fronteira com o próprio território inimigo. Se for verdade, então ele não era um homem qualquer; naquela época, e pelos séculos que se seguiram, falavam dele como o mais perspicaz e engenhoso, bem como o mais valente dos filhos da "terra para além da floresta". Sua mente astuta e sua determinação inabalável acompanharam-no ao túmulo, e ainda hoje se armam contra nós. Diz Arminius que os Drácula eram uma família nobre e ilustre, embora aqui e ali houvesse descendentes cujos contemporâneos acreditavam ter feito pactos com o Diabo. Aprendiam seus segredos na Scholomance, entre as montanhas que circundam o lago Hermanstadt, onde o Diabo cobra como taxa o décimo estudante. Nos registros há palavras como *stregoica*, bruxa, *ordog* e *pokol*, Satã e inferno. Num dos manuscritos, o Drácula que conhecemos é denominado *wampyr*, palavra que todos nós compreendemos bastante bem. Entre seus próprios descendentes, tem havido homens ilustres e boas mulheres, cujos túmulos tornam sagrada a terra onde somente a infâmia pode reinar. Pois não é o menor de seus horrores o fato de este mal estar enterrado fundo em tudo o que é bom; no solo destituído de memórias sagradas, ele não tem como existir.

Enquanto falavam, Mr. Morris olhava fixamente para a janela, e nesse ponto levantou-se em silêncio, saindo do aposento. Fez-se uma pequena pausa, após a qual o professor continuou:

– E agora precisamos definir o que faremos. Temos muitas informações aqui, e devemos dar início à ação. Sabemos, graças às investigações de Jonathan, que do castelo até Whitby vieram cinquenta caixas de terra, e todas foram entregues em Carfax. Sabemos também que pelo menos algumas delas foram removidas. Parece-me que nosso primeiro passo deveria ser no sentido de averiguar se as outras caixas permanecem na casa, por trás do muro que hoje vemos, ou se mais alguma foi removida. Se a segunda possibilidade se confirmar, teremos que descobrir...

Nesse momento, fomos interrompidos de maneira assustadora. Veio, do exterior da casa, o barulho de um tiro de pistola; a vidraça da janela foi estilhaçada por uma bala que, ricocheteando, atingiu a parede oposta da sala. Temo ser, em meu íntimo, covarde, pois dei um grito. Os homens puseram-se de pé num salto; lorde Godalming correu até a janela e abriu-a. Em seguida, ouvimos a voz de Mr. Morris lá fora:

– Desculpem! Acho que assustei vocês. Vou entrar e dizer o que aconteceu.

Um minuto depois, ele voltou para o escritório e disse:

– Foi uma atitude bastante idiota da minha parte, e é com sinceridade que lhe peço perdão, Mrs. Harker. Devo tê-la assustado terrivelmente. Mas o fato é que, enquanto o professor falava, um grande morcego apareceu e pousou no parapeito da janela. Devido aos acontecimentos recentes, passei a ter tamanho horror desses desgraçados animais que não consigo suportá-los, e saí para atirar, como tenho feito ultimamente, à noite, sempre que vejo algum. Você costumava rir de mim por causa disso, Art.

– Acertou-o? – perguntou o dr. Van Helsing.

– Não sei; creio que não, pois o bicho voou para o bosque.

Sem outras palavras, ele retornou à sua cadeira, e o professor prosseguiu:

– Teremos que descobrir o paradeiro de cada uma dessas caixas; e, quando estivermos prontos, teremos que capturar ou matar esse monstro em seu covil. Ou teremos que esterilizar a terra, por assim dizer, para que ele já não possa encontrar segurança ali. Assim é possível que ao fim venhamos a encontrá-lo em sua forma humana entre o meio-dia e o ocaso, para combatê-lo no momento em que está mais fraco. Agora quero dirigir-me a madame Mina: sua participação termina hoje, até que tudo esteja bem. A senhora nos é preciosa demais para correr um risco desses. Quando nos despedirmos, hoje à noite, não deverá fazer mais perguntas. Diremos tudo no tempo devido. Somos homens e temos a capacidade de suportar tudo isso, mas a senhora deve ser nossa estrela e nossa esperança. Agiremos com maior liberdade se a senhora não estiver correndo riscos, como nós estaremos.

Todos os homens pareceram aliviados, até mesmo Jonathan. Não me pareceu nada bom, contudo, que eles enfrentassem maiores perigos e talvez fossem menos cuidadosos com sua própria segurança – já que a força é a melhor segurança – por causa de suas atenções para comigo; mas eles já haviam tomado sua decisão, e, embora me fosse difícil concordar, eu nada podia dizer, exceto aceitar sua postura cavalheiresca.

Mr. Morris retomou a discussão:

– Como não há tempo a perder, meu voto é para que demos uma olhada em sua casa agora mesmo. O tempo é tudo quando se lida com ele, e uma ação rápida de nossa parte pode salvar outra vítima.

Confesso que comecei a vacilar quando a hora de entrar em ação se fez tão próxima, mas eu nada disse, pois temia ainda mais que, se parecesse um estorvo ou um obstáculo ao trabalho deles, talvez chegassem a me excluir por completo de suas reuniões. Foram para Carfax agora, com o intuito de entrar na casa.

Como homens que são, disseram-me que fosse para a cama dormir. Como se uma mulher pudesse dormir quando aqueles a quem ama correm perigo! Vou me deitar e fingir que estou dormindo, para que Jonathan não se sinta ainda mais ansioso ao voltar para casa.

1º de outubro, quatro horas da madrugada – Quando estávamos prestes a sair, recebi uma mensagem urgente enviada por Renfield, perguntando-me se eu poderia vê-lo imediatamente, pois ele tinha algo de suma importância para me dizer. Falei ao mensageiro que atenderia a seu desejo pela manhã: no momento, estava ocupado. O assistente acrescentou:

– Ele foi muito insistente, doutor. Nunca o vi tão ansioso. Receio que, se o senhor não for vê-lo agora, ele acabe tendo um de seus acessos de violência.

Eu sabia que o homem não teria dito isso sem motivos, de modo que cedi:

– Está bem, irei imediatamente.

Pedi aos outros que esperassem alguns minutos por mim, pois tinha que ir ver meu "paciente".

– Leve-me com você, amigo John – disse o professor. – O caso relatado em seu diário interessa-me bastante e tem relações aqui e ali com o *nosso* caso também. Gostaria muito de vê-lo, sobretudo quando sua mente está agitada.

– Posso ir também? – perguntou lorde Godalming.

– E eu? – pediu Quincey Morris

– Posso acompanhá-los? – perguntou Harker.

Fiz que sim, e seguimos juntos pelo corredor. Encontramos Renfield num estado de considerável excitação, mas muito mais racional em sua forma de falar e agir do que eu jamais vira. Havia uma pouco habitual compreensão de si mesmo, diferente de tudo o que eu até então encontrara nos loucos, e ele partia do pressuposto de que seus argumentos prevaleceriam sobre outros inteiramente sãos. Entramos os cinco em seu quarto, mas nenhum dos outros disse coisa alguma, a princípio. Seu pedido era o de que eu o libertasse imediatamente do hospício e o mandasse para casa. Justificou-se argumentando sua completa recuperação, apresentando a própria sanidade como prova.

– Faço um apelo a seus amigos – disse. – Eles talvez não se importem em participar do julgamento do meu caso. Aliás, o senhor não nos apresentou.

Eu estava tão surpreso que a estranheza de apresentar um louco num hospício não me ocorreu de imediato. Além disso, havia certa dignidade em seu comportamento, tão característica das pessoas normais, que fiz no mesmo instante as apresentações:

– Lorde Godalming; professor Van Helsing; Mr. Quincey Morris, do Texas; Mr. Jonathan Harker; e Mr. Renfield.

Ele os cumprimentou um a um, dizendo, sucessivamente:

– Lorde Godalming, tive a honra de substituir seu pai em Windham; lamento saber que ele se foi, o que posso presumir pelo fato de o senhor estar usando o título. Era um homem amado e respeitado por todos os que o conheciam; ouvi dizer que em sua juventude foi o inventor de um ponche flambado de rum, que ganhou muito prestígio na noite de Derby. Mr. Morris, o senhor deve ter orgulho de seu ilustre estado. O fato de ter sido recebido na União foi um precedente que talvez venha a ter efeitos de longo alcance mais tarde, quando o Polo e os Trópicos fizerem aliança com as Estrelas e as Listras. A força do Tratado talvez venha a se mostrar significativa para a ampliação do território norte-americano, quando a doutrina Monroe ocupar seu lugar genuíno como fábula política. O que pode um homem dizer acerca de sua satisfação ao conhecer Van Helsing? Meu senhor, não peço desculpas por deixar de lado todos os prefixos convencionais. Quando um indivíduo revolucionou a terapêutica com a descoberta da evolução contínua da massa cerebral, as formas convencionais de tratamento se tornam inadequadas, pois pareceriam limitá-lo a membro de uma classe. Aos senhores, cavalheiros, que por sua nacionalidade, por hereditariedade ou por possuírem dons naturais estão aptos a ocupar seus respectivos lugares no mundo em movimento, solicito que testemunhem minha sanidade, igual pelo menos à da maioria dos homens que estão em total posse de suas liberdades. E estou certo de que o senhor, dr. Seward, filantropo e médico-jurista, bem como cientista, há de considerar um dever moral tratar-me como alguém sob circunstâncias excepcionais – ele fez este último apelo com um ar cortês de convicção não totalmente desprovido de charme.

Creio que todos nós ficamos desconcertados. Eu, de minha parte, tinha a convicção de que sua sanidade mental encontrava-se restabelecida, a despeito do que sabia acerca de sua personalidade e história. Senti um forte impulso de lhe dizer que estava satisfeito quanto à sua sanidade e que averiguaria quais as formalidades necessárias para libertá-lo pela manhã. Achei melhor esperar, porém, antes de fazer uma declaração tão importante, pois já não eram novidade as mudanças súbitas às quais aquele paciente em particular era suscetível. Então, contentei-me em fazer uma declaração mais genérica, dizendo-lhe que ele parecia estar melhorando muito rápido, que eu teria uma conversa mais longa com ele pela manhã e que faria o possível no sentido de atender aos seus desejos. Isso não o satisfez em absoluto, pois logo em seguida ele disse:

– Mas eu temo, dr. Seward, que o senhor mal compreenda os meus desejos. Quero sair logo, agora, de imediato, neste exato momento se possível. O tempo urge, e, em nosso acordo implícito com a velha Ceifeira, é a essência do contrato. Tenho certeza de que basta colocar diante de um médico tão admirável quanto o dr. Seward um desejo tão simples e, no entanto, tão significativo, para garantir que seja atendido.

Lançou-me um olhar penetrante, e, vendo a negativa em meu rosto, voltou-se para os outros, estudando-os de perto. Não encontrando respostas suficientes, prosseguiu:

– É possível que eu tenha me enganado em minha suposição?

– Enganou-se – disse eu com franqueza, mas ao mesmo tempo, ao que me pareceu, com brutalidade.

Fez-se uma pausa considerável, após a qual ele disse, devagar:

– Creio então que devo modificar a natureza do meu pedido. Solicito-lhe uma concessão, ou um favor, um privilégio, como quiser. Devo implorar-lhe neste caso, não somente por motivos pessoais, mas pelo bem de outros. Não posso lhe revelar na íntegra meus motivos, mas o senhor pode ter certeza de que são bons, altruístas e justos, e que advêm do mais alto senso de justiça. Se o senhor pudesse olhar dentro do meu coração, doutor, haveria de aprovar totalmente os sentimentos que me movem. Não, mais do que isso: o senhor me teria como um de seus maiores e mais fiéis amigos.

Mais uma vez ele nos lançou um olhar penetrante. Crescia em mim a convicção de que aquela súbita mudança de seu método intelectual não era mais do que outra forma ou fase de sua loucura, então resolvi deixar que ele seguisse um pouco adiante, sabendo, por experiência, que ele acabaria se traindo no fim, como todos os loucos. Van Helsing olhava-o fixamente e com enorme intensidade, suas sobrancelhas espessas quase se encontrando devido ao esforço de concentração. Ele disse a Renfield, num tom que não me surpreendeu naquele momento, mas somente quando pensei a respeito mais tarde – pois era o tom de quem se dirigia a um de seus pares:

– Não pode dizer com franqueza seu verdadeiro motivo para querer estar livre esta noite? Asseguro-lhe que se chegar a satisfazer a mim, um desconhecido, sem preconceitos e habituado a manter uma mente aberta, o dr. Seward há de lhe conceder o privilégio que solicita, assumindo todos os riscos e responsabilidades.

Ele meneou a cabeça tristemente e com uma expressão de pungente desapontamento no rosto. O professor prosseguiu:

– Vamos lá, meu senhor. Reflita. O senhor diz estar em posse do privilégio da razão em seu mais alto nível, já que busca impressionar-nos com sua absoluta racionalidade. Faz isso, mas temos motivos para duvidar de sua sanidade, já que ainda não recebeu alta do tratamento médico a que está submetido por essa exata insuficiência. Se não nos ajudar em nosso esforço para escolher o melhor caminho, como poderemos cumprir a tarefa que o senhor mesmo nos colocou nas mãos? Seja sábio e nos ajude. E, se pudermos, vamos ajudá-lo a realizar seus desejos.

Ele voltou a menear a cabeça e disse:

– Dr. Van Helsing, nada tenho a dizer. Seu argumento é perfeito, e se eu tivesse liberdade para falar não hesitaria um instante sequer, mas não sou dono dos meus próprios passos. Só o que posso lhes pedir é que confiem em mim. Se me recusarem esse pedido, a responsabilidade não será minha.

Achei que já estava na hora de encerrar aquela cena, que estava assumindo uma gravidade demasiada e cômica, então me dirigi à porta, dizendo apenas:

– Venham, meus amigos, temos trabalho a fazer. Boa noite.

Quando me aproximei da porta, no entanto, uma nova mudança ocorreu no paciente. Foi até onde eu estava com tamanha rapidez que por um instante temi que estivesse prestes a fazer um novo ataque homicida. Meus temores eram infundados, porém, pois ele ergueu as duas mãos de forma suplicante e fez seu pedido de maneira comovente. Quando viu que seu excesso de emoção estava depondo contra ele, ao nos recordar nossas antigas relações, começou a demonstrá-las ainda mais. Lancei um rápido olhar para Van Helsing e vi minha convicção refletida em seus olhos, de modo que me tornei mais resoluto, se não mais severo, e fiz ao paciente um sinal indicando-lhe que seus esforços eram inúteis. Eu já vira anteriormente algo daquela mesma excitação crescente nele quando queria fazer algum pedido sobre o qual, na época, refletira muito. Por exemplo, quando me pedira um gato. Estava preparado para vê-lo sucumbir à mesma tristonha aquiescência. Minhas expectativas, porém, não se cumpriram: ao ver que seu apelo não teria sucesso, tornou-se frenético. Caiu de joelhos, erguendo as mãos num gesto implorante, e despejou uma torrente de súplicas enquanto as lágrimas lhe rolavam pela face e todo o seu rosto expressava a mais profunda emoção.

– Rogo-lhe, dr. Seward, ah, imploro-lhe, deixe-me sair imediatamente desta casa! Mande-me embora como quiser e para onde quiser, mande-me acompanhado de guardas com chicotes e correntes; que me levem numa camisa de força, algemado e agrilhoado nas pernas, até mesmo para a cadeia, mas deixe que eu vá embora daqui. O senhor não sabe o que está fazendo ao me manter aqui. Estou lhe falando do fundo do meu coração, da minha alma. O senhor não sabe a quem está fazendo mal, e eu não posso lhe dizer. Que desgraça a minha! Não posso lhe dizer. Por tudo aquilo que lhe é mais sagrado, por tudo o que lhe é mais querido, por seu amor perdido e por sua esperança que ainda vive, em nome do Todo-Poderoso, leve-me daqui e livre minha alma da culpa! Não está me ouvindo, homem? Não compreende? Será que jamais vai aprender? Não sabe que estou são agora e que digo a verdade; que não sou um lunático num acesso de loucura, mas um homem são lutando por sua alma? Ah, ouça-me! Ouça-me! Deixe-me ir! Deixe-me ir! Deixe-me ir!

Achei que, quanto mais aquilo se prolongasse, mais exaltado ele haveria de se tornar e acabaria tendo mesmo um ataque; peguei-o pela mão, então, e o ergui.

– Venha – eu disse, severamente. – E basta disso. Já vimos o suficiente. Vá para a cama e tente se comportar de maneira mais discreta.

De súbito, ele parou e me olhou intensamente por um longo instante. Então, sem uma palavra, levantou-se e foi até a cama, sentando-se na beirada. Chegara a prostração, como da outra vez, exatamente conforme eu previra.

Quando eu estava saindo do quarto, o último do grupo, ele me disse, num tom de voz calmo e polido:

– Estou certo de que o senhor me fará justiça, dr. Seward, não se esquecendo, mais tarde, de que fiz o possível para convencê-lo esta noite.

CAPÍTULO 19

Diário de Jonathan Harker

1º de outubro, cinco horas da madrugada – Saí com os outros para a busca despreocupado, pois acho que jamais vi Mina tão bem e tão forte. Fico feliz por ela ter consentido em ficar e deixar que nós, homens, fizéssemos o trabalho. Por algum motivo, apavorava-me a ideia de que ela estivesse envolvida em toda essa história assustadora; mas agora que seu trabalho está concluído, e que graças à sua energia, à sua inteligência e à sua providência tudo foi organizado de modo que os menores detalhes façam sentido, ela pode muito bem dar sua parte por encerrada e deixar tudo por nossa conta, daqui por diante. Creio que ficamos um pouco aborrecidos com a cena de Mr. Renfield. Quando saímos de seu quarto, ficamos em silêncio até voltarmos ao escritório. Então, Mr. Morris disse ao dr. Seward:

– Puxa, Jack, se aquele homem não estava blefando, ele é o maluco mais lúcido que já vi. Nao tenho certeza, mas acho que ele tinha algum objetivo sério. Se isso era verdade, foi bastante duro não conseguir uma chance.

Lorde Godalming e eu ficamos em silêncio, mas o dr. Van Helsing acrescentou:

– Amigo John, você entende mais de loucos do que eu, e fico feliz com isso, pois temo que, se a decisão fosse minha, eu o teria libertado antes do último acesso histérico. Vivendo e aprendendo! Em nossa presente tarefa, não podemos brincar com a sorte, como diria meu amigo Quincey. É melhor que tudo fique como está.

O dr. Seward pareceu responder a ambos de forma um tanto quanto vaga:

– Tudo o que posso dizer é que concordo. Caso se tratasse de um louco igual aos outros, eu teria corrido o risco de confiar nele, mas ele me parece tão ligado ao conde, e de forma tão óbvia, que receio estar agindo mal ao ajudá-lo em seus caprichos. Não posso me esquecer de como ele implorou quase com o mesmo fervor por um gato, e depois tentou rasgar minha garganta com os dentes. Além disso, ele chama o conde de seu "Amo e Senhor", e talvez queira sair para ajudá-lo de alguma forma diabólica. Esse terrível ser conta com a ajuda dos lobos e das ratazanas e de seus semelhantes; suponho que seja capaz de tentar usar até mesmo um respeitável louco. Renfield, contudo, pareceu sincero. Só espero que tenhamos feito o certo. Essas coisas, junto com o trabalho horrível que temos em nossas mãos, podem ter consequências sobre nossos nervos.

O professor se adiantou, e, colocando a mão sobre seu ombro, disse, do modo grave e gentil que lhe era característico:

– Amigo John, não tenha medo. Estamos tentando cumprir com nosso dever num caso bastante triste e terrível. Só podemos agir da maneira que julgamos ser a melhor. O que mais podemos esperar, exceto a piedade do bom Deus?

Lorde Godalming se ausentara por alguns minutos e agora retornava. Mostrou-nos um pequeno apito de prata ao dizer:

– Aquele lugar talvez esteja cheio de ratazanas. Se for assim, tenho um antídoto à mão.

Depois de pular o muro, caminhamos até a casa, tomando o cuidado de nos esconder nas sombras das árvores quando o luar iluminava o gramado. Quando chegamos ao pórtico, o professor abriu sua valise e tirou de lá uma série de coisas, que colocou sobre o degrau, organizadas em quatro pequenos grupos – para dar a cada um de nós, evidentemente. Disse, então:

– Meus amigos, estamos prestes a enfrentar um perigo terrível e precisamos de armas de muitos tipos. Nosso inimigo não é apenas espiritual. Lembrem-se de que ele tem a força de vinte homens e de que, embora nossos pescoços ou traqueias sejam do tipo comum, ou seja, embora possam ser quebrados ou esmagados, os dele não são suscetíveis à simples força física. Um homem mais forte pode às vezes contê-lo, ou um grupo de homens mais fortes do que ele, mas não seria capaz de feri-lo como ele pode nos ferir. Devemos, portanto, evitar seu contato. Guardem isto junto ao peito – apanhou um pequeno crucifixo de prata e o entregou a mim, que era o mais próximo. – Coloquem estas flores em volta do pescoço – e me deu uma grinalda de flores de alho secas. – Para outros inimigos mais mundanos, este revólver e esta faca. E para nos ajudar, estas pequenas lanternas elétricas, que podem prender junto ao peito. Por fim, para todas as circunstâncias e acima de tudo, algo que não devemos profanar inutilmente.

Era uma parte da hóstia, que ele pôs dentro de um envelope e me entregou. Todos os outros foram equipados da mesma maneira.

– Agora – disse ele –, amigo John, onde estão as chaves mestras? Se pudermos abrir a porta, não precisaremos entrar na casa pela janela, como fizemos antes na casa de Miss Lucy.

O dr. Seward experimentou uma ou duas das chaves mestras, ajudado por sua destreza manual de cirurgião. Pouco depois, encontrou uma adequada; após algumas tentativas com a chave dentro da fechadura, esta cedeu e se abriu com um tinido. Empurramos a porta, e as dobradiças enferrujadas rangeram enquanto ela se abria devagar. Foi aterrorizante como a imagem que fiz da abertura do túmulo de Miss Westenra, a partir do que o dr. Seward escreveu em seu diário. Creio que os outros tiveram a mesma impressão, pois todos recuamos juntos. O professor foi o primeiro a se adiantar e entrou pela porta aberta.

– *In manus tuas, Domine!* – disse ele, persignando-se ao cruzar a soleira. Fechamos a porta atrás de nós, a fim de não chamar a atenção de pessoas na rua ao acender nossas lanternas. O professor certificou-se de que a porta estava destrancada, para garantir que poderíamos abri-la de dentro caso estivéssemos saindo às pressas. Todos acendemos então nossas lanternas e demos início à busca.

A luz das pequenas lanternas nos revelava todos os tipos de formas estranhas enquanto os raios se entrecruzavam, e a opacidade de nossos corpos projetava sombras enormes. Eu não conseguia me livrar da sensação de que havia mais alguém entre nós. Possivelmente eram as memórias de minha terrível experiência na Transilvânia, reavivadas com intensidade por aquele ambiente soturno. Creio que todos compartilhávamos esse sentimento, pois notei que os outros olhavam para trás, por sobre seus ombros, a cada ruído ou a cada nova sombra que surgia, como eu próprio sabia estar fazendo.

A casa estava inteiramente recoberta de poeira. Sobre o chão, parecia haver uma camada de alguns centímetros, mas notamos pegadas recentes. Iluminando-as com minha lanterna, pude ver marcas de botas ferradas sobre a camada de poeira. A superfície das paredes estava macia e pesada de poeira, e nos cantos havia uma grande quantidade de teias de aranha, sobre as quais a poeira se acumulara até deixá-las com o aspecto de trapos velhos e esfarrapados, já que o peso rasgara-as aqui e ali. Sobre uma mesa do vestíbulo, havia um grande molho de chaves, cada uma delas com uma etiqueta amarelada pelo tempo. Haviam sido usadas muitas vezes, pois na mesa havia diversas marcas sobre a poeira, similares à que foi revelada pelo professor ao erguê-las. Ele se virou para mim e disse:

– Você conhece esta casa, Jonathan. Copiou plantas daqui, e conhece-a pelo menos melhor do que nós. Qual é o caminho para a capela?

Eu tinha uma ideia da direção, embora em minha visita anterior não tivesse obtido acesso a ela. Portanto, fui na frente e, após algumas tentativas equivocadas, deparei-me com uma porta baixa, em arco, de carvalho e ferro.

– Este é o local – disse o professor, iluminando com sua lanterna uma pequena planta da casa, copiada do arquivo de minha correspondência original relativa à compra da propriedade. Com alguma dificuldade, encontramos a chave no molho e abrimos a porta. Estávamos preparados para encontrar algo desagradável, pois quando começamos a abri-la um ar malcheiroso e opressivo parecia exalar-se pela fresta, mas nenhum de nós imaginou um odor como aquele. Os outros jamais haviam se encontrado com o conde em local fechado, e quando eu o vira ele estava no período de jejum, em seus aposentos, ou então, quando estava empanturrado de sangue fresco, numa construção em ruínas, onde o ar fresco entrava. Aquele lugar, porém, era pequeno e fechado, e o longo desuso tornara o ar estagnado e fétido. Havia um cheiro de terra, como o de algum miasma seco, que nos chegava através do ar viciado. Mas quanto ao odor em si, como descrevê-lo? Não era composto apenas por todos os males da mortalidade e pelo cheiro acre e pungente do sangue, mas nos causava a impressão de que a própria decomposição se havia decomposto. Argh! Enoja-me lembrar dele. Cada expiração daquele monstro parecia ter ficado impregnada naquele lugar e aumentado sua repugnância.

Sob circunstâncias normais, um fedor daqueles teria posto um fim à nossa empresa, mas não se tratava de um caso comum, e os objetivos elevados e terríveis que nos moviam nos conferiam uma força superior às meras considerações de ordem física. Depois de termos involuntariamente recuado após o primeiro bafo nauseabundo, fomos todos fazer o nosso trabalho como se aquele lugar repugnante fosse um jardim de rosas.

Examinamos detalhadamente o local. O professor disse, ao começarmos:

– A primeira coisa a fazer é ver quantas caixas restaram. Temos que examinar cada buraco, cada canto e cada fresta em busca de pistas sobre o que foi feito do resto.

Um olhar ao redor foi suficiente para nos mostrar quantas havia, pois aquelas caixas de terra eram enormes, e não havia como confundi-las.

Só tinham restado 29 das cinquenta! Num dado momento, assustei-me, pois, vendo lorde Godalming subitamente se virar e olhar na direção do corredor escuro, imitei-o, e por um instante meu coração parou. Em algum lugar, espreitando em meio às sombras, pareceu-me ver o rosto pálido e malévolo do conde – o nariz protuberante, os olhos vermelhos, os lábios vermelhos, a palidez medonha. Foi somente por um instante, pois quando lorde Godalming disse "Pensei ter visto um rosto, mas eram só as sombras", e voltou a examinar a capela, apontei minha lanterna naquela direção e fui até o corredor. Não havia sinal de ninguém. E como não havia ângulos, portas ou aberturas de qualquer tipo, mas apenas as paredes sólidas do corredor, não era possível que mesmo *ele* se escondesse ali. Concluí que o medo trabalhara junto com a imaginação, e nada disse.

Alguns minutos mais tarde, vi Morris recuar subitamente de um canto que estava examinando. Todos nós seguimos seus movimentos com os olhos, pois sem dúvida sentíamos um crescente nervosismo, e vimos uma multidão de fosforescências que piscavam como estrelas. Instintivamente recuamos. Ratazanas estavam invadindo a capela.

Por alguns instantes ficamos estarrecidos, todos nós, exceto lorde Godalming, que aparentemente estava preparado para uma emergência daquelas. Correndo até a grande porta de carvalho e ferro que o dr. Seward descrevera do lado de fora e que eu próprio vira, girou a chave na fechadura, abriu os ferrolhos e escancarou a porta. Então, pegando o apito de prata no bolso, soprou, produzindo um som baixo e penetrante. Latidos de cães nos chegaram como resposta, de algum lugar para além da casa do dr. Seward. Cerca de um minuto depois, três *terriers* chegaram como flechas pela lateral da casa. Inconscientemente, todos nos encaminhamos para a porta; ao fazê-lo, notei que havia muitas marcas sobre a poeira: os caixotes removidos tinham sido levados por ali. Mesmo no intervalo de um minuto, porém, as ratazanas haviam aumentado bastante de número. Pareciam pulular na capela todas ao mesmo tempo, até que a luz das lanternas, brilhando sobre seus corpos e refletindo-se em seus olhos reluzentes e malignos, fez com que aquele lugar mais parecesse um barranco cheio de vaga-lumes. Os cães corriam, mas ao chegar à soleira da porta subitamente pararam e farejaram; em seguida, levantaram ao mesmo tempo os focinhos e começaram a uivar de forma lúgubre. As ratazanas se multiplicavam aos milhares, e tivemos que sair da capela.

Lorde Godalming levantou um dos cães e, carregando-o para dentro, colocou-o no chão. No instante em que suas patas tocaram o solo, ele pareceu recobrar sua coragem e correu atrás de seus inimigos naturais. As ratazanas fugiram dele tão depressa que só conseguiu dar cabo de algumas, e os outros cães, trazidos da mesma forma, só chegaram a apanhar umas poucas antes que toda a multidão desaparecesse.

Ao saírem, foi como se alguma presença maligna partisse também, pois os cães brincavam dando saltos e latiam alegremente enquanto se lançavam sobre seus inimigos abatidos, revirando-os e lançando-os no ar com sacudidelas perversas. Aparentemente, todos nos sentíamos mais leves. Se isso se devia à purificação da atmosfera mortífera da capela com a abertura da porta, ou se era o alívio de estar novamente fora da casa, não sei dizer. Era certo, porém, que a sombra do temor parecia ter escorregado para longe como se fosse um manto, e nossa ida até Carfax perdeu algo de seu significado sinistro, embora nós não tenhamos afrouxado um milímetro em nossa determinação. Fechamos a porta externa, passamos os ferrolhos e a trancamos. Levando os cães conosco, começamos a fazer a busca pela casa. Nada encontramos em parte alguma, exceto poeira em quantidades extraordinárias, toda ela intocada a não ser pelas marcas dos meus próprios passos quando fiz minha primeira visita. Nem uma única vez, os cães demonstraram qualquer inquietude e, mesmo quando voltamos à capela, eles saltitavam, brincalhões, como se tivessem andado caçando coelhos num bosque, durante o verão.

A alvorada se insinuava a leste quando saímos pela porta da frente. O dr. Van Helsing tirara do molho a chave da porta, trancando-a da forma ortodoxa e colocando em seguida a chave em seu bolso.

– Até aqui – disse ele –, nossa noite foi eminentemente bem-sucedida. Nenhum mal nos aconteceu, entre os muitos que eu temia, e conseguimos descobrir quantas caixas estão faltando. Acima de tudo, alegro-me com o fato de que este primeiro passo, talvez o mais difícil e mais perigoso, tenha sido dado sem a necessidade de envolver a adorável madame Mina, ou de perturbar seus pensamentos, em sonho ou quando acordada, com cenas e sons e cheiros de horror de que ela talvez jamais se esquecesse. Também aprendemos uma lição, se for permitido argumentar *a particulari*: que os animais a serviço do conde não são suscetíveis ao seu poder espiritual. Essas ratazanas, por exemplo. Atenderam ao seu chamado, do mesmo modo que os lobos, que ele invocou do alto de seu castelo quando você quis sair e quando aquela pobre mãe surgiu aos prantos. Mas, embora venham a ele, saem correndo feito doidas dos cãezinhos do meu amigo Arthur. Temos outras questões diante de nós, outros perigos, outros medos. E esta não foi a única ou a última vez que esse monstro usou seu poder sobre o mundo dos animais inferiores. Parece que foi embora para outro lugar; ótimo, que seja assim! Deu-nos a oportunidade de colocá-lo em xeque, de algumas formas, nesse jogo de xadrez do qual participamos pelo bem das almas dos homens. E agora vamos para casa. A alvorada se aproxima, e temos motivos para ficar satisfeitos com nossa primeira noite de trabalho. Talvez estejamos fadados a passar ainda por muitas noites e muitos dias cheios de perigo, mas temos que seguir em frente, e perigo algum nos fará retroceder!

A casa estava em silêncio quando voltamos, exceto por algum pobre coitado que gritava numa ala distante e pelo som baixo e queixoso que vinha do quarto de Renfield. O pobre infeliz com certeza estava se torturando, à maneira dos loucos, com pensamentos dolorosos e desnecessários.

Fui nas pontas dos pés até nossos aposentos e encontrei Mina adormecida, respirando tão suavemente que precisei encostar o ouvido em seu rosto para escutá-la. Parecia mais pálida do que o usual. Espero que nossa reunião de hoje à noite não a tenha perturbado. Estou sinceramente grato por estar excluída de nosso trabalho futuro, ou mesmo de nossas deliberações. É tensão demasiada para uma mulher. Eu não pensava dessa forma no início, mas mudei de opinião. Assim sendo, fico feliz que tenhamos tomado essa decisão. Ela talvez fosse se assustar ao ouvir certas coisas; fazer segredo, porém, pode ser pior do que lhe contar de imediato, caso ela suspeite que lhe estamos escondendo algo. Daqui em diante, nosso trabalho será um livro lacrado para ela, pelo menos até o momento em que lhe possamos dizer que tudo está terminado e a Terra, livre de um monstro do mundo inferior. Devo confessar que será difícil começar a fazer segredo sobre um assunto, dada a confiança que depositamos um no outro, mas tenho que manter minha determinação. Amanhã, nada direi sobre o que fizemos hoje à noite. Vou me recusar a fazer quaisquer comentários. Deito-me no sofá, para não a incomodar.

1º de outubro, mais tarde – Todos nós dormimos demais, e talvez isso seja natural, pois tivemos um dia cheio e nenhum descanso à noite. Até mesmo Mina deve ter se sentido exausta, pois, embora eu tenha dormido até o sol estar alto no céu, acordei antes dela e tive que a chamar duas ou três vezes para fazê-la despertar. Ela de fato dormia tão profundamente que por alguns segundos não me reconheceu e me olhou com uma espécie de terror, como se acordasse em meio a um pesadelo. Reclamou um pouco do cansaço, e eu a deixei descansar até mais tarde.

Sabemos agora que 21 caixas foram retiradas e, se várias delas tiverem sido levadas de uma vez, talvez possamos localizar todas elas – o que simplificaria imensamente nosso trabalho. Quanto mais cedo tratarmos disso, melhor. Vou procurar por Thomas Snelling hoje.

Diário do dr. Seward

1º de outubro – Por volta do meio-dia, o professor me acordou, entrando em meu quarto. Estava mais alegre e bem-disposto do que o habitual, e é óbvio que o trabalho feito ontem à noite ajudou a tirar-lhe algum peso da mente. Depois de discutir nossa aventura noturna, ele subitamente disse:

– Seu paciente me interessa muito. Posso visitá-lo esta manhã com você? Ou, caso você esteja muito ocupado, posso ir sozinho, se necessário. É uma experiência nova para mim encontrar um louco que discorre sobre filosofia e raciocina com tanta lógica.

Eu tinha trabalhos urgentes a fazer. Disse-lhe, portanto, que ficaria feliz se ele fosse sozinho, pois assim não teria que o fazer esperar. Chamei um assistente e lhe dei as instruções necessárias. Antes que o professor saísse do quarto, adverti-o sobre as falsas impressões que meu paciente podia causar.

– O que quero – disse ele – é fazê-lo falar sobre si mesmo e sobre os delírios que o levavam a consumir seres vivos. Ele disse a madame Mina, como li nas anotações que você fez ontem em seu diário, que em certa época foi movido por crenças nesse sentido. Por que sorri, amigo John?

– Perdoe-me – disse eu –, mas a resposta está aqui – coloquei a mão sobre os papéis datilografados. – Quando nosso louco são e instruído declarou que costumava comer seres vivos, sua boca ainda guardava o cheiro das moscas e aranhas que ele engolira pouco antes de Mrs. Harker entrar em seu quarto.

Van Helsing sorriu também.

– Ótimo! – disse ele. – Sua memória não falha, amigo John. Eu devia ter me lembrado. E, no entanto, é exatamente essa obliquidade de pensamento e memória que faz das doenças mentais um estudo tão fascinante. Talvez eu consiga adquirir mais conhecimento com as bobagens faladas por esse homem do que com os ensinamentos dos mais distintos cientistas. Quem sabe?

Fui fazer meu trabalho e, em pouco tempo, concluí as coisas mais urgentes. Pareceu-me de fato ter demorado muito pouco, mas Van Helsing estava de volta ao meu escritório:

– Interrompo-o? – perguntou, com polidez, aguardando à porta.

– De modo algum – respondi. – Entre. Terminei meu trabalho e estou livre. Posso agora acompanhá-lo, se quiser.

– Não é necessário. Já fui vê-lo.

– E então?

– Receio que ele não me tenha em grande estima. Nossa conversa foi breve. Quando entrei em seu quarto, ele estava sentado num banco, bem no centro, os cotovelos apoiados nos joelhos. Seu rosto era um retrato do mais profundo descontentamento. Falei com ele da forma mais alegre possível e com todo o respeito. Não recebi qualquer resposta. "O senhor não me conhece?", perguntei. Sua resposta não foi muito cordial: "Conheço-o muito bem. O senhor é o velho e tolo Van Helsing. Gostaria que levasse a si mesmo e às suas teorias idiotas sobre o cérebro para outro lugar. Aos diabos com todos os holandeses estúpidos!" Não disse mais uma única palavra e sentou-se num mau humor implacável, tão indiferente à minha presença que era como se eu não estivesse ali. Assim se foi esta chance de aprender com um louco tão inteligente. Se puder, irei me alegrar um pouco trocando algumas palavras com nossa boa madame Mina. Amigo John, sinto uma alegria indizível por ela não estar mais envolvida em nossa terrível missão. Embora venhamos a sentir muita falta de sua ajuda, é melhor assim.

– Concordo sinceramente com o senhor – disse eu, e falava a verdade. Não queria que ele cedesse naquela questão. – É melhor para Mrs. Harker ficar fora disso. As coisas já estão ruins o suficiente para nós, homens viajados, que passamos por várias situações difíceis ao longo da vida. Não é trabalho para uma mulher. Se ela continuasse envolvida com o caso, acabaria se abatendo terrivelmente, com o passar do tempo.

Assim, Van Helsing saiu para falar com Mrs. Harker e seu marido. Quincey e Art estão fora, vendo se conseguem localizar os caixotes de terra. Vou terminar a visita dos pacientes e todos poderemos nos encontrar à noite.

Diário de Mina Harker

1º de outubro – É tão estranho ter que ficar no escuro, como estou hoje, e, após a total confiança de Jonathan ao longo de tantos anos, vê-lo deliberadamente evitando certos assuntos, sobretudo os mais importantes. Esta manhã acordei tarde, após a exaustão de ontem, e Jonathan também, embora tenha se levantado antes de mim. Falou comigo antes de sair e foi mais carinhoso e terno do que nunca, mas não disse uma palavra sobre o que aconteceu durante a visita à casa do conde. E, no entanto, devia saber quão ansiosa eu estava. Pobre querido! Creio que isso deve tê-lo angustiado mais do que a mim. Todos concordaram que o melhor era não me envolver ainda mais nesse trabalho apavorante, e eu aquiesci. Pensar, porém, que ele me esconde algo! E agora estou chorando como uma boboca, quando *sei* que tudo se deve ao enorme amor que meu marido tem por mim e às ótimas intenções daqueles outros homens tão corajosos.

Isso me fez bem. Jonathan há de me contar tudo algum dia; e, para que ele não pense por um momento sequer que estou lhe escondendo algo, vou continuar escrevendo em meu diário, como de hábito. Então, se ele desconfiar de minha sinceridade, poderei mostrar-lhe o que escrevi – cada pensamento meu posto no papel para que seus adorados olhos leiam. Sinto-me estranhamente triste e deprimida, hoje. Creio que seja consequência de toda essa terrível agitação.

Ontem à noite, fui me deitar depois que os homens saíram, simplesmente porque eles me disseram que o fizesse. Não tinha sono, e a ansiedade me devorava. Não conseguia parar de pensar em tudo o que acontecera desde que Jonathan viera me ver em Londres, e essa história me parece uma horrível tragédia em que o destino conduz tudo de forma inexorável a um determinado fim. Tudo o que se faz, por mais correto que seja, me parece ter como consequência exatamente aquilo que se queria evitar. Se eu não tivesse ido a Whitby, talvez a pobre Lucy ainda estivesse conosco hoje. Ela não costumava visitar o adro da igreja antes da minha chegada, e, se não tivesse ido até lá comigo de dia, certamente não teria ido enquanto sonambulava. Não tendo ido até lá à noite, adormecida, aquele monstro não teria podido destruí-la como fez. Ah, por que fui a Whitby? E agora estou chorando de novo! Pergunto-me o que está acontecendo comigo hoje. Tenho que esconder tudo isso de Jonathan, pois se souber que tive duas crises de choro pela manhã – eu, que nunca choro sem motivos externos; eu, que ele nunca fez derramar uma lágrima –, isso iria deixá-lo preocupadíssimo. Vou colocar uma expressão confiante no rosto e, caso me sinta chorosa, ele não há de ver. Creio que essa é uma das lições que nós, mulheres, devemos aprender...

Não me lembro exatamente como adormeci, ontem à noite. Lembro-me de ter ouvido o súbito latido de cães e vários sons estranhos, como rezas de forma bastante desordenada, vindos do quarto de Mr. Renfield, que fica em algum ponto abaixo deste. E então o silêncio tomou conta de tudo, um silêncio tão profundo que me deixou alarmada, e fui até a janela. Tudo estava escuro e quieto. As sombras negras projetadas pela luz do luar pareciam cheias de um mistério próprio e silencioso. Nada parecia se mover, e tudo dava a impressão de estar soturno e parado como a morte ou o destino. Tanto que uma faixa delgada de neblina branca, que escorregava com lentidão quase imperceptível por sobre a grama, em direção à casa, parecia ter vida e consciência próprias. Creio que as digressões de meu pensamento devem ter me feito bem, pois, quando voltei para a cama, senti uma letargia apoderar-se de mim. Fiquei deitada por algum tempo, mas não conseguia pegar no sono, então fui até a janela e olhei para fora outra vez. A neblina estava se espalhando, e agora acercava-se da casa; eu podia vê-la espessa contra a parede, como se estivesse subindo até as janelas. O pobre homem gritava mais do que nunca, e, embora eu não conseguisse distinguir uma palavra do que dizia, podia reconhecer em seu tom alguma súplica desesperada. Ouvi então o som de embate físico, e sabia que eram os atendentes tentando contê-lo. Fiquei tão assustada que voltei para a cama e puxei os lençóis sobre a cabeça, colocando os dedos nos ouvidos. Não sentia sono algum, ou pelo menos era o que achava; mas devo ter adormecido, pois, à exceção de meus sonhos, não me lembro de mais nada até o momento em que Jonathan me acordou, pela manhã. Acho que precisei de certo tempo e esforço para me lembrar de onde estava, e que era Jonathan quem se inclinava sobre mim. Tive sonhos bastante peculiares e típicos dos momentos em que os pensamentos que temos quando estamos acordados se fundem com os sonhos, ou continuam neles.

Achei que estava dormindo e esperando que Jonathan voltasse. Estava muito ansiosa a seu respeito e não tinha o poder de tomar qualquer atitude; meus pés e minha mente pesavam, de modo que nada podia se dar com o ritmo habitual. Assim, eu dormia um sono agitado e pensava. Comecei a notar, então, que o ar estava pesado, e também úmido e frio. Tirei os lençóis que me cobriam o rosto e descobri, para minha surpresa, que tudo ao meu redor estava pálido e opaco. A luz de gás que eu deixara acesa para Jonathan, mas com a chama no mínimo, não era mais do que um tímido lampejo avermelhado em meio à neblina, que evidentemente se tornara mais espessa e entrara no quarto. Ocorreu-me então que fechara a janela antes de ir para a cama. Teria me levantado para me certificar disso, mas uma terrível letargia parecia imobilizar meu corpo e até mesmo minha vontade. Fiquei deitada e resisti; foi tudo. Fechei os olhos, mas ainda podia ver através das pálpebras cerradas. (São incríveis os truques que operam nossos sonhos, e do modo mais conveniente que somos capazes de imaginar.) O nevoeiro se tornava mais espesso, e agora eu podia ver por onde entrava, pois era como uma nuvem de fumaça, ou como o vapor pálido da água fervendo: vinha não através da janela, mas pelas frestas da porta. Ficava cada vez mais espesso, até que pareceu se concentrar numa espécie de pilar de neblina, em cujo topo eu podia ver a luz de gás brilhando como um olho vermelho. Tudo começou a girar em minha mente do modo como a coluna de nuvem girava agora no quarto, e em meio a tudo lembrei-me das palavras da Escritura: "um pilar de nuvem durante o dia e um de fogo à noite". Seria aquela de fato alguma ajuda espiritual que estivesse vindo a mim durante o sono? O pilar, contudo, se compunha tanto do aspecto noturno quanto do diurno, pois o fogo estava no olho vermelho, que, diante desse pensamento, começou a me fascinar – até que, enquanto eu olhava, o fogo se dividiu e pareceu brilhar sobre mim através da neblina como dois olhos vermelhos, iguais aos que Lucy me descreveu em sua momentânea divagação quando, no rochedo, o sol poente refletiu-se nas janelas da igreja de St. Mary. Subitamente, fui tomada pelo horror ao recordar que dessa forma, através de um redemoinho de poeira à luz da lua, Jonathan vira aquelas três odiosas mulheres se materializando. Devo ter desmaiado, no sonho, pois tudo se transformou em escuridão. O último esforço consciente de minha imaginação revelou-me uma face pálida curvando-se sobre mim, após surgir em meio ao nevoeiro. Tenho que tomar cuidado com sonhos desse tipo, pois são capazes de nos desequilibrar, se forem frequentes. Pediria ao dr. Van Helsing ou ao dr. Seward que me prescrevessem algo para dormir, mas temo alarmá-los. Um sonho desses, no momento presente, serviria para aumentar seus receios com relação a mim. Hoje à noite vou tentar dormir naturalmente. Se não conseguir, amanhã pedirei que me deem uma dose de cloral; não vai me fazer mal, se for apenas uma vez, e terei uma boa noite de sono. A noite passada me deixou mais cansada do que se eu tivesse ficado em claro.

2 de outubro, 22 horas – Na noite passada dormi, mas não sonhei. Deve ter sido um sono pesado, pois não acordei quando Jonathan veio para a cama; porém, o sono não me revigorou: hoje, sinto-me terrivelmente fraca e desanimada. Ontem passei o dia todo tentando ler, ou deitada, cochilando. À tarde, Mr. Renfield perguntou se poderia me ver. Pobre homem! Foi muito gentil, e quando me fui beijou-me a mão e pediu que Deus me abençoasse. De algum modo, isso me afetou muito; estou chorando ao pensar nele. Esta é uma nova fraqueza, com a qual preciso tomar cuidado. Jonathan ficaria arrasado se soubesse que andei chorando. Ele e os outros ficaram fora até a hora do jantar e chegaram cansados. Fiz o que pude para alegrá-los, e acho que o esforço me fez bem, pois esqueci quão cansada estava. Após o jantar, mandaram-me para a cama, e todos foram fumar juntos, conforme disseram, mas eu sabia que queriam contar um ao outro o que lhes ocorrera durante o dia. Pelo jeito de Jonathan, eu pude adivinhar que ele tinha algo de importante para relatar. Eu não sentia tanto sono quanto deveria; portanto, antes que eles saíssem, pedi ao dr. Seward que me desse algum tipo de soporífico, pois não havia dormido bem na noite passada. Muito gentilmente, ele me preparou uma dose, que me deu, dizendo que não faria mal algum, pois era muito suave... Tomei o soporífico e estou esperando pelo sono, que continua arredio. Espero não ter agido mal, pois, agora que o sono começa a chegar, me vem um novo temor: de que eu possa ter sido tola ao abrir mão da possibilidade de despertar. Talvez eu venha a querê-la. O sono chegou. Boa noite.

CAPÍTULO 20

Diário de Jonathan Harker

1º de outubro, à noite – Encontrei Thomas Snelling em sua casa em Bethnal Green, mas infelizmente ele não estava em condições de se recordar de nada. A mera perspectiva de beber cerveja que lhe dera a minha visita revelou-se demasiada, e ele deu início cedo demais à sua orgia etílica. Sua esposa, porém, que me pareceu uma decente pobre coitada, disse-me que ele era apenas o assistente de Smollet, este, sim, o responsável pelos negócios. Fui então a Walworth, e encontrei Mr. Joseph Smollet em casa, em mangas de camisa, tomando um chá tardio num pires. Trata-se de um homem decente e inteligente, o tipo de trabalhador sério e confiável, e pensa por conta própria. Lembrava-se de tudo o que se referia ao episódio das caixas e, consultando um maravilhoso caderno cheio de orelhas, que tirou de algum lugar misterioso nos fundilhos de suas calças, e que tinha anotações em hieróglifos feitas com um lápis grosso e já meio apagadas, disse-me qual o destino das caixas. Havia seis, segundo ele, no carreto que ele levou de Carfax até o número 197 de Chicksand Street, em Mile End, New Town, e mais seis foram entregues em Jamaica Lane, Bermondsey. Se o conde pretendia espalhar esses seus refúgios medonhos por

Londres, esses lugares foram os primeiros que escolheu, para que mais tarde pudesse fazer uma distribuição mais uniforme. A forma sistemática como isso foi feito me fez pensar que ele não podia ter a intenção de se confinar a dois extremos de Londres. Agora ele se estabelecera na extremidade leste da costa norte, no leste da costa sul e no próprio sul. O norte e o oeste com certeza não seriam excluídos de seu esquema diabólico, sem falar na cidade em si e no coração da Londres elegante, a sudeste e a oeste. Voltei a falar com Smollet e perguntei-lhe se poderia nos dizer se alguma das outras caixas havia sido levada de Carfax. Ele replicou:

– Bem, meu senhor, como me tratou bastante bem – eu lhe dera algum dinheiro –, vou contar tudo o que sei. Faz umas quatro noites que ouvi um homem chamado Bloxam dizer, no Hare and Hounds, em Pincher's Alley, que ele e um colega tinham feito um trabalho bem poeirento numa velha casa em Purfleet. Esse tipo de trabalho não é lá muito comum, e acho que talvez Sam Bloxam possa lhe dizer alguma coisa.

Perguntei-lhe se poderia me dizer onde encontrá-lo. Disse-lhe que, se me conseguisse o endereço do tal Bloxam, isso com certeza valeria mais alguns trocados. Ele engoliu o resto do chá e se pôs de pé, dizendo que começaria a procurar naquele exato instante. Já estava à porta quando parou e disse:

– Olhe, meu senhor, não faz sentido o senhor ficar esperando aqui. Pode ser que eu demore a achar o Sam, e é bem capaz que ele não esteja em condições de lhe dizer muita coisa hoje. Sam é um sujeito que fica esquisito quando começa a beber. Se o senhor puder me dar um envelope selado e escrever seu endereço nele, descubro onde pode achar o Sam e mando a informação hoje à noite, pelo correio. Mas é melhor o senhor ir falar com ele de manhã bem cedo, ou não vai chegar a tempo. Ele sai cedo de casa, não importa quanto tenha bebido na véspera.

Era muito prático, então uma das crianças saiu com um trocado para comprar um envelope e uma folha de papel – e para ficar com o troco. Quando voltou, enderecei o envelope e o selei. Após Smollet ter me prometido outra vez que enviaria o envelope com o endereço, assim que o encontrasse, voltei para casa. De qualquer modo, estamos seguindo o rastro. Estou cansado esta noite e quero dormir. Mina está profundamente adormecida e me parece um pouco pálida demais; a julgar por seus olhos, eu diria que andou chorando. Pobre coitada, não tenho dúvidas de que a atormenta o fato de não estar a par dos acontecimentos, e talvez ela fique duas vezes mais ansiosa quanto a mim e aos outros. É melhor assim, contudo. É melhor que fique desapontada e preocupada em sua ignorância do que perder por completo sua paz de espírito. Os dois médicos estavam corretíssimos ao insistir que ela ficasse fora de toda essa assustadora empresa. Preciso me manter firme, pois é sobre mim que recai o peso particular desse silêncio. Não devo sequer tocar no assunto com ela, sob quaisquer circunstâncias. Talvez não venha a ser uma tarefa difícil demais, afinal de contas, pois ela própria tornou-se reticente com relação a esse assunto e não falou do conde ou de seus feitos desde que lhe comunicamos nossa decisão.

2 de outubro – Um dia longo, exaustivo e empolgante. O primeiro correio me trouxe o envelope que eu mesmo selara, e dentro dele um pedaço sujo de papel, no qual estava escrito, com lápis de carpinteiro e numa caligrafia rude:

"Sam Bloxam, Korkrans, 4, Poter's Cort, Bartel Street, Walworth. Pergunte pelo carregado."

Quando recebi a carta, ainda estava na cama e me levantei sem acordar Mina. Ela parecia mole, sonolenta e pálida, e não estava nada bem. Decidi não a acordar e, ao retornar de mais uma busca, tomar providências para que ela voltasse a Exeter. Acho que ela ficaria mais feliz em nossa própria casa, envolvida em suas tarefas rotineiras, do que aqui, entre nós, e sem nada saber. Só vi o dr. Seward por um instante e lhe disse para onde ia, prometendo voltar e contar o resto assim que tivesse descoberto alguma coisa. Fui até Walworth e com alguma dificuldade descobri Potter's Court. A ortografia de Mr. Smollet me havia feito incorrer num erro, pois eu perguntara pela localização de Poter's Cort, e não de Potter's Court. Quando encontrei o local, porém, não foi difícil chegar até a casa de cômodos de Corcoran. Quando perguntei ao homem que chegou à porta pelo "carregado", ele meneou a cabeça, dizendo:

– Não conheço, não. Não tem ninguém com esse nome por aqui, nunca ouvi falar nele em toda minha vida. Acho que essa pessoa não mora aqui.

Peguei a carta de Smollet e, ao lê-la, pareceu-me que a aula de ortografia sobre o nome do lugar poderia me ajudar.

– E o senhor quem é?

– Sou o encarregado – respondeu-me.

Vi imediatamente que estava na pista correta; um erro de ortografia mais uma vez me levara a buscar o nome errado. Uma pequena gorjeta colocou os conhecimentos do encarregado a meu dispor, e descobri que Mr. Bloxam curara a embriaguez de cerveja durante a noite, ali na casa de cômodos, e saíra para o trabalho, em Poplar, às cinco da manhã. Ele não era capaz de me dizer onde era seu local de trabalho, mas tinha uma vaga ideia de que se tratava de algum "galpão bem moderno": tive que partir para Poplar com essa informação insuficiente. O meio-dia soou antes que eu tivesse conseguido qualquer indicação satisfatória de tal edifício, que finalmente obtive num café, onde alguns trabalhadores faziam sua refeição. Um deles declarou que estava sendo construído um frigorífico em Cross Angel Street; como essa característica combinava com "galpão bem moderno", dirigi-me imediatamente para o local. Conversas com um porteiro mal-humorado e com um gerente mais mal-humorado ainda, após ambos terem sido apaziguados com uma gorjeta, me colocaram na pista de Bloxam; mandaram chamá-lo, após eu ter sugerido que estava disposto a pagar o ordenado do dia ao gerente pelo privilégio de fazer-lhe algumas perguntas sobre um assunto particular. Ele era um sujeito esperto o suficiente, embora seus modos e sua fala fossem rudes. Quando prometi pagar-lhe por suas informações e lhe dei um adiantamento, ele me disse que tinha feito duas viagens entre Carfax e uma casa em Piccadilly, levando nove caixas no total – "muito pesadas, aliás" –, com um cavalo e uma carroça que alugou com esse propósito. Perguntei-lhe se poderia me dizer o número da casa em Piccadilly; ao que ele me respondeu:

– Bem, doutor, não lembro o número, mas era perto de uma igreja branca bem grande, ou qualquer coisa desse tipo, que foi construída não faz muito tempo. Também era uma casa velha e empoeirada, embora nem se comparasse àquela casa de onde tiramos as malditas caixas.

– Como o senhor entrou nas casas se ambas estavam vazias?

– O velho que me contratou estava esperando na casa velha em Purfleet. Ele me ajudou a carregar as caixas e colocar tudo na carroça. Puxa vida, era o sujeito mais forte que eu já vi, ainda mais porque era bem velhinho, de bigode branco, e tão magro que o senhor nem imaginaria que ele fosse capaz de projetar uma sombra.

Como essa frase me causou arrepios!

– Doutor, ele levantou o seu lado das caixas como se fosse um quilo de chá, e eu suando e bufando antes de conseguir fazer a minha parte. E olhe que não sou nenhum fracote!

– Como foi que o senhor entrou na casa em Piccadilly? – perguntei.

– Ele também estava lá. Deve ter saído bem rápido da outra e chegado lá antes de mim, porque quando toquei a campainha foi ele mesmo quem abriu a porta e me ajudou a levar as caixas para o vestíbulo.

– Todas nove?

– Sim, senhor. Da primeira vez levei cinco, e quatro da segunda. Foi um trabalho cansativo, de dar sede, e nem me lembro muito bem como é que voltei para casa.

Eu o interrompi:

– As caixas foram deixadas no vestíbulo?

– Sim, senhor. Era um bocado grande e sem móveis.

Insisti mais uma vez na questão das chaves:

– O senhor não tinha nenhuma chave?

– Não usei chaves nem nada. O velhinho abriu ele mesmo a porta e fechou depois que eu saí. Não me lembro como foi a última vez, mas isso foi por causa da cerveja.

– E não consegue se lembrar qual o número da casa?

– Não, senhor. Mas isso não vai ser difícil descobrir. Ela é bem alta, com a fachada de pedra e uma saliência na frente, e os degraus até a porta são altos também. Conheço bem esses degraus, porque afinal tive que carregar as caixas lá para cima, junto com uns três vagabundos que apareceram para ganhar um trocado. O velhinho deu a eles uma gorjeta alta, vários xelins, e eles então ficaram querendo mais. Mas o velho pegou um deles pelo ombro e quase jogou escada abaixo. Aí os outros foram embora depressa.

Achei que com aquela descrição poderia encontrar a casa. Então, tendo pagado a meu amigo por sua informação, dirigi-me a Piccadilly. Descobrira algo bastante desagradável: o conde era capaz, evidentemente, de carregar sozinho as caixas. Assim sendo, o tempo era precioso, pois agora que ele as distribuíra de modo razoável, poderia, por conta própria, terminar a tarefa sem ser visto. Em Piccadilly Circus, dispensei o cabriolé e fui caminhando na direção oeste. Depois da Junior Constitutional, cheguei à casa que me fora descrita, e fiquei satisfeito em saber que era o refúgio seguinte escolhido por Drácula. A casa parecia estar sem inquilinos há bastante tempo. As janelas estavam incrustadas de poeira e as venezianas, abertas. A construção estava negra com a passagem do tempo, e a pintura sobre o ferro já estava quase toda descascada. Podia-se ver que até bem pouco tempo atrás tinha havido uma grande tabuleta em frente à sacada, anunciando a casa, mas fora arrancada sem maiores cuidados. As escoras que a sustentavam ainda estavam ali. Por trás da grade da sacada, vi que havia algumas tábuas soltas, cujas extremidades pareciam brancas. Como eu queria ter podido ver a tabuleta intacta! Ela poderia fornecer alguma pista sobre o proprietário da casa. Lembrei-me de minha experiência na investigação e na compra de Carfax, e sentia que, se pudesse encontrar o antigo proprietário, talvez descobrisse algum meio de ter acesso à casa.

No momento, nada havia a investigar na frente da casa, em Piccadilly, e nada podia ser feito. Assim, dei a volta e passei pelos fundos, a fim de ver se ali podia descobrir algo. As cocheiras estavam movimentadas, pois a maioria das casas em Piccadilly está ocupada. Perguntei a uns cavalariços e ajudantes que vi nos arredores se poderiam me dizer alguma coisa sobre a casa vazia. Um deles contou-me ter ouvido dizer que a casa havia sido comprada recentemente, mas não sabia de quem. Disse-me, porém, que até bem pouco tempo havia ali uma tabuleta dizendo "à venda", e que talvez Mitchell, Sons & Candy, os agentes imobiliários, pudessem me informar; ele tinha a impressão de ter lido o nome da firma na tabuleta. Eu não queria parecer ansioso demais, para que meu informante não saísse tirando conclusões. Então, agradecendo-lhe da maneira habitual, fui-me embora. O sol já baixava no céu, e a noite de outono se aproximava, de modo que não perdi tempo. Descobrindo o endereço de Mitchell, Sons & Candy numa lista telefônica em Berkeley, cheguei logo ao escritório, em Sackville Street.

O cavalheiro que me recebeu foi particularmente gentil, mas reservado na mesma proporção. Disse-me que a casa em Piccadilly – que durante toda a nossa conversa chamou de "mansão" – fora vendida, e deu meu trabalho por encerrado. Quando lhe perguntei quem comprara, ele abriu um pouco mais os olhos e fez uma pequena pausa antes de responder:

– A propriedade foi vendida, meu senhor.

– Perdoe-me – disse eu, com a mesma polidez –, mas tenho motivos especiais para perguntar quem a comprou.

Novamente ele fez uma pausa, dessa vez mais longa, e alteou um pouco mais as sobrancelhas.

– Foi vendida, meu senhor. – Foi de novo sua lacônica resposta.

– É claro que o senhor não iria se importar em me dar essa informação – disse eu.

– Importo-me, sim – respondeu ele. – Os negócios dos clientes são 100% seguros nas mãos de Mitchell, Sons & Candy.

Tratava-se obviamente de um pedante de primeira, e seria inútil argumentar. Achei que o melhor era usar das mesmas armas e disse-lhe, então:

– Seus clientes, meu senhor, têm sorte de contar com tão firme guardião de sua confiança. Também eu sou um profissional – e estendi-lhe meu cartão. – Neste caso, o que me move não é a curiosidade; trabalho a serviço de lorde Godalming, que gostaria de saber um pouco mais sobre a propriedade que, como ouviu dizer, até recentemente estava à venda.

Essas palavras colocaram nossa conversa num outro patamar.

– Gostaria de atendê-lo, se pudesse, Mr. Harker, e sobretudo gostaria de atender ao seu cliente. Certa vez nos encarregamos do aluguel de alguns quartos para ele, quando ainda era o honorável Arthur Holmwood. Se o senhor me deixar o endereço dele, posso consultar a firma a respeito. E, qualquer que seja a resposta, comunico-me com lorde Godalming através do correio desta noite. Será um prazer se pudermos nos desviar tanto de nossas regras a fim de atender a um desejo seu.

Eu queria tê-lo como amigo, e não como inimigo. Agradeci-lhe, portanto, e lhe dei o endereço do dr. Seward, vindo-me embora em seguida. Já estava escuro, e eu, cansado e faminto. Tomei uma xícara de chá na Aërated Bread Company e vim para Purfleet no trem seguinte.

Encontrei todos os outros em casa. Mina parecia cansada e pálida, mas esforçava-se bravamente em dar a impressão de que estava alegre e animada. Partiu-me o coração pensar que tinha de lhe esconder tudo, e que assim causava-lhe aquela inquietude. Graças a Deus, esta será a última noite em que ela terá de observar de fora nossas reuniões e sentir a dor de nosso silêncio. Precisei de toda a minha coragem para mantê-la fora de nossa terrível tarefa. Ela parecia de certo modo mais resignada, ou então o próprio assunto tornou-se repugnante a seus olhos, pois estremece a qualquer alusão que fazemos. Fico feliz por termos tomado nossa decisão a tempo; no estado em que Mina se encontra, nossas descobertas seriam uma verdadeira tortura para ela.

Eu não poderia contar aos outros minhas descobertas daquele dia até que estivéssemos a *sós*. Portanto, após termos jantado – e ouvido um pouco de música, para manter as aparências até entre nós mesmos –, levei Mina para o quarto e deixei-a, para que fosse deitar-se. Minha pobre querida estava mais afetuosa comigo do que nunca e agarrou-se a mim como se quisesse me deter, mas havia muita coisa a discutir com os outros e deixei-a. Graças a Deus, o fato de termos parado de contar as coisas um ao outro não fez qualquer diferença entre nós.

Quando voltei ao andar inferior, encontrei os outros reunidos em torno da lareira, no escritório. No trem, eu anotara em meu diário os acontecimentos do dia e só o que fiz foi lê-los em voz alta, pois era a melhor forma de colocá-los a par das informações que obtivera. Quando terminei, Van Helsing disse:

– Foi um bom dia de trabalho, amigo Jonathan. Não há dúvida de que estejamos na pista das caixas que faltam. Se as encontrarmos todas naquela casa, então nosso trabalho estará próximo do fim. Mas se alguma estiver faltando, teremos que continuar procurando até encontrar. Então faremos nosso *coup* final e caçaremos esse desgraçado até que ele esteja morto de verdade.

Ficamos todos sentados em silêncio por algum tempo, e subitamente Mr. Morris disse:

– E então, como é que vamos entrar nessa casa?

– Entramos na outra. – Foi a rápida resposta de lorde Godalming.

– Mas, Art, esse caso é diferente. Invadimos Carfax, mas lá tínhamos um terreno cercado para nos proteger, além da escuridão da noite. Vai ser bem diferente tentar invadir uma propriedade em Piccadilly, à noite ou durante o dia. Confesso que não vejo uma forma de entrar, a menos que aquele sujeito da agência encontre para nós uma chave. Talvez venhamos a descobrir alguma quando você receber a carta dele, pela manhã.

Lorde Godalming franziu o cenho. Levantou-se e começou a andar pela sala. Logo parou e disse, olhando alternadamente para cada um de nós:

– Quincey tem razão. Essa história de invasão domiciliar está ficando séria. Tivemos sorte uma vez, mas agora temos uma tarefa árdua nas mãos. A menos que encontremos o molho de chaves do conde.

Como nada poderia ser feito até a manhã seguinte e como seria no mínimo prudente esperar até que lorde Godalming recebesse notícias de Mitchell, resolvemos não tomar qualquer atitude antes da hora do café da manhã. Ficamos sentados fumando durante um bom tempo e discutimos o assunto em seus diversos aspectos e sob seus diversos ângulos. Aproveitei a oportunidade para atualizar meu diário até o momento presente. Sinto muito sono e vou me deitar...

Só mais algumas linhas. Mina dorme profundamente, e sua respiração está regular. Sua testa está contraída, formando pequenas rugas, como se ela refletisse mesmo durante o sono. Ainda está pálida demais, mas não parece tão abatida quanto hoje pela manhã. Amanhã tudo isso há de se resolver, espero; ela estará de volta à nossa casa, em Exeter. Ah, como estou com sono!

Diário do dr. Seward

1º de outubro – Estou outra vez intrigado com Renfield. Suas mudanças de humor são tão rápidas que acho difícil acompanhá-las; como sempre significam algo mais do que apenas seu bem-estar, são um estudo interessantíssimo. Hoje de manhã, quando fui vê-lo após ele ter repelido Van Helsing, estava se comportando como um homem que comanda seu próprio destino. De fato comandava o destino – subjetivamente falando. Não se importava com nada trivial ou material; sua cabeça estava nas nuvens, e ele olhava de cima para as fraquezas e as carências que temos nós, pobres mortais. Pensei em aproveitar a ocasião para descobrir alguma coisa e lhe perguntei:

– E quanto às moscas, ultimamente?

Ele me sorriu com um ar de superioridade – um sorriso que teria surgido na face de Malvolio ao responder:

– As moscas, meu caro senhor, têm uma característica interessante: suas asas são típicas dos poderes aéreos das faculdades físicas. Os antigos tinham razão quando representaram a alma como uma borboleta!

Pensei em testar sua lógica, insistindo nessa analogia, então disse, de imediato:

– Ah, então é uma alma que você quer, agora?

Sua loucura acabou com sua racionalidade, e seu rosto assumiu uma expressão desconcertada. Ele meneou a cabeça com uma certeza que eu vira raras vezes nele e disse:

– Ah, não! Ah, não! Não quero almas. O que quero são vidas – nesse ponto, ele se animou. – No momento, estou indiferente quanto a isso. A vida está boa, tenho tudo o que quero. O senhor vai ter que arranjar um outro paciente, doutor, se quiser estudar a zoofagia!

Isso me intrigou um pouco, e lhe perguntei:

– Então você tem poder sobre a vida; é um deus, suponho.

Ele sorriu com uma superioridade indiscutivelmente afável:

– Ah, não! Longe de mim usurpar os atributos da Divindade! Não estou sequer preocupado com Suas ações espirituais particulares. Se posso dizer qual a minha posição intelectual, no que diz respeito às coisas exclusivamente terrenas, é algo como a posição que Enoque ocupava espiritualmente!

Essas palavras eram um enigma para mim. Não fui capaz, no momento, de me lembrar da pertinência de Enoque. Tinha, portanto, que lhe fazer uma pergunta direta, embora sentisse que, ao fazê-lo, estaria me rebaixando aos olhos do louco:

– E por que Enoque?

– Porque ele caminhava com Deus.

Eu não conseguia ver a analogia, mas não queria admiti-lo. Então, voltei ao assunto anterior:

– Quer dizer que você não liga mais para as vidas e não está interessado em almas. E por que não?

Fiz minha pergunta rapidamente, e de forma um tanto severa, com o intuito de desconcertá-lo. O esforço foi bem-sucedido. Por um instante, ele voltou ao seu jeito servil, curvou-se diante de mim e ficou saltitando como um cãozinho ao meu redor ao responder:

– É verdade que não quero almas, é verdade! Não quero. Não poderia usá-las se as conseguisse; não teriam uso algum para mim. Não poderia comê-las ou... – Ele se interrompeu de súbito, e a velha expressão astuta regressou ao seu rosto, como a superfície da água batida pelo vento. – E, doutor, quanto à vida... de que se trata, afinal? Quando temos tudo aquilo de que necessitamos e sabemos que nunca vamos passar por dificuldades, isso basta. Tenho amigos, bons amigos, como o senhor, dr. Seward – essas palavras foram ditas com um olhar de indescritível malícia. – Sei que nunca hão de me faltar os meios para viver!

Creio que, através da nebulosidade de sua loucura, ele vislumbrou algum antagonismo de minha parte, pois imediatamente recolheu-se ao último dos refúgios daqueles que são como ele – um silêncio obstinado. Após alguns instantes, vi que no momento seria inútil falar-lhe. Estava intratável e, portanto, vim-me embora.

Mais tarde, ele mandou me chamar. Normalmente, eu não teria ido vê-lo sem algum motivo especial, mas no momento estou tão interessado nele que estava disposto a fazer um esforço. Além disso, alegrava-me ter algo com que passar o tempo. Harker saiu, para seguir certas pistas. Lorde Godalming e Quincey também. Van Helsing estava em meu escritório, estudando minuciosamente os papéis preparados pelos Harker; ele parecia achar que um conhecimento acurado dos detalhes poderia lhe fornecer alguma pista. Não queria que o perturbassem sem necessidade. Gostaria de tê-lo levado comigo para ver o paciente, mas acho que, após ter sido repelido da última vez, ele talvez não quisesse voltar. E havia uma outra razão: era possível que Renfield não falasse tão abertamente diante de uma terceira pessoa do que quando nos momentos em que estávamos a sós.

Encontrei-o sentado em seu banco, no meio do quarto, posição que em geral indica alguma energia mental de sua parte. Quando entrei, ele imediatamente disse, como se a pergunta já estivesse pronta em seus lábios:

– E as almas?

Era óbvio que minha suposição estivera correta. A atividade intelectual inconsciente estava agindo, até mesmo na mente de um louco. Resolvi levar o assunto adiante:

– Eu é que pergunto – disse.

Ele não me respondeu por alguns instantes, mas ficou olhando ao redor, para cima e para baixo, como se esperasse encontrar alguma inspiração para me responder.

– Não quero almas! – disse-me, de forma branda, como se estivesse se desculpando.

O assunto parecia estar atormentando-o; decidi insistir nele, então – "ser cruel apenas para ser gentil". Perguntei-lhe:

– Você gosta de vidas e quer vidas?

– Ah, sim, mas quanto a isso não há problemas, o senhor não precisa se preocupar.

– Mas como é que pretende apossar-se das vidas sem se apossar também das almas? – perguntei. Isso pareceu desconcertá-lo. – Vai ser um mau pedaço – prossegui – quando você estiver no céu com as almas de milhares de moscas e aranhas e pássaros e gatos zumbindo e chilreando e miando ao seu redor. Você levou suas vidas, como sabe; agora terá que aturar suas almas!

Algo pareceu ter efeito sobre sua imaginação, pois ele tapou os ouvidos com os dedos e fechou os olhos, apertando-os como faz um garotinho quando lhe ensaboam o rosto. Havia algo de patético naquela reação, e me comovi. Também aprendi uma lição, pois diante de mim parecia estar uma criança – apenas uma criança, embora os traços do rosto estivessem envelhecidos e a barba por fazer, branca. Era óbvio que ele passava por algum processo de perturbação mental, e, sabendo *como* anteriormente ele interpretara, em seus diferentes estados de espírito, coisas aparentemente estranhas a ele, pensei em acompanhá-lo da melhor forma possível. O primeiro passo era reconquistar sua confiança. Perguntei-lhe, então, falando bastante alto, para que ele pudesse me ouvir mesmo com os dedos nos ouvidos:

– Quer um pouco de açúcar para juntar novamente suas moscas?

Ele pareceu despertar de imediato e meneou a cabeça. Respondeu, rindo:

– Não quero, não! Moscas são coisinhas sem importância, afinal! – E fez uma pausa. – Mas também não quero suas almas zumbindo nos meus ouvidos – acrescentou.

– E aranhas?

– Que se danem! Qual a utilidade das aranhas? Não há nada nelas para se comer ou... – interrompeu-se subitamente, como se estivesse se lembrando de um assunto proibido.

"Muito bem", pensei comigo mesmo, "esta é a segunda vez que ele se interrompe subitamente antes da palavra 'beber'; o que significa isso?" Renfield parecia consciente de que havia cometido um lapso, pois continuou a falar de imediato, como se para me distrair:

– Não me importo com essas coisas. "Ratazanas e ratos e cervos pequeninos", como escreveu Shakespeare; "comidinhas insignificantes na despensa", poderíamos chamá-los. Já superei toda essa bobagem. É melhor pedir a um homem que coma moléculas com um par de pauzinhos iguais aos que os chineses usam do que tentar fazer com que eu me interesse pelos carnívoros inferiores, quando sei o que me espera.

– Compreendo – disse eu. – Quer coisas grandes, em que possa cravar os dentes? Que tal um elefante no café da manhã?

– Que bobagem ridícula é essa que o senhor está dizendo?

Ele estava ficando exaltado demais, então pensei em pressioná-lo mais um pouco:

– Pergunto-me como deve ser a alma de um elefante – disse, com ar reflexivo.

Obtive o efeito desejado, pois ele na mesma hora perdeu a pose e se tornou uma criança de novo.

– Não quero a alma dos elefantes, nem de qualquer outra criatura! – disse.

Por alguns instantes ficou sentado, abatido. Subitamente, porém, pôs-se de pé, e seus olhos brilhavam, o que era um indício de extrema exaltação cerebral:

– Aos infernos com o senhor e suas almas! – gritou. – Por que é que está me atormentando com essa história de almas? Como se eu já não tivesse tormentos e sofrimentos o suficiente sem pensar em almas!

Ele parecia tão hostil que pensei estar tendo mais um acesso homicida, e soprei meu apito. Nesse exato instante, porém, ele se acalmou, e disse, desculpando-se:

– Perdoe-me doutor. Perdi a cabeça. Não precisa pedir ajuda. Estou tão preocupado que me irrito com facilidade. Se o senhor soubesse o problema com que estou tendo que lidar, e que estou resolvendo, haveria de se apiedar de mim, e de tolerar-me e me perdoar. Por favor, não me coloque na camisa de força. Quero pensar e não consigo pensar livremente quando meu corpo está preso. Tenho certeza de que o senhor me compreende!

Ele obviamente tinha algum autocontrole; quando os assistentes chegaram, portanto, disse-lhes que não havia problemas, e eles se retiraram. Renfield observou-os irem embora. Quando a porta se fechou, disse, com dignidade e gentileza consideráveis:

– Dr. Seward, o senhor demonstrou muita consideração para comigo. Acredite-me, estou muito, muito grato!

Achei melhor deixá-lo naquele estado de espírito e vim-me embora. Certamente há algo a ponderar sobre a situação desse homem. Vários detalhes parecem formar aquilo que os entrevistadores americanos chamam de "uma boa história", se conseguirmos colocá-los na ordem correta. São eles:

Não menciona a palavra "beber".

Teme a ideia de se responsabilizar pela "alma" dos seres.

Não receia vir a desejar "vidas" no futuro.

Despreza por completo as formas inferiores de vida, embora tema ser assombrado por suas almas.

Seguindo a lógica, todos esses dados apontam numa direção! Está seguro, por algum motivo, de que virá a obter formas superiores de vida. Ele teme a consequência – a responsabilidade sobre uma alma. Então, trata-se de uma vida humana!

E quanto a estar seguro...?

Meu Deus do céu! O conde esteve com ele, e um novo terror se aproxima!

Mais tarde – Após fazer a visita dos pacientes, fui falar com Van Helsing sobre minha suspeita. Ele ficou bastante sério e, depois de refletir um pouco sobre o assunto, pediu-me que o levasse para ver Renfield. Obedeci. Quando chegamos à porta, ouvimos o louco cantando alegremente, como costumava fazer numa época que agora parece muito distante. Quando entramos, surpreendemo-nos ao ver que ele espalhara o açúcar como antigamente; as moscas, sonolentas com o outono, começavam a voar para dentro do quarto. Tentamos fazer com que ele falasse sobre o assunto de nossa conversa anterior, mas ele não prestou atenção. Continuou cantando, como se eu e o professor não estivéssemos ali. Arranjara um pedaço de papel, que estava dobrando para transformar num caderno. Tivemos que ir embora com as mesmas dúvidas que nos haviam levado até ali.

Trata-se de um caso realmente curioso; temos que o observar hoje à noite.

Carta de Mitchell,
Sons & Candy para lorde Godalming
1º de outubro.

Meu senhor,

Atendê-lo é sempre um prazer. De acordo com seu desejo, expresso por Mr. Harker em seu nome, seguem as informações concernentes à venda da casa de número 347, Piccadilly. Os vendedores são os testamenteiros do finado Mr. Archibald Winter-Suffield. O comprador é um nobre estrangeiro, conde de Ville, que tratou pessoalmente do negócio pagando em dinheiro vivo, se o senhor nos permite usar a expressão. É tudo o que sabemos a respeito desse cavalheiro.

Atenciosamente,
seus humildes servidores,
Mitchell, Sons & Candy

2 de outubro – Na noite passada deixei um homem no corredor, instruindo-o para que anotasse de forma precisa quaisquer sons que lhe chegassem do quarto de Renfield e para que me chamasse caso algo de estranho acontecesse. Após o jantar, quando todos nos reunimos em torno da lareira, no escritório – Mrs. Harker havia ido se deitar –, discutimos as tentativas e as descobertas do dia. Harker era o único que obtivera resultados, e tínhamos grandes esperanças de que a pista que ele encontrara fosse muito importante.

Antes de ir para a cama, fui até o quarto do paciente e olhei pela janelinha. Ele dormia profundamente. Seu peito subia e descia com a respiração regular.

Hoje pela manhã, o homem que havia estado em serviço disse-me que, logo após a meia-noite, Renfield ficara irrequieto e fizera suas orações em voz um pouco alta demais. Perguntei-lhe se era tudo; ele respondeu-me que era tudo o que ouvira. Sua atitude era um tanto suspeita, porém, e lhe perguntei sem rodeios se dormira. Ele negou, mas confessou ter "cochilado" durante algum tempo. É uma pena que os homens só sejam confiáveis quando observados.

Hoje Harker saiu para investigar sua pista, e Art e Quincey estão tratando de obter cavalos. Godalming acha prudente ter sempre cavalos prontos, pois, quando obtivermos a informação que buscamos, não haverá tempo a perder. Entre a aurora e o ocaso, temos que esterilizar toda a terra importada; assim, poderemos apanhar o conde em seu momento de maior fraqueza e sem um refúgio para onde escapar. Van Helsing foi ao Museu Britânico consultar algumas autoridades em medicina antiga. Os médicos de antigamente levam em conta detalhes que seus discípulos rejeitam, e o professor está pesquisando poções e bruxarias que talvez nos sejam úteis mais tarde.

Às vezes acho que devemos estar todos loucos e que acabaremos recobrando nossa sanidade dentro de camisas de força.

Mais tarde – Reunimo-nos outra vez. Parece que afinal estamos na pista certa, e nosso trabalho amanhã talvez seja o começo do fim. Pergunto-me se a quietude de Renfield tem algo a ver com isso. Seu estado de espírito acompanhou até aqui as ações do conde, e é possível que a destruição próxima do monstro lhe esteja sendo comunicada de alguma forma bem sutil. Se ao menos tivéssemos alguma ideia do que se passou em sua mente, entre o tempo de minha discussão com ele hoje e a retomada da caça às moscas, isso poderia nos fornecer alguma pista valiosa. Ele agora está quieto, por ora... Está mesmo? Esse grito selvagem parece ter vindo de seu quarto...

O assistente entrou às pressas em meu quarto e me disse que Renfield de algum modo se acidentou. Ele o ouviu gritar e, quando foi ao seu quarto, encontrou-o no chão, o rosto para baixo, todo coberto de sangue. Preciso ir imediatamente...

CAPÍTULO 21

Diário do dr. Seward

3 de outubro – Preciso anotar com exatidão tudo o que aconteceu, da melhor forma que puder me recordar, desde a última vez que fiz um registro neste diário. Não devo deixar de fora nem um único detalhe de que consiga me lembrar, e é preciso proceder com toda a calma.

Quando cheguei ao quarto de Renfield, encontrei-o caído no chão, sobre o lado esquerdo do corpo, numa poça brilhante de sangue. Quando fui removê-lo, ficou evidente que fora terrivelmente agredido; não parecia existir aquela unidade de propósito entre as partes do corpo presente mesmo nos estados letárgicos. Ao virá-lo, pude ver que seu rosto estava horrivelmente ferido, como se alguém o tivesse batido contra o chão – era das feridas do rosto, na verdade, que todo aquele sangue brotara. O assistente ajoelhado ao lado do paciente disse-me, quando viramos o corpo:

– Acho que sua coluna se partiu, senhor. Veja, seu braço e sua perna esquerdos estão paralisados, assim como todo um lado de seu rosto.

Como uma coisa daquelas poderia ter se dado era algo que intrigava bastante o assistente. Ele parecia desconcertado e franzia o cenho ao dizer:

– Não consigo compreender como as duas coisas aconteceram. Ele poderia ter se ferido dessa forma batendo a própria cabeça no chão. Certa vez, vi uma jovem fazer isso no Hospício de Eversfield antes que alguém pudesse detê-la. E creio que ele possa ter quebrado o pescoço ao cair da cama, se tiver caído numa posição específica. Mas juro que não consigo entender como as duas coisas podem ter acontecido. Se sua coluna se quebrara, ele não poderia ter batido com a cabeça no chão; e se seu rosto estava desse jeito antes de cair no chão, haveria marcas.

– Vá até o quarto do dr. Van Helsing – eu lhe disse – e peça-lhe que faça a gentileza de vir aqui imediatamente. Quero vê-lo agora mesmo.

O assistente correu para avisar o professor, que dentro de poucos minutos apareceu, de *robe de chambre* e chinelos. Quando viu Renfield caído no chão, estudou-o intensamente com os olhos por um instante e então se virou para mim. Creio que leu em meu olhar o que eu estava pensando, pois disse, num tom bastante contido, obviamente para o assistente:

– Ah, um triste acidente! Será preciso observá-lo atentamente e cuidar dele. Vou acompanhar o doutor, mas primeiro preciso me vestir. Se puderem me aguardar, em poucos minutos estarei de volta.

O paciente respirava com dificuldade, e era óbvio que fora terrivelmente agredido. Van Helsing voltou com extraordinária rapidez, trazendo consigo uma maleta cirúrgica. Andara refletindo, evidentemente, e havia tomado sua decisão, pois, antes mesmo de olhar para o paciente, sussurrou para mim:

– Mande embora o assistente. Temos que estar sozinhos com ele quando recobrar a consciência, após a operação.

– Creio que é tudo por ora, Simmons – eu disse ao assistente. – Fizemos todo o possível, no momento. É melhor você fazer sua ronda, e o dr. Van Helsing vai operar. Comunique-me imediatamente caso ocorra algo de incomum onde quer que seja.

Ele se retirou, e começamos a examinar minuciosamente o paciente. Os machucados no rosto eram superficiais. O ferimento mais sério era uma fratura no crânio, que se estendia até a zona motora. O professor refletiu por um instante e disse:

– Temos que reduzir a pressão sanguínea e tentar normalizá-la; a rapidez da sufusão revela quão terrível é o ferimento. Toda a área motora parece afetada. O derrame cerebral vai aumentar rapidamente. Precisamos fazer a trepanação imediatamente, antes que seja tarde demais.

Enquanto ele falava, ouvimos batidas suaves na porta. Fui abri-la e me deparei com Arthur e Quincey no corredor lá fora, de pijamas e chinelos. O primeiro disse:

– Ouvi seu empregado chamar o dr. Van Helsing e lhe dizer que ocorrera um acidente. Acordei Quincey, então; eu, melhor dizendo, chamei-o, pois ele não estava dormindo. Tudo está acontecendo de forma rápida e estranha demais para que consigamos dormir profundamente, nesses dias. Estive pensando que amanhã à noite já não veremos as coisas como as vimos até então. Teremos que olhar para o passado. E para o futuro também, um pouco mais do que já temos feito. Podemos entrar?

Fiz que sim, voltando a fechar a porta depois que os dois entraram. Quando Quincey viu o estado do paciente e notou a terrível poça no chão, disse em voz baixa:

– Meu Deus! O que aconteceu com esse pobre-diabo?

Relatei-lhe em poucas palavras o ocorrido, acrescentando que esperávamos que Renfield recobrasse a consciência após a operação – por um breve período, pelo menos. Ele se adiantou e sentou-se na beira da cama, ao lado de Arthur. Todos observávamos, pacientemente.

– Temos que esperar apenas o suficiente para encontrar o melhor lugar por onde fazer a trepanação – disse Van Helsing. – Assim, poderemos remover com rapidez e perfeição o coágulo, pois é evidente que a hemorragia está aumentando.

Os minutos durante os quais aguardamos se passaram com assustadora morosidade. Eu me sentia deprimido e, pela expressão de Van Helsing, deduzi que ele receava o pior. Eu temia as palavras que Renfield pudesse dizer. Estava positivamente com medo de pensar, mas também não tinha dúvidas sobre o que estava prestes a acontecer, pois já li a respeito de homens que pressentiram a morte chegar. A respiração do pobre coitado estava irregular. A cada momento ele parecia prestes a abrir os olhos e falar, mas em seguida sua respiração se tornava mais difícil e ele mergulhava na insensibilidade. Mesmo habituado como eu estava aos leitos dos moribundos e à morte, o suspense aumentava e me deixava ansioso. Eu quase podia ouvir as batidas de meu coração, e o sangue latejando em minhas têmporas parecia o bater de um martelo. Por fim, o silêncio se tornou insuportável. Olhei para meus companheiros, um após o outro, e vi, por seus rostos corados e cenhos franzidos, que suportavam tortura idêntica. Havia um suspense nervoso sobre todos nós, como se um sino mortífero fosse ressoar acima de nossas cabeças quando menos esperássemos.

Chegou por fim um momento em que ficou evidente que o paciente declinava muito rápido; poderia morrer a qualquer instante. Olhei para o professor e vi que seus olhos estavam fixos em mim. A expressão de seu rosto era grave quando ele disse:

– Não há tempo a perder. As palavras deste homem podem salvar muitas vidas. É o que estive pensando, enquanto aguardava. Talvez haja uma alma em jogo! Vamos operar logo acima do ouvido.

Sem mais uma palavra, ele fez a trepanação. Por alguns instantes, o paciente continuou respirando com dificuldade. Então, houve uma inspiração tão profunda que seu peito parecia prestes a arrebentar. Subitamente, seus olhos se abriram, numa expressão fixa de loucura e impotência. Isso prosseguiu por algum tempo; então, ele relaxou, parecendo sentir uma grata surpresa, e de seus lábios saiu um suspiro de alívio. Ele se mexeu de forma convulsiva, e, ao fazê-lo, disse:

– Vou ficar quieto, doutor. Diga-lhes para tirarem a camisa de força. Tive um sonho terrível, e me deixou tão fraco que não consigo me mexer. O que há de errado com meu rosto? Parece estar todo inchado e dói terrivelmente.

Tentou mover a cabeça, mas o mero esforço fez com que seus olhos se tornassem novamente vidrados. Cuidadosamente, coloquei-a de volta. Van Helsing disse, então, num tom grave e calmo:

– Fale-nos sobre seu sonho, Mr. Renfield.

Ao ouvir a voz do professor, seu rosto se iluminou, e um sorriso se desenhou no rosto mutilado enquanto ele dizia:

– Esse é o dr. Van Helsing. Como é gentil de sua parte estar aqui. Dê-me um pouco d'água, meus lábios estão secos. Vou tentar lhes contar. Sonhei... – Ele parou de falar e pareceu estar desmaiando.

Chamei Quincey em voz baixa, dizendo-lhe:

– A aguardente! Está em meu escritório! Rápido!

Ele correu para fora do quarto e voltou com um copo, a garrafa de aguardente e uma outra com água. Umedecemos os lábios entreabertos, e o paciente voltou a si rapidamente. Ao que tudo indicava, porém, seu cérebro ferido não parara de funcionar no intervalo, pois, quando ele recobrou a consciência, lançou-me um olhar penetrante e tão angustiantemente confuso que jamais hei de esquecê-lo. Disse ele:

– Não devo tentar me iludir. Não foi um sonho, mas a terrível realidade.

Seus olhos vaguearam pelo quarto. Quando ele viu os outros dois homens sentados pacientemente na beira da cama, prosseguiu:

– Se eu já não tivesse certeza, eu saberia agora, por causa deles.

Por um instante seus olhos se fecharam – não de dor ou sono, mas deliberadamente, como se ele estivesse conclamando todas as suas faculdades. Quando tornou a abri-los, disse, às pressas e com mais energia do que demonstrara até ali:

– Rápido, doutor! Rápido! Sinto que só me restam alguns minutos e então vou me encontrar com a Morte, ou com coisa pior! Umedeça outra vez meus lábios com aguardente. Há algo que preciso dizer antes de morrer. Ou, de qualquer modo, antes que meu pobre cérebro esmagado morra. Obrigado! Foi naquela noite, depois que foram embora; naquela noite em que implorei que me deixassem sair. Eu não podia falar, pois parecia que meus lábios estavam selados, mas, à exceção desse detalhe, eu estava são naquele momento. Tanto quanto estou agora. Fiquei entregue à agonia do desespero durante um bom tempo depois que me deixaram. Pareceram-me horas. Então, uma paz súbita se apossou de mim. Meu cérebro parecia ter se acalmado de novo, e me dei conta de onde estava. Ouvi os cães latirem nos fundos de nossa casa, mas não onde *ele* estava!

Enquanto Renfield falava, Van Helsing não pestanejou, mas esticou a mão e apertou a minha com força. Não se traiu, contudo; anuiu de forma contida e disse, numa voz baixa:

– Prossiga.

Renfield obedeceu:

– Ele veio até a janela em meio ao nevoeiro, como antes; mas estava sólido e não como um fantasma. Seus olhos estavam contraídos como os de um homem furioso. Ria, com os lábios vermelhos. Os dentes pontiagudos brilhavam à luz da lua quando ele se virou para olhar na direção das árvores, onde os cães latiam. A princípio, eu me recusava a convidá-lo a entrar, embora soubesse que era o que ele queria, como sempre quisera. Então, ele começou a me prometer uma porção de coisas, e não com palavras, mas com ações.

O professor interrompeu-o nesse ponto:

– Como?

– Fazendo-as acontecer, do mesmo modo como costumava mandar as moscas quando o sol brilhava. Moscas grandes e gordas, com aço e safira nas asas. E grandes mariposas, à noite, com caveiras e ossos cruzados nas costas.

Van Helsing fez que sim ao sussurrar-me, inconscientemente:

– A *Acherontia Atropos* das Esfinges, que vocês chamam de mariposa-caveira?

O paciente prosseguiu sem se interromper:

– Então, ele começou a sussurrar: "Ratazanas, ratazanas! Centenas, milhares, milhões de ratazanas, e em cada uma delas uma vida. E cães para comerem as ratazanas, e gatos também. Vidas! Sangue quente, com anos de vida, e não meras moscas!" Ri dele, pois queria ver o que era capaz de fazer. Então, os cães uivaram atrás das árvores escuras em sua casa. Ele me pediu que fosse até a janela. Levantei-me e olhei lá fora. Ele ergueu as mãos, e parecia estar chamando sem usar palavras. Uma massa escura surgiu sobre a grama, avançando no formato de uma chama. Ele então afastou sua neblina para a esquerda e para a direita, e pude ver que eram milhares de ratazanas com olhos vermelhos e brilhantes. Olhos iguais aos dele, só que menores. Ele ergueu a mão, e todas pararam; tive a impressão de que ele parecia dizer: "Todas essas vidas serão suas, sim, e muitas outras, ainda maiores, através de eras infinitas, se você se curvar e me adorar!" Então, uma nuvem vermelha, cor de sangue, pareceu se fechar sobre meus olhos; antes que eu soubesse o que estava fazendo, me vi abrindo a janela e dizendo-lhe: "Entre, meu Amo e Senhor." As ratazanas haviam desaparecido, mas ele entrou no quarto pela janela, embora eu não a tivesse aberto mais do que uns poucos centímetros... assim como a própria lua entrara pelas menores frestas e colocara-se diante de mim em toda sua grandiosidade e esplendor.

Sua voz enfraquecera, de modo que voltei a umedecer seus lábios com a aguardente, e ele prosseguiu; mas era como se sua memória tivesse continuado a funcionar durante o intervalo, pois ele retomou a história de um ponto posterior. Eu estava prestes a pedir que recomeçasse de onde tinha parado, mas Van Helsing sussurrou:

– Deixe-o prosseguir. Não o interrompa; ele não é capaz de voltar ao mesmo ponto, e talvez não consiga prosseguir se perder o fio da meada.

Renfield continuou:

– Aguardei notícias dele durante todo o dia, mas ele não me mandou nada, nem mesmo uma mosca-varejeira, e quando a lua surgiu no céu eu estava bastante zangado com ele. Quando se esgueirou pela janela, embora estivesse fechada, e nem sequer chegou a bater, fiquei furioso. Ele me sorriu com escárnio. Por trás da neblina branca, seu rosto aparecia e seus olhos vermelhos brilhavam. Prosseguiu como se fosse o dono da casa, e eu, ninguém. Nem mesmo seu cheiro era o mesmo, quando passou por mim. Eu não conseguia detê-lo. Tive a impressão de que, de algum modo, Mrs. Harker entrara no quarto.

Os dois homens sentados na cama se levantaram e se aproximaram, colocando-se de pé atrás dele, onde não podiam vê-lo, mas onde poderiam ouvi-lo melhor. Estavam ambos em silêncio, mas o professor se alarmou e estremeceu; seu rosto, contudo, tornou-se ainda mais severo e soturno. Renfield prosseguiu sem notar:

– Quando Mrs. Harker veio me ver hoje à tarde, já não era a mesma: era como o chá depois que a água foi derramada dentro do bule. – Todos nos agitamos diante dessas palavras, mas ninguém disse coisa alguma. – Só percebi que ela estava aqui quando falou – prosseguiu ele –, e não parecia a mesma. Não ligo para as pessoas pálidas; gosto de gente com um bocado de sangue, e o dela parecia ter se esvaído. Não pensei sobre isso no momento, mas, quando ela se foi, comecei a refletir e fiquei furioso ao perceber que ele andara lhe sugando a vida. – Pude notar que os outros estremeceram, como eu, mas permanecemos imóveis. – Quando ele veio, hoje à noite, então, eu estava pronto para recebê-lo. Vi a neblina penetrando furtivamente e agarrei-a com força. Ouvi dizer que os loucos têm uma força incomum; como sabia ser um louco, pelo menos às vezes, decidi usar essa força. Sim, e ele também a sentiu, pois saiu de dentro da neblina para lutar comigo. Eu segurava firme e achava que iria vencer, pois não queria que ele continuasse tirando a vida de Mrs. Harker, mas então vi seus olhos. Queimaram-me, e minha força tornou-se como a água. Ele escorregou para fora e, quando tentei segurá-lo, levantou-me e me lançou no chão. Vi uma nuvem vermelha e ouvi um barulho igual a um trovão, e a neblina pareceu se esvair sob a porta.

Sua voz enfraquecia e sua respiração estava mais difícil. Van Helsing pôs-se instintivamente de pé.

– Agora já sabemos o pior – disse ele. – Ele está aqui, e sabemos qual é sua intenção. Talvez não seja tarde demais. Vamos nos munir das mesmas armas que usamos na outra noite, mas não percamos tempo. Cada instante é precioso.

Não havia necessidade de colocar nossos medos, ou melhor, nossas certezas em palavras – compartilhávamos deles. Apressamo-nos e trouxemos de nossos quartos os mesmos objetos que tínhamos usado ao entrar na casa do conde. O professor já tinha tudo pronto. Quando nos reunimos no corredor, ele apontou significativamente para os apetrechos, dizendo:

– Levo isto sempre comigo e continuarei a fazê-lo até que toda essa infeliz empresa esteja terminada. Sejam prudentes vocês também, meus amigos. Não lidamos com um inimigo comum. Ai de mim, se a querida madame Mina sofrer!

Ele se interrompeu; sua voz falhava, e não sei dizer se eu próprio estava tomado pela ira ou pelo terror.

Paramos diante da porta do quarto dos Harker. Art e Quincey mantinham-se afastados, e o último disse:

– Devemos mesmo importuná-la?

– Temos que fazê-lo – respondeu Van Helsing, soturno. – Se a porta estiver trancada, vou precisar arrombá-la.

– Será que isso não vai assustá-la demais? Não é comum arrombar o quarto de uma senhora!

Van Helsing disse, solene:

– Você tem sempre razão, mas esta é uma questão de vida ou morte. Todos os quartos são iguais para um médico, e, mesmo que não fossem, hoje à noite considero-os idênticos. Amigo John, se a porta não se abrir quando eu girar a maçaneta, apoie nela o ombro e empurre. Vocês também, meus amigos. Agora!

Ele girou a maçaneta ao falar, mas a porta não abriu. Lançamo-nos contra ela, que, com um estrondo, cedeu, e quase caímos dentro do quarto. O professor chegou a cair, e olhei por sobre seu corpo enquanto ele se levantava, apoiando-se nas mãos e nos joelhos. O que vi me aterrorizou. Senti meu cabelo se eriçar na nuca e meu coração pareceu ter parado de bater.

O luar estava tão claro que mesmo através da espessa cortina amarela entrava luz suficiente para vermos o que se passava. Na cama junto à janela estava Jonathan Harker, a face corada e a respiração pesada, como se estivesse num estupor. Na extremidade da cama, mais próxima à janela, ajoelhava-se sua esposa, vestida de branco. De pé, ao lado dela, estava um homem alto e magro, vestido de preto. Seu rosto estava voltado na outra direção, mas, no instante em que ele se virou para nós, reconhecemos o conde – por todas as características, até mesmo a cicatriz na testa. Com a mão esquerda, ele segurava as duas mãos de Mrs. Harker, mantendo-as afastadas para trás, e os braços esticados. Sua mão direita agarrava-a pela nuca, puxando-lhe a cabeça para junto de seu peito. A camisola branca de Mrs. Harker estava manchada de sangue, que também brotava do peito nu do conde, revelado por sua roupa aberta. A posição dos dois lembrava terrivelmente a de uma criança que empurra o focinho de um gato para dentro de uma tigela de leite, obrigando-o a beber. Quando irrompemos dentro do quarto, o conde virou o rosto em nossa direção, e aquele olhar infernal cuja descrição já ouvira pareceu se instalar ali. Seus olhos flamejavam com uma paixão rubra e diabólica; as largas narinas, no nariz pálido e aquilino, dilataram-se, tremendo nas extremidades; e os dentes pontiagudos, por trás dos lábios cheios e gotejantes de sangue, cerraram-se como os de um animal selvagem. Com um puxão violento, que arremessou sua vítima de volta à cama como se lançada de uma grande altura, ele se virou e saltou em nossa direção. A essa altura, porém, o professor já se pusera de pé e segurava o envelope com a hóstia sagrada. O conde se deteve subitamente, como a pobre Lucy fizera no exterior de seu túmulo, e recuou. Continuou recuando à medida que nós avançávamos, com nossos crucifixos nas mãos. De súbito, a luz da lua deixou de brilhar, pois uma sombra negra atravessou o céu; quando Quincey conseguiu acender com um fósforo a luz de gás, tudo o que vimos foi um vapor tênue – e o vapor esvaía-se sob a porta, que, com o impulso do arrombamento, se fechara novamente. Van Helsing, Art e eu fomos até Mrs. Harker, que a essa altura recobrara o fôlego e dera um grito tão desesperado, tão louco e penetrante que, creio, irá ecoar em meus ouvidos até meus últimos instantes. Por alguns segundos, seu corpo ficou jogado na cama de qualquer jeito, impotente. Seu rosto estava mortalmente pálido, palidez esta acentuada pelo sangue que lhe manchava os lábios, a face e o queixo; o sangue também lhe escorria do pescoço, e seus olhos estavam enlouquecidos de terror. Ela então colocou diante do rosto as pobres mãos esmagadas, em cuja pele pálida via-se a marca avermelhada do terrível punho do conde. Por trás delas, ouvimos um lamento baixo e desolado que fez com que o grito anterior parecesse apenas a expressão imediata de um pesar infinito. Van Helsing se adiantou e cobriu-a delicadamente, enquanto Art, depois de ter olhado com desespero para o rosto de Mrs. Harker por um instante, correu para fora do quarto. Van Helsing me disse, num sussurro:

– Jonathan está num estupor tal como o que sabemos ser o vampiro capaz de produzir. Nada podemos fazer por madame Mina, no momento, até que ela tenha se recobrado. Tenho que o acordar!

Mergulhou a ponta de uma toalha na água fria e começou a golpeá-lo de leve no rosto. Durante todo o tempo, Mrs. Harker escondia o rosto entre as mãos e soluçava de um modo que era de partir o coração. Abri a cortina e olhei para fora. O luar iluminava tudo, e pude ver Quincey Morris correr pelo gramado e se esconder na sombra de um grande teixo. Fiquei intrigado sobre quais seriam suas intenções, mas nesse instante ouvi Harker soltar uma breve exclamação, pois recobrava parcialmente a consciência. Voltei-me para a cama. Em seu rosto, como era de se esperar, havia uma expressão de grande espanto. Ele pareceu tonto por alguns segundos, e então a consciência plena o atingiu de súbito, provocando-lhe um sobressalto. A atenção de sua esposa foi atraída por aquele movimento repentino, e ela se virou na direção dele com os braços esticados, como se fosse abraçá-lo; imediatamente, porém, puxou-os de volta. Encolhendo os ombros, cobriu o rosto com as mãos e tremeu a ponto de fazer a cama sacudir.

– O que é isso, em nome de Deus?! – exclamou Harker. – Dr. Seward, dr. Van Helsing, o que é isso? O que aconteceu? O que há de errado? Mina, minha querida, o que há? O que significa todo esse sangue? Ah, meu Deus! Meu Deus! Já chegamos a isso! – Colocando-se de joelhos, ele uniu as mãos. – Que Deus nos ajude! Que Deus a ajude!

Com um movimento rápido, ele saltou da cama e começou a se vestir, movido pela necessidade de tomar uma atitude imediata.

– O que aconteceu? Contem-me tudo! – ele exclamava, sem parar. – Dr. Van Helsing, sei quanto o senhor ama minha esposa. Ah, faça algo para salvá-la! Ele não pode estar muito longe. Proteja-a enquanto vou procurar por *ele*!

Sua esposa, em todo o seu terror e aflição, viu que aquilo representava um enorme perigo para Jonathan. Esquecendo-se imediatamente do próprio sofrimento, segurou-o e exclamou:

– Não! Não! Jonathan, você não deve me deixar. Sabe Deus que já sofri o bastante esta noite, sem o temor de que ele venha a lhe fazer mal. Precisa ficar comigo. Ficar com estes amigos que cuidarão de você!

A expressão do rosto de Mrs. Harker tornou-se desvairada enquanto ela falava. Seu marido aquiesceu, e ela puxou-o de volta para a cama, onde o sentou, agarrando-se tenazmente a ele.

Van Helsing e eu tentamos acalmar a ambos. O professor ergueu seu pequeno crucifixo dourado, dizendo, com uma maravilhosa calma:

– Não tema, minha cara. Estamos aqui, e enquanto isto estiver próximo nada de ruim pode atingi-la. A senhora está salva, por ora; temos que nos acalmar e discutir nossas ações.

Ela estremeceu e se aquietou, baixando a cabeça e apoiando-a no peito de seu marido. Quando voltou a erguê-la, o camisolão branco que ele usava estava manchado de sangue onde os lábios dela haviam encostado e onde gotas da ferida aberta no pescoço haviam caído. No instante em que ela viu as manchas, recuou, com um lamento fraco, e murmurou, aos soluços:

– Impura! Impura! Não posso mais tocá-lo ou beijá-lo. Ah, e pensar que agora sou eu sua pior inimiga, aquela a que ele mais deve temer!

Ao que ele respondeu, resolutamente:

– Não diga bobagens, Mina. É um absurdo que diga tal coisa. Recuso-me a ouvir uma coisa dessas dita sobre você, e por você. Que Deus me julgue e me castigue com um sofrimento ainda maior do que este se eu conscientemente deixar que alguma coisa se coloque entre nós!

Ele estendeu os braços e envolveu-a, apertando-a junto ao peito; por algum tempo ela descansou ali, aos soluços. Harker olhou em nossa direção por sobre a cabeça inclinada de sua esposa, com olhos úmidos, narinas trêmulas e lábios rígidos como aço. Após alguns instantes, os soluços de Mrs. Harker ficaram menos frequentes e mais fracos, e seu marido me disse, com uma calma estudada que eu sentia testar ao máximo seu autocontrole:

– E agora, dr. Seward, conte-me tudo. Infelizmente, sei bem o que aconteceu, mas conte-me todos os detalhes.

Relatei-lhe os menores detalhes, que ele ouviu de forma aparentemente impassível, mas suas narinas tremiam e seus olhos faiscavam enquanto eu lhe dizia como as mãos cruéis do conde haviam segurado Mrs. Harker naquela posição terrível, a boca sobre a ferida aberta em seu peito. Mesmo num momento como aquele, foi interessante ver que, enquanto o rosto lívido e arrebatado de Harker se contorcia acima da cabeça inclinada da esposa, as mãos dele acariciavam-lhe de forma terna e amorosa os cabelos despenteados. Quando terminei, Quincey e Godalming bateram na porta.

Entraram, atendendo aos nossos pedidos. Van Helsing lançou-me um olhar inquisidor. Deduzi que me sugeria aproveitar a chegada dos dois para afastar um pouco o pensamento do marido e da esposa infelizes de si mesmos, se possível. Aquiesci com a cabeça, e, a esse sinal, o professor lhes perguntou o que haviam visto ou feito. Lorde Godalming respondeu:

– Não consegui encontrá-lo no corredor ou em qualquer um dos quartos. Procurei no escritório, mas, embora ele tivesse passado por ali, já fora embora. Ele havia, contudo... – Interrompeu-se subitamente, olhando para a pobre e abatida Mrs. Harker, na cama.

Van Helsing disse, um tom grave na voz:

– Continue, amigo Arthur. Não vamos mais fazer segredos. Saber de tudo é agora nossa esperança. Fale abertamente!

Assim, Art prosseguiu:

– Ele esteve no escritório, e, embora não deva ter permanecido ali por mais do que alguns segundos, fez um estrago e tanto. Todos os manuscritos foram queimados, e as chamas azuis dançavam entre as cinzas. Os cilindros de seu fonógrafo também foram atirados ao fogo, e a cera ajudou as chamas.

Interrompi-o nesse ponto:

– Graças a Deus por termos uma outra cópia no cofre!

Seu rosto se iluminou por um instante, mas voltou a se fechar quando ele prosseguiu:

– Corri para o andar de baixo, mas não havia nem sinal dele. Olhei no quarto de Renfield, mas nada havia de novo ali, a não ser... – Ele se interrompeu outra vez.

– Continue – disse Harker, a voz rouca.

Ele inclinou a cabeça e, umedecendo os lábios com a língua, acrescentou:

– A não ser o fato de que o pobre coitado está morto.

Mrs. Harker ergueu a cabeça, olhando alternadamente para cada um de nós ao dizer, num tom solene:

– Que seja feita a vontade de Deus!

Eu não podia evitar a sensação de que Art estava omitindo alguma coisa; mas, como achei que ele devia ter um motivo para agir assim, nada disse. Van Helsing virou-se para Morris e indagou:

– E você, amigo Quincey? Tem algo a nos dizer?

– Pouca coisa – disse ele. – Talvez venha a significar muito no futuro, mas por ora não sei dizer. Achei que seria bom descobrir, se possível, aonde iria o conde ao deixar a casa. Não o vi, mas um morcego saiu da janela de Renfield, voando em direção ao oeste. Achei que fosse ver o conde em alguma de suas formas voltando para Carfax, mas é evidente que ele foi se refugiar em outro local. Não estará de volta esta noite, pois a aurora já começa a despontar no céu. Temos que trabalhar amanhã!

As últimas palavras ele disse entre dentes. Durante alguns minutos fez-se silêncio, e eu tinha a impressão de poder ouvir nossos corações batendo. Van Helsing disse, então, colocando a mão com ternura sobre a cabeça de Mrs. Harker:

– E agora, minha pobre e querida madame Mina, conte-nos exatamente o que aconteceu. Sabe Deus que não quero lhe causar sofrimento, mas é preciso que saibamos de tudo. Pois agora, mais do que nunca, todo o trabalho terá de ser feito com rapidez, precisão e seriedade. Aproxima-se o dia em que concluiremos essa tarefa, se possível for; quem viver verá.

A pobre senhora estremeceu, e pude ver a tensão de seus nervos quando puxou o marido para mais perto, afundando ainda mais a cabeça em seu peito. Ergueu a cabeça com altivez, então, estendendo uma das mãos para Van Helsing – que a tomou e, após se curvar e beijá-la reverentemente, segurou-a firme entre as suas. A outra mão estava entrelaçada à de seu marido, cujo braço envolvia-a de maneira protetora. Depois de uma pausa, durante a qual evidentemente tentava pôr ordem em seus pensamentos, ela começou:

– Tomei o soporífico que o senhor gentilmente me dera, mas o efeito demorou bastante a se fazer sentir. Pareceu deixar-me mais desperta, e miríades de terríveis fantasias vinham-me à mente, todas elas relacionadas com morte e vampiros, com sonho e dor e inquietação.

Involuntariamente, seu marido deu um gemido; ela se virou para ele e disse:

– Não tenha medo, meu querido. Você precisa ser forte e corajoso para me ajudar a cumprir essa terrível tarefa. Se soubesse o quanto me custa ter que falar sobre essa história assustadora, compreenderia como preciso de sua ajuda. Bem, vi que teria de ajudar a medicação a fazer efeito com minha vontade consciente, se quisesse que ela agisse, então me deitei, determinada a dormir. O sono deve ter chegado logo depois, sem dúvida, pois não me lembro de nada mais. Jonathan não me acordou ao vir para o quarto; lembro-me de ter, em seguida, notado que se deitara ao meu lado. Havia no quarto a mesma neblina pálida que eu vira antes, mas agora não sei se já lhes falei a respeito. Vão encontrar tudo em meu diário, que pretendo lhes mostrar mais tarde. Senti o mesmo terror vago que me perturbara antes e a mesma impressão de que havia uma presença ali. Virei-me para acordar Jonathan, mas vi que dormia tão profundamente que mais parecia ter sido ele a tomar o soporífico, e não eu. Tentei acordá-lo, mas não consegui. Isso me deixou com muito medo, e olhei ao redor, aterrorizada. Então, o desespero tomou conta de mim: de pé, junto à cama, estava um homem que parecia ter saído do nevoeiro. Ou, melhor dizendo, o nevoeiro parecia ter se transformado nele, pois desaparecera por completo. Era um homem alto e magro, vestido de preto, que reconheci imediatamente a partir das descrições dos outros. A face lívida, o nariz aquilino, sobre o qual a luz projetava uma linha branca e delgada, os lábios vermelhos e entreabertos, revelando os dentes brancos e pontiagudos, e os olhos vermelhos que eu parecia ter visto, ao pôr do sol, nas janelas da igreja de St. Mary, em Whitby. Também reconheci a cicatriz vermelha na testa, onde Jonathan o golpeara. Por um instante, meu coração parou de bater, e eu teria gritado, mas estava paralisada. Nesse ínterim, ele falou, numa espécie de sussurro incisivo, apontando para Jonathan: "Silêncio! Se fizer um único ruído, vou pegá-lo e esmagar-lhe o crânio diante de seus olhos!" Eu estava por demais apavorada e perplexa para dizer ou fazer o que quer que fosse. Com um sorriso de escárnio, ele colocou uma das mãos em meu ombro e, segurando-me com força, desnudou meu pescoço com a outra, dizendo: "Primeiro, um pequeno refresco para recompensar meus esforços. Pode ficar quieta; não é a primeira vez, ou a segunda, que suas veias apaziguam minha sede!" Fiquei aturdida e, estranhamente, não queria impedi-lo. Suponho que isso seja parte da terrível maldição que ele lança sobre suas vítimas quando toca nelas. E, ah, meu Deus, meu Deus, tenha piedade de mim! Ele colou seus lábios nojentos em meu pescoço!

Seu marido gemeu novamente. Ela apertou sua mão com mais força e olhou para ele compadecida, como se fosse ele o ferido. Prosseguiu:

– Senti minhas forças se esvaírem, como se estivesse parcialmente desfalecida. Quanto tempo durou, não sei dizer, mas pareceu-me um longo intervalo até que ele afastasse de mim sua boca imunda, medonha, sempre com uma expressão de escárnio. Vi o sangue fresco gotejando de seus lábios!

A lembrança pareceu sobrepujá-la por alguns instantes. Ela vacilou e teria caído, se não fosse pelo braço de Harker, que a apoiava. Com um grande esforço, ela recobrou o autocontrole e prosseguiu:

– Ele me disse, então, num tom zombeteiro: "Então você também andou pensando em maneiras de lutar contra mim, como os outros. Estava disposta a ajudar esses homens a perseguir-me e frustrar meus desígnios! Agora já sabe o que significa cruzar meu caminho – eles também já sabem, em parte, e brevemente saberão na íntegra. Deveriam ter poupado as energias para usar um pouco mais perto de casa. Enquanto se achavam muito espertos, mais espertos do que eu, que comandei várias nações, que conspirei e lutei por eles centenas de anos antes de nascerem, eu os estava contaminando. E você, a adorada deles, é minha, agora: carne da minha carne, sangue do meu sangue. Faz parte da minha raça. É minha generosa fonte de alimento, por ora; mais tarde, será minha companheira e ajudante. Terá então sua vingança, pois todos eles hão de servir aos seus desejos. No momento, porém, tem que ser punida pelo que fez. Ajudou-os em sua tentativa de me impedir; agora, virá ao meu chamado. Quando meu cérebro lhe disser 'Venha!', você há de atravessar as terras e os mares para atender ao meu chamado. E para esse propósito, agora isto!" Ao dizê-lo, abriu a camisa, e com suas unhas pontiagudas rasgou uma veia em seu próprio peito. Quando o sangue começou a brotar, segurou minhas mãos com força com uma de suas mãos; com a outra, agarrou meu pescoço e pressionou minha boca contra sua ferida, de modo que eu ou sufocaria ou teria que engolir um pouco daquele... Ah, meu Deus! Meu Deus! O que foi que eu fiz? O que fiz para merecer um castigo desses? Eu, que tentei agir correta e humildemente durante toda a vida! Que Deus tenha piedade de mim! Olhe por esta alma, que corre um perigo mais grave do que os perigos mortais, e tenha piedade daqueles a quem ela é cara! – Ela começou então a esfregar os lábios como se quisesse limpá-los daquela imundície.

Enquanto ela contava sua terrível história, o céu a leste começou a clarear, e tudo foi se iluminando. Harker estava imóvel e em silêncio; à medida que a narrativa prosseguia, porém, uma expressão sombria tomou conta de seu rosto e foi se intensificando à luz do dia. Finalmente, quando o primeiro raio da aurora surgiu, sua pele contrastava com o cabelo, que se tornava grisalho.

Decidimos que um de nós ficará para atender o infeliz casal até que possamos nos reunir e resolver quais serão os próximos passos.

De uma coisa estou certo: o sol não nasce em todo o mundo sobre uma casa mais infeliz do que esta.

CAPÍTULO 22

Diário de Jonathan Harker

3 de outubro – Como tenho que fazer algo para não enlouquecer, escrevo este diário. São agora seis horas; devemos nos encontrar no escritório dentro de meia hora e comer alguma coisa, pois o dr. Van Helsing e o dr. Seward estão de acordo sobre o fato de que se não comermos não poderemos dar o melhor de nós mesmos. Sabe Deus que teremos que dar o melhor de nós mesmos hoje. Preciso continuar escrevendo a cada oportunidade, pois não ouso parar para refletir. É preciso levar todas as coisas em consideração; talvez no final os menores detalhes nos ensinem as maiores lições. Os ensinamentos, grandes ou pequenos, não poderiam ter conduzido a Mina, ou a mim, a uma situação pior do que aquela em que nos encontramos hoje. Não podemos, contudo, perder a confiança, ou as esperanças.

A pobre Mina acaba de me dizer, com lágrimas correndo por sua adorada face, que nossa fé é testada justamente nos momentos de dificuldades e provação – que temos que nos manter confiantes, e que Deus nos ajudará a chegar ao fim. O fim! Ah, meu Deus! Que fim?... Ao trabalho! Ao trabalho!

Quando o dr. Van Helsing e o dr. Seward voltaram, após terem visto o pobre Renfield, começamos a discutir seriamente o que teria de ser feito. Primeiro, o dr. Seward nos disse que, quando ele e o professor foram ao quarto no andar inferior, encontraram Renfield no chão, todo contorcido. Seu rosto estava ferido e esmagado e os ossos do pescoço estavam quebrados.

O dr. Seward perguntou ao assistente que estava de plantão no corredor se ouvira algo. Ele disse que estava sentado – confessou que adormecera – quando ouviu vozes altas no quarto, e então Renfield gritara várias vezes "Deus! Deus! Deus!". Depois disso, ouvira-se o ruído de uma queda, e, quando ele entrara no quarto, encontrara o paciente no chão, o rosto para baixo, exatamente como os médicos o haviam visto. Van Helsing perguntou-lhe se ouvira "vozes" ou "uma voz", e ele disse que não sabia dizer ao certo; que, a princípio, pareciam ser duas, mas que, como não havia ninguém no quarto, só podia ter sido uma única. Ele podia jurar que a palavra "Deus" fora dita pelo paciente. O dr. Seward nos disse, quando ficamos a sós, que não queria se aprofundar naquele assunto, pois tinha que se lembrar de que poderia levar a um inquérito, e de nada adiantaria dizer a verdade, pois ninguém acreditaria. De qualquer modo, ele achou que, baseando-se no depoimento do assistente, poderia fazer o atestado de óbito colocando como *causa mortis* complicações provenientes da queda acidental da cama. No caso de o médico-legista requerer, um inquérito formal ocorreria, mas os resultados seriam necessariamente os mesmos.

Quando começamos a discutir qual seria nosso próximo passo, a primeira coisa que decidimos foi que Mina devia ficar a par de tudo. Nenhum detalhe, fosse qual fosse a natureza, e independentemente de quão doloroso pudesse ser, deveria ser escondido dela. Ela própria concordou tratar-se da atitude mais sábia, e dava pena vê-la tão corajosa mesmo estando tão aflita e num estado de desespero como aquele.

– Nada deve ser escondido – disse ela. – Ai de mim! Já escondemos coisas demais. Além disso, nada no mundo poderá me causar um sofrimento maior do que o que já suportei, ou do que o que suporto neste momento! Aconteça o que acontecer, será com certeza uma nova esperança ou uma nova coragem para mim.

Van Helsing olhava fixamente para Mina enquanto ela falava, e disse, subitamente, mas num tom ameno:

– Mas, minha cara madame Mina, não está com medo? Não por si mesma, mas pelos outros, após o que aconteceu?

O rosto dela enrijeceu, mas seus olhos brilhavam com a devoção de um mártir quando ela respondeu:

– Ah, não! Minha decisão está tomada!

– Em que sentido? – perguntou ele com delicadeza, enquanto todos observávamos, imóveis, pois tínhamos, cada um a seu modo, uma vaga ideia do que ela queria dizer.

Sua resposta veio com uma simplicidade direta, como se ela estivesse simplesmente expondo um fato:

– Vou me observar atentamente e, se encontrar em mim mesma qualquer indício de que possa fazer mal àqueles que amo, morrerei!

– A senhora não pensaria em se matar, não é mesmo? – perguntou ele, a voz rouca.

– Pensaria, se não houvesse um único amigo que, por amor, me evitasse esse sofrimento e esse esforço desesperado!

Ela lançou-lhe um olhar significativo ao dizê-lo. Van Helsing estava sentado, mas nesse momento ergueu-se e se aproximou dela, colocando a mão sobre sua cabeça ao dizer, solenemente:

– Minha filha, esse amigo existe, caso se tratasse de agir pelo seu bem. Eu, de minha parte, poderia prestar contas a Deus e assumir a responsabilidade pela eutanásia, mesmo neste exato momento, se fosse a melhor saída. E se fosse segura. Mas, minha filha...

Por um instante ele pareceu engasgar, e um grande soluço subiu-lhe pela garganta; ele engoliu e continuou:

– Há aqui amigos que haveriam de se colocar entre a senhora e a morte. Não deve morrer. Não deve morrer pelas mãos de ninguém, muito menos pelas suas próprias. Até que aquele outro, que maculou a sua vida encantadora, esteja morto de verdade, a senhora não deve morrer. Pois se ele ainda estiver entre os Não Mortos, sua morte a transformaria num ser igual a ele. Não, precisa viver! Precisa lutar para viver, empenhar-se nisso, mesmo que a morte pareça uma dádiva indizível. Deve lutar contra a própria Morte, venha ela a visitá-la num momento de dor ou de alegria, durante o dia ou à noite, quando correr perigo ou quando estiver em segurança! Em nome de sua alma imploro-lhe que não morra, que nem mesmo chegue a pensar na morte, até que esse mal enorme se encontre no passado.

Minha pobre querida ficou pálida como a morte, estremecendo do mesmo modo como vi estremecer a areia movediça com a subida da maré. Todos estávamos em silêncio; nada podíamos fazer. Finalmente, ela se acalmou e, voltando-se para ele, disse, com delicadeza, mas também com enorme pesar, enquanto estendia-lhe a mão:

– Prometo-lhe, meu querido amigo, que se Deus me permitir viver hei de lutar por isso, até que, com a Sua graça, todo esse horror já não pese mais sobre mim.

Ela falava com tanta bondade e coragem que sentimos nossos corações se fortalecerem para lutar por ela e para aguentar o que mais viesse. Começamos a discutir o que fazer. Eu disse a ela para pegar todos os papéis do cofre e todos os papéis ou diários e registros fonográficos que mais tarde pudéssemos usar, e também para continuar registrando tudo, como fizera antes. Ela ficou contente com a perspectiva de ter algo a fazer – se a palavra "contente" pode ser usada com relação a qualquer coisa que envolva essa história tão soturna.

Como de hábito, Van Helsing já organizara tudo mentalmente bem antes dos outros e tinha preparado uma ordem exata de nossas ações.

– Talvez tenha sido bom – disse ele – que, após nossa visita a Carfax, tenhamos decidido não fazer nada com os caixotes de terra que lá estavam. Se tivéssemos mexido nelas, o conde teria adivinhado nossas intenções e com certeza tomaria precauções para evitar uma ação semelhante com os outros caixotes. Agora, porém, não sabe o que pretendemos fazer. Mais do que isso: provavelmente não sabe que temos o poder de esterilizar seus esconderijos, de modo a impedi-lo de usá-los como o habitual. Já avançamos bastante em nosso conhecimento de sua distribuição; após examinarmos a casa em Piccadilly, poderemos talvez encontrar os restantes. Hoje o dia é nosso, e é aí que residem todas as esperanças. O sol que ao nascer encontrou-nos tão infelizes é o mesmo que há de nos proteger, enquanto estiver no céu. Até que se ponha, o conde é obrigado a conservar a forma que tem agora, qualquer que seja ela. Está confinado aos limites de seu invólucro de terra. Não pode desaparecer no ar, ou entre rachaduras ou frestas ou fissuras. Se quiser passar por uma porta, tem de abri-la como um mortal. Assim, temos o dia de hoje para encontrar todos os seus esconderijos e esterilizá-los. Portanto, se ainda não conseguirmos apanhá-lo e destruí-lo, pelo menos o teremos acuado em algum lugar onde será mais garantido fazê-lo.

Nesse momento, eu me alarmei. Não conseguia me conter diante da ideia de que os minutos e os segundos responsáveis pela vida e pela felicidade de Mina escoavam, já que, enquanto falávamos, era impossível agir. Van Helsing, porém, ergueu a mão, advertindo-me:

– Não, amigo Jonathan – disse ele. – Neste caso, devagar e sempre se chega lá, como diz o provérbio. Agiremos com uma pressa tremenda quando o momento certo chegar. Reflita, porém: é provável que o xis da questão seja aquela casa em Piccadilly. O conde talvez tenha comprado muitas casas. De todas elas tem as escrituras de compra, as chaves e outras coisas. Deve ter papéis onde possa escrever, deve ter seu talão de cheques. Decerto tem muitos pertences guardados em algum lugar. Por que não nesse lugar tão central, tão tranquilo, onde pode entrar e de onde pode sair a qualquer hora, pela frente ou pelos fundos, pois o movimento na rua é tanto que ninguém há de reparar? Teremos que entrar lá e vasculhar por toda a casa. Quando soubermos o que há ali, então faremos aquilo a que nosso amigo Arthur chama, em suas expressões de caça, "parem a Terra", para perseguir nossa raposa. Certo?

– Então vamos logo! – exclamei. – Estamos perdendo um tempo precioso!

O professor não se mexeu. Limitou-se a perguntar:

– E como vamos entrar naquela casa em Piccadilly?

– Não importa! – exclamei. – Arrombaremos, se for preciso.

– E quanto à sua polícia? Onde ela estará e o que será que vai dizer?

Fiquei desconcertado, mas sabia que, se ele queria que demorássemos, devia ter uma boa razão para isso. Então disse, contendo-me o melhor que pude:

– Não espere mais do que o necessário. Tenho certeza de que o senhor sabe da tortura que estou sofrendo.

– Ah, meu filho, disso eu sei. E de minha parte não há, de modo algum, qualquer desejo de aumentar sua angústia. Mas pense um pouco, o que podemos fazer até que seja grande o movimento lá fora? Então será chegada a nossa vez. Refleti muito, e parece-me que a maneira mais simples é a melhor de todas. Queremos entrar na casa, mas não temos a chave, certo? – fiz que sim. – Suponha, agora, que fosse você o verdadeiro proprietário da casa e ainda assim não encontrasse a chave. Se não tivesse qualquer peso na consciência por estar invadindo a propriedade alheia, o que faria?

– Procuraria um bom serralheiro, a quem pediria que arrombasse a porta para mim.

– E sua polícia interferiria, certo?

– Ah, não! Não se soubesse que o homem estava ali apenas fazendo seu trabalho.

– Então – e ele me lançou um olhar incisivo ao falar –, tudo o que está em jogo é a consciência do homem que contratou o serralheiro, e a opinião de sua polícia sobre as intenções desse homem. Seus policiais devem ser homens zelosos e realmente brilhantes em ler os corações alheios, para se dar ao trabalho de fazê-lo. Não, não, amigo Jonathan. Experimente arrombar uma centena de casas vazias nesta sua cidade de Londres ou em qualquer cidade do mundo; se fizer as coisas da forma correta, e na hora em que tais coisas são feitas de forma correta, ninguém vai interferir. Li a respeito de um cavalheiro que possuía uma bela casa em Londres, e que foi passar o verão na Suíça, trancando a casa. Um ladrão veio e entrou na casa, quebrando uma janela dos fundos. Em seguida, abriu as venezianas das janelas da frente, saiu da casa e voltou a entrar sob os olhos da polícia. Fez então um leilão na casa, que divulgou largamente. Quando chegou o dia, vendeu, com o intermédio de um famoso leiloeiro, todos os bens do verdadeiro proprietário. Foi então a uma construtora, a quem vendeu a casa, fazendo um acordo de que seria demolida e os escombros removidos dentro de certo tempo. Sua polícia e as outras autoridades ajudaram-no como podiam. E quando o proprietário voltou da Suíça, encontrou um buraco onde antes havia estado sua casa. Tudo isso foi feito *en règle*, e nosso trabalho também será *en règle*. Não podemos ir cedo demais, pois os policiais, que a essa hora têm pouca coisa em que pensar, vão achar estranha nossa conduta. Iremos depois das dez horas, quando há bastante gente nas ruas, e quando poderemos agir como se fôssemos de fato os proprietários da casa.

Tive de reconhecer que ele estava certo, e o rosto de Mina, onde antes se via um terrível desespero, tornou-se mais relaxado. Havia esperança num plano tão bom quanto aquele. Van Helsing prosseguiu:

– Quando estivermos dentro da casa, talvez encontremos mais pistas; de qualquer modo, alguns de nós podem ficar lá enquanto o resto vai para os outros lugares onde haja mais caixas de terra, em Bermondsey e Mile End.

Lorde Godalming pôs-se de pé:

– Posso ser útil nesse detalhe – disse ele. – Mandarei um telegrama aos meus criados, para que levem cavalos e carruagens aos lugares convenientes.

– Escute aqui, meu velho – disse Morris, é uma ideia de gênio ter tudo pronto para o caso de querermos nos locomover a cavalo. Mas você não acha que uma de suas vistosas carruagens cheias de adornos heráldicos passando por uma ruazinha de Walworth ou de Mile End atrairia atenção demais para os nossos objetivos? Parece-me que devíamos alugar tílburis para ir ao sul e ao leste, deixando-os em algum lugar nas proximidades de nosso destino.

– O amigo Quincey está certo! – disse o professor. – Sua cabeça está bem equilibrada, como vocês dizem. É uma tarefa difícil a que temos nas mãos, e é melhor evitar que as pessoas nos observem, se possível.

Mina demonstrava um interesse crescente em tudo aquilo, e fiquei feliz ao ver que a urgência daqueles assuntos a estava ajudando a esquecer por algum tempo a terrível experiência noturna. Ela estava muito, muito pálida – quase mortalmente pálida, e tão magra que seus lábios haviam recuado um pouco, revelando os dentes um tanto quanto proeminentes. Não mencionei esse detalhe, pois haveria de lhe causar um sofrimento desnecessário, mas o sangue gelou-me nas veias ao pensar no que ocorrera com a pobre Lucy quando o conde lhe sugou o sangue. Por ora não havia sinal de que os dentes estivessem ficando mais afiados, mas pouco tempo passara, e a hora de sentir medo ainda estava por vir.

Quando começamos a discutir a sequência de nossas ações e a disposição de nossas forças, novas dúvidas surgiram. Concordamos, afinal, que antes de partir para Piccadilly destruiríamos o refúgio mais próximo do conde. Se por acaso ele viesse a descobri-lo cedo demais, ainda assim estaríamos na dianteira em nosso trabalho de destruição; e sua presença na forma puramente material, e no auge da fraqueza, talvez nos desse alguma nova pista.

Quanto à disposição das forças, o professor sugeriu que, após nossa visita a Carfax, todos fôssemos para a casa em Piccadilly; os dois médicos e eu ficaríamos lá, enquanto lorde Godalming e Quincey encontrariam os esconderijos em Walworth e Mile End, destruindo-os. O professor observou que era possível, ou mesmo provável, que o conde aparecesse em Piccadilly durante o dia; sendo assim, poderíamos lidar com ele na mesma hora e local. De qualquer modo, poderíamos segui-lo, pois éramos muitos. Opus-me veementemente a esse plano, dizendo que minha intenção era ficar e proteger Mina. Pensava já ter me decidido a respeito, mas Mina não quis ouvir minha objeção. Disse que poderia haver alguma questão legal na qual eu pudesse ser útil; que, entre os papéis do conde, talvez houvesse alguma pista que somente eu seria capaz de compreender, a partir de minha experiência na Transilvânia; e que, de qualquer modo, toda a força que pudéssemos reunir seria necessária para fazer frente aos poderes extraordinários do conde. Tive que ceder, pois Mina estava firmemente decidida; ela disse que nosso trabalho em conjunto era a única esperança que restava a *ela*.

– Quanto a mim – disse Mina –, não tenho medo. Nada pior pode me acontecer. E o que ocorrer há de me trazer alguma esperança ou algum consolo. Vá, meu marido! Deus, se quiser, pode me proteger tanto nos momentos em que estou só quanto naqueles em que estou acompanhada.

Levantei-me bruscamente, exclamando:

– Então, em nome de Deus, vamos logo, pois estamos perdendo tempo!

Talvez o conde chegue a Piccadilly mais cedo do que imaginamos.

– Não creio! – disse Van Helsing, erguendo a mão.

– Mas por quê? – indaguei.

– Você se esqueceu – ele disse, chegando mesmo a sorrir – de que ontem à noite ele teve um banquete e que acordará tarde?

Se eu me esquecera! Será que algum dia serei capaz de esquecer? Será que qualquer um de nós conseguirá esquecer aquela cena terrível? Mina fez um grande esforço para manter a aparência corajosa e estremeceu ao deixar escapar um gemido queixoso. Van Helsing não tivera a intenção de recordar-lhe sua assustadora experiência. Apenas, em seu esforço intelectual, perdera de vista a ela e à sua parte naquela história. Quando se deu conta do que dissera, ficou horrorizado com a própria insensibilidade e tentou reconfortá-la.

– Ah, madame Mina – disse ele –, minha querida madame Mina, ai de mim! Logo eu, entre todos os que a reverenciam, fui dizer algo tão desatencioso. Estes meus lábios velhos e estúpidos e esta minha cabeça velha e estúpida não merecem, mas a senhora vai esquecer o que eu fiz, não vai?

Ele se curvou diante dela ao dizê-lo; ela tomou-lhe a mão e, olhando para ele por entre as lágrimas, disse, a voz rouca:

– Não, não vou esquecer, pois é bom que eu me lembre. Mas tenho tantas outras boas recordações suas que, no todo, esta será insignificante. Agora vocês precisam ir. O café da manhã está pronto, e todos temos que comer se quisermos ficar fortes.

Foi uma estranha refeição para todos nós. Tentamos nos alegrar e encorajar, e Mina era a mais radiante e animada. Quando acabamos de comer, Van Helsing pôs-se de pé e disse:

– Agora, meus amigos, partimos para cumprir nossa terrível missão. Estamos todos armados, como estávamos na primeira noite em que visitamos o esconderijo de nosso inimigo? Armados contra o ataque sobrenatural, tanto quanto contra o ataque físico? – Todos lhe asseguramos que sim. – Então está bem. Madame Mina, de qualquer modo a senhora está a salvo aqui até o pôr do sol. E antes disso teremos regressado... Se... Não, nós regressaremos! Mas antes de partir, quero vê-la armada contra ataques pessoais. Eu próprio preparei seu quarto, depois que a senhora desceu, colocando lá os objetos que já conhecemos, para que ele não consiga entrar. Agora, deixe-me protegê-la. Em sua testa toco este pedaço da hóstia sagrada, em nome do Pai, do Filho e...

Ouviu-se um grito aterrorizado que quase nos congelou o sangue nas veias. Quando o professor tocou a testa de Mina com a hóstia, esta cauterizou-a – queimou-lhe a pele como se fosse um pedaço de metal incandescente. O cérebro de minha pobre querida lhe informou sobre o significado do fato tão rapidamente quanto seus nervos registraram a dor; ambos sobrepujaram-na de tal modo que toda sua exaustão tomou voz naquele grito assustador. As palavras chegaram-lhe rápido ao pensamento, porém; o grito ainda não cessara de ecoar na sala quando veio a reação, e ela caiu de joelhos, em toda a angústia do rebaixamento. Cobrindo o rosto com seus belos cabelos, como outrora faziam os leprosos com seu manto, ela se lamentou:

– Impura! Impura! Até o Todo-Poderoso se afasta de minha carne maculada! Levarei esta marca da vergonha em minha testa até o dia do juízo final.

Todos fizeram silêncio. Eu me jogara no chão ao lado dela na agonia do desespero e da impotência; envolvendo-a com meus braços, cerrei-a fortemente. Por alguns minutos, nossos corações pesarosos bateram juntos, enquanto nossos amigos desviavam os olhos, dos quais lágrimas corriam em silêncio. Van Helsing se virou, então, e disse, gravemente

– tão gravemente que não pude evitar a impressão de que ele estava de algum modo inspirado, e que não era ele quem falava:

– Talvez a senhora tenha que levar essa marca até que o próprio Deus queira removê-la, pois, no dia do juízo final, decerto corrigirá todos os males do mundo e de Seus filhos, que Ele próprio pôs sobre a Terra. E, ah, madame Mina, minha querida, que nós que a amamos estejamos lá como testemunhas quando essa cicatriz vermelha, sinal do conhecimento de Deus sobre o que já se passou, desaparecer e deixar sua fronte imaculada como o coração que todos conhecemos. Pois, tão certamente quanto o fato de estarmos vivos, essa cicatriz desaparecerá quando Deus julgar correto aliviar-nos do fardo que ora nos pesa sobre os ombros. Até lá, carregaremos nossa cruz, como fez Seu Filho, em obediência aos desígnios do Pai. Talvez tenhamos sido escolhidos instrumentos de Sua vontade e venhamos a subir até Ele como seu Filho, entre açoites e vergonha, entre lágrimas e sangue, entre dúvidas e temores, e tudo aquilo que faz a diferença entre Deus e os homens.

Suas palavras trouxeram esperança e consolo, bem como resignação. Tanto eu quanto Mina nos sentimos movidos por elas, e tomamos ao mesmo tempo as mãos do velho professor, inclinando-nos e as beijando. Então, sem uma palavra, todos nos ajoelhamos juntos, e, de mãos dadas, juramos lealdade uns aos outros. Nós, homens, prometemos tirar aquele véu de tristeza de sobre a fronte daquela a quem, cada um à sua própria maneira, todos amávamos. Rezamos pedindo ajuda e orientação na terrível tarefa que tínhamos à nossa frente.

Chegou, então, a hora de partir. Eu disse adeus a Mina e, enquanto vivermos, não esqueceremos essa despedida. Pusemo-nos a caminho.

Uma decisão eu havia tomado: se descobríssemos que, ao fim, Mina haveria de se transformar numa vampira, ela então não penetraria sozinha naquele território desconhecido e terrível. Suponho que seja por esse motivo que outrora um vampiro queria dizer muitos; do mesmo modo como seus corpos abomináveis só podiam descansar em terra sagrada, assim o mais puro amor era quem recrutava seus medonhos soldados.

Entramos em Carfax sem dificuldades e encontramos tudo da mesma forma como estava na primeira ocasião. Era difícil acreditar que naquele ambiente tão prosaico, onde imperavam o descuido, a poeira e o abandono, houvesse motivos para um temor como o que já experimentáramos. Se nossa decisão já não estivesse tomada, e se não houvesse terríveis recordações para nos incitar, dificilmente teríamos seguido adiante. Não encontramos papéis ou qualquer sinal de movimento na casa; na antiga capela, os grandes caixotes encontravam-se exatamente como os havíamos visto pela última vez. O dr. Van Helsing nos disse, de modo solene, quando ali chegamos:

– E agora, meus amigos, temos um dever a cumprir aqui. Temos que esterilizar a terra, tão cheia de memórias sacras, que ele trouxe de uma terra distante para tal uso ímpio. Escolheu esta terra porque foi consagrada. Assim, vamos derrotá-lo com suas próprias armas, pois tornaremos esta terra ainda mais sagrada. Foi santificada para o uso dos homens, e agora a santificamos para Deus.

Ao dizer essas palavras, tirou de sua valise uma chave de fenda e uma chave-inglesa, e em pouco tempo a tampa de um dos caixotes estava aberta. A terra cheirava a mofo, um odor opressivo, mas de certo modo foi como se não nos importássemos, pois nossa atenção estava concentrada no professor. Tirando de seu estojo um pedaço da hóstia sagrada, ele a colocou com reverência sobre a terra. Fechou a tampa e começou a aparafusá-la de volta, com nossa ajuda.

Fizemos o mesmo com cada uma das enormes caixas, deixando-as aparentemente como as havíamos encontrado – em cada uma, porém, havia um pedaço da hóstia.

Quando fechamos a porta, depois de sair, o professor disse, num tom solene:

– Já fizemos bastante coisa. Se conseguirmos ser igualmente bem-sucedidos com as outras caixas, então é possível que o pôr do sol, hoje à tarde, ilumine a testa de madame Mina encontrando-a branca como o marfim e sem qualquer marca!

Quando atravessamos a rua, a caminho da estação de trem, pude ver a fachada do hospício. Olhei, ansioso, e pude ver Mina à janela de nosso quarto. Acenei-lhe, fazendo que sim com a cabeça para lhe dizer que a tarefa fora cumprida com sucesso. Ela também fez que sim, para indicar que compreendera. Minha última visão foi seu aceno, dizendo-me adeus. Foi com o coração pesado que rumamos para a estação e embarcamos no trem, que já apitava ao chegarmos na plataforma.

Foi no trem que escrevi estas páginas.

Piccadilly, 12h30 – Logo antes de chegarmos a Fenchurch Street, lorde Godalming disse-me:

– Quincey e eu vamos procurar um serralheiro. É melhor que não venham conosco, pois é possível que haja dificuldades; nestas circunstâncias, não seria tão ruim para nós invadir uma casa vazia. Mas você é um procurador, e a Incorporated Law Society diria que você deveria estar ciente de que tal coisa não se faz.

Opus-me a não correr o risco junto com eles, mesmo que o resultado pudesse ser a ignomínia, mas ele prosseguiu:

– Além disso, se não formos muitos chamaremos menos atenção. Meu título vai resolver as coisas com o serralheiro e com quaisquer policiais que possam aparecer. É melhor você, Jack e o professor ficarem no Green Park, em algum lugar de onde possam ver a casa. Quando virem que a porta se abriu e o serralheiro se foi, vocês se aproximam. Estaremos aguardando para deixá-los entrar.

– São bons conselhos! – disse Van Helsing, de modo que nada mais discutimos.

Godalming e Morris tomaram um tílburi de aluguel, e nós os seguimos em outro. Na esquina da Arlington Street, nosso grupo desceu e começou a caminhar pelo Green Park. Meu coração começou a bater rápido quando vi a casa em que depositávamos tantas esperanças assomar soturna e silenciosa em seu abandono, entre suas vizinhas mais alegres e elegantes. Sentamo-nos num banco que nos proporcionava uma vista boa e começamos a fumar charutos para chamar o mínimo possível de atenção. Os minutos pareciam escoar com passos de chumbo enquanto esperávamos a chegada dos outros.

Afinal, vimos uma carruagem de quatro rodas se aproximar. Dela desceram, tranquilos, lorde Godalming e Morris; do assento do cocheiro desceu também um homem corpulento com sua velha caixa de vime entrelaçado onde estavam as ferramentas. Morris pagou ao cocheiro, que tocou o chapéu e foi embora. Juntos, os dois subiram os degraus até a porta, e lorde Godalming indicou o serviço a ser feito. O serralheiro tirou com calma o casaco, pendurando-o numa das pontas da grade, e disse alguma coisa a um policial que passava por ali nesse momento. O policial fez que sim, e o homem ajoelhou-se, colocando a caixa ao lado. Após remexer lá dentro, apanhou uma série de ferramentas, que dispôs de forma ordenada no chão. Levantou-se, então, olhou para dentro do buraco da fechadura, soprou ali e, virando-se para os dois homens que o haviam contratado, fez algum comentário. Lorde Godalming sorriu, e o homem apanhou um considerável molho de chaves; selecionando uma delas, começou a experimentá-la, girando-a no interior da fechadura. Depois de manuseá-la desajeitadamente por algum tempo, experimentou uma segunda chave, e então uma terceira. Subitamente, a porta se abriu a um pequeno empurrão seu. Ele e os outros dois entraram no vestíbulo. Estávamos imóveis; eu fumava meu charuto sem parar, mas o de Van Helsing se consumia sem que ele fumasse. Aguardamos pacientemente, enquanto observávamos o serralheiro sair e apanhar sua caixa. Ele segurou a porta entreaberta, firmando-a entre os joelhos, enquanto ajustava uma chave à fechadura. Por fim, entregou-a a lorde Godalming, que pegou sua bolsa de dinheiro e lhe deu alguma coisa. O homem agradeceu tocando o chapéu, pegou a caixa, vestiu o casaco e se foi. Absolutamente ninguém notou o que acabara de acontecer.

Assim que o homem saiu de vista, nós três atravessamos a rua e batemos na porta. Quincey Morris abriu-a de imediato. Ao seu lado estava lorde Godalming, acendendo um charuto.

– O cheiro deste lugar é horrível – disse o último, quando entramos. Era verdade. Cheirava como a antiga capela em Carfax, e, com nossa experiência prévia, tornou-se óbvio que o conde andara usando com frequência a casa. Fomos explorá-la, mantendo-nos juntos para o caso de um ataque – pois sabíamos ter um inimigo forte e astuto a combater, e até o momento não sabíamos se o conde estava na casa ou não. Na sala de jantar, que ficava no fundo do vestíbulo, encontramos oito caixas de terra. Só oito caixas das nove que procurávamos! Nosso trabalho não estava terminado e não haveria de estar até que encontrássemos a caixa que faltava. Primeiro, abrimos as venezianas das janelas, que davam para um jardim estreito, com pavimento de pedras, por trás do qual erguia-se a parede de fundos da estrebaria, construída para assemelhar-se à fachada de uma casa em miniatura. Não havia janelas, de modo que não ficamos com receio de ser observados. Não perdemos tempo em examinar os caixotes. Abrimos um a um com as ferramentas que havíamos trazido e fizemos o que havia sido feito com os outros caixotes na antiga capela. Era óbvio que o conde não estava naquela casa, e nosso passo seguinte foi procurar por seus bens.

Após um rápido olhar nos outros cômodos, do porão ao sótão, chegamos à conclusão de que estavam na sala de jantar todos os bens que possivelmente pertenceriam ao conde e começamos a examiná-los detalhadamente. Estavam todos numa espécie de desordem organizada sobre a grande mesa da sala de jantar. Havia escrituras da casa em Piccadilly numa grande pilha; escrituras de compra das casas em Mile End e Bermondsey; papéis, envelopes, penas e tinta. Tudo estava coberto com fino papel de embrulho, para proteger da poeira. Também havia uma escova para roupas, uma escova de cabelos e um pente, um vaso e uma bacia – esta última cheia de água suja, avermelhada como se houvesse sangue ali. Havia, por fim, um pequeno molho de chaves de todos os tipos e tamanhos, provavelmente pertencentes às outras casas. Depois que examinamos essas chaves, lorde Godalming e Quincey Morris, anotando cuidadosamente os endereços das várias casas no leste e no sul, levaram consigo as chaves e foram destruir as caixas que estavam nesses locais. Quanto ao resto de nós, estamos aqui, aguardando, com o máximo possível de paciência, sua volta – ou a chegada do conde.

CAPÍTULO 23

Diário do dr. Seward

3 de outubro – O tempo parecia terrivelmente longo enquanto esperávamos pela chegada de Godalming e Quincey Morris. O professor tentava manter nossas mentes em atividade, exercitando-as o tempo todo. Eu era capaz de ver suas boas intenções devido aos olhares que lançava de tempos em tempos a Harker. O pobre rapaz está completamente sobrepujado por uma infelicidade consternadora. Noite passada, era um homem de aparência alegre, extrovertido, com um rosto forte e jovem, cheio de energia, e com cabelos castanho-escuros. Hoje é um velho encovado e abatido, cujos cabelos brancos casam com olhos vermelhos e vazios e com as rugas que o sofrimento escavou em seu rosto. Sua energia ainda está intacta; ele é, na verdade, como uma chama viva, o que talvez venha a ser sua salvação – pois, se tudo terminar bem, fará com que seja capaz de superar este período desesperador. Ele irá, então, num certo sentido, despertar novamente para a realidade da vida. Pobre rapaz; eu achava que os meus problemas já eram graves o suficiente, mas os dele...! O professor sabe disso suficientemente bem e está fazendo o que pode para manter a mente de Harker ativa.

O que dizia era, dadas as circunstâncias, de enorme interesse. Eis suas palavras, até onde posso recordá-las:

– Estudei todos os papéis relativos a esse monstro muitas e muitas vezes, desde que me chegaram às mãos. Quanto mais estudei, maior me parece a necessidade de eliminá-lo. Em toda parte havia sinais de seu progresso; não apenas de seu poder, mas de seu conhecimento acerca desse poder. Descobri, a partir das pesquisas de meu amigo Arminius, de Budapeste, que em vida ele era um homem maravilhoso. Soldado, homem de Estado e alquimista; recordemos que a alquimia era, em sua época, o mais alto grau de desenvolvimento do conhecimento científico. Tinha um cérebro vigoroso, uma erudição sem equivalente e um coração que não conhecia o medo ou o remorso. Ousou mesmo frequentar a Scholomance, e não havia um único ramo do conhecimento em sua época que não tivesse tentado. Bem, nele os poderes mentais sobreviveram à morte física, embora aparentemente a memória não esteja completa. Em determinadas faculdades da mente ele tem sido, e ainda é, apenas uma criança; mas está crescendo e, em algumas coisas a princípio infantis, ele agora já tem a estatura de um homem. Ele está experimentando e se saindo muito bem. Não fosse o fato de termos cruzado seu caminho, ele acabaria por se tornar o pai ou patrono de uma nova ordem de seres, cujo caminho percorreria as sendas da morte, e não da vida. Talvez ainda venha a sê-lo, se falharmos.

Harker soltou um gemido e disse:

– E tudo isso está armado contra minha querida! Mas como está ele experimentando? O conhecimento desse detalhe pode nos ajudar a derrotá-lo!

– Desde que chegou, ele está testando seus poderes, devagar, mas com segurança; aquele enorme cérebro de criança que ele tem está trabalhando. Se tivesse ousado, a princípio, tentar fazer certas coisas, já há muito estaria acima de nossos poderes. Pretende, contudo, vencer, e um homem que vive há séculos pode se dar ao luxo de aguardar e avançar lentamente. *Festina lente* é provavelmente o seu lema.

– Não estou compreendendo – disse Harker, exausto. – Ah, fale de maneira mais explícita! Talvez o sofrimento e as preocupações estejam embotando meu cérebro.

O professor colocou a mão gentilmente sobre seu ombro ao falar:

– Ah, meu filho, serei mais explícito. Não vê como, nos últimos tempos, esse monstro tem rastejado gradativamente rumo ao conhecimento, de forma experimental? Usou-se do paciente zoófago para obter uma forma de entrar na casa do amigo John; pois o vampiro, embora mais tarde possa vir quando e como quiser, só pode entrar pela primeira vez onde quer que seja quando assim convidado por alguém que ali resida. Mas essas não são suas experimentações mais importantes. Sabemos que, a princípio, todos esses enormes caixotes eram transportados por outras pessoas; à época, ele não conhecia outra alternativa. Durante todo o tempo, no entanto, aquele grande cérebro infantil estava crescendo, e ele começou a se perguntar se ele próprio não poderia transportar as caixas. Então, começou a ajudar; e, quando viu que era possível, tentou levá-las sozinho. E assim progride, espalhando esses seus túmulos; ele é o único que sabe onde estão escondidos. Talvez tencione enterrá-los fundo no chão. Como os utiliza somente à noite, ou nos momentos em que pode mudar de forma, seriam igualmente úteis enterrados, e ninguém saberia se tratar de esconderijos! Mas não se desespere, meu filho; ele descobriu-o tarde demais! Todos os seus esconderijos, à exceção de um, já estão esterilizados, e antes do pôr do sol teremos completado essa tarefa. Então, ele não terá mais para onde ir ou onde se esconder. Demorei a sair de casa hoje pela manhã para que agíssemos com segurança e certeza. Não é verdade que há mais coisas em jogo para nós do que para ele? Então, por que não haveríamos de ser ainda mais cuidadosos do que ele? Meu relógio marca uma hora, e a essa altura, se tudo tiver corrido bem, o amigo Arthur e Quincey já regressam. Hoje é o nosso dia, e temos que agir com segurança, mesmo que vagarosamente, e não perder nenhuma oportunidade. Veja! Nós seremos cinco, quando os que estão ausentes retornarem!

Enquanto ele falava, fomos surpreendidos por batidas na porta principal – a batida dupla do carteiro, usada pelo garoto que entrega telegramas. Fomos todos até o vestíbulo, num impulso. Van Helsing, erguendo a mão para nos pedir silêncio, foi até a porta, abrindo-a. O garoto entregou uma mensagem. O professor tornou a fechar a porta e, após ter verificado o endereço, leu em voz alta:

– "Cuidado com D. Acaba de sair apressadamente agora, às 12h45, de Carfax, e correu em direção ao sul. Parece estar fazendo a ronda e talvez queira vê-los. Mina."

Fez-se uma pausa, quebrada pelo som da voz de Jonathan Harker:

– Agora, graças a Deus, logo iremos nos encontrar!

Van Helsing virou-se para ele no mesmo instante e disse:

– Deus agirá a Seu modo e em Seu tempo. Não tema, e também não se alegre, por ora; aquilo que desejamos, neste momento, pode vir a ser nossa ruína.

– Não me importo com nada, agora – respondeu ele, calorosamente –, exceto com a tarefa de eliminar esse monstro da face da Terra. Venderia minha alma para fazê-lo!

– Ah, silêncio, silêncio, meu filho! – disse Van Helsing. – Deus não negocia almas desse jeito; e o Diabo, embora talvez negocie, não cumpre com o prometido. Mas Deus é piedoso e justo, e sabe de sua dor e de sua devoção à querida madame Mina. Pense em como o sofrimento dela aumentaria se ouvisse suas palavras insensatas. Não tema por nenhum de nós; estamos todos empenhados nessa causa e hoje conheceremos o fim. Está se aproximando a hora de agir; hoje os poderes desse vampiro são iguais aos dos homens, e, até o pôr do sol, ele não poderá mudar de forma. Vai demorar a chegar aqui; veja, já é 1h20, e algum tempo ainda há de se passar antes que ele chegue, por mais rápido que seja. Temos que torcer para que meu lorde Arthur e Quincey Morris cheguem primeiro.

Cerca de meia hora após termos recebido o telegrama de Mrs. Harker, ouvimos uma batida discreta e decidida na porta. Era uma batida comum, como as que a todo momento precedem a chegada de milhares de cavalheiros, mas fez com que o meu coração e o do professor disparassem. Entreolhamo-nos e juntos fomos até o vestíbulo; ambos tínhamos à mão nossas várias armas – as espirituais na mão esquerda, as mortais na direita. Van Helsing abriu o trinco, e, entreabrindo a porta, recuou, as duas mãos prontas para agir. A felicidade que sentimos deve ter iluminado nosso rosto quando vimos, junto à porta, lorde Godalming e Quincey Morris. Entraram depressa e fecharam a porta em seguida. O primeiro deles disse, enquanto cruzavam o vestíbulo:

– Está tudo bem. Encontramos as duas casas. Havia seis caixas em cada uma, e destruímos todas!

– Destruíram? – perguntou o professor.

– Para ele!

Ficamos em silêncio por um minuto, e então Quincey disse:

– Não há nada a fazer, exceto esperar aqui. Se ele, contudo, não aparecer até as cinco horas, teremos que sair, pois não será possível deixar Mrs. Harker sozinha após o pôr do sol.

– Ele estará aqui em breve – disse Van Helsing, que andara consultando seu caderno de anotações. – *Nota bene*, o telegrama de madame Mina diz que ele seguiu de Carfax rumo ao sul, o que quer dizer que atravessaria o rio; mas só poderia fazê-lo na maré baixa, que deve ter ocorrido um pouco antes da uma da tarde. O fato de que tenha se dirigido ao sul tem um significado para nós. Até o momento, só está desconfiado e saiu de Carfax para o lugar onde menos suspeita encontrar nossa interferência. Vocês devem ter estado em Bermondsey pouco antes dele. O fato de ainda não ter chegado aqui significa que foi em seguida para Mile End, o que lhe tomou algum tempo, pois teria então que ser de alguma forma conduzido ao outro lado do rio. Acreditem-me, amigos, não teremos que esperar por muito mais tempo agora. Devíamos preparar algum plano de ataque, de modo a não desperdiçar nenhuma chance. Silêncio, agora já não há mais tempo! Peguem suas armas! Preparem-se!

Ele ergueu a mão em sinal de advertência ao falar, pois todos pudemos ouvir o ruído de uma chave sendo inserida na fechadura da porta principal.

Não pude deixar de admirar, mesmo num momento como aquele, a forma como um espírito dominante se faz valer. Em todas as nossas caçadas e aventuras em diferentes partes do mundo, Quincey Morris era sempre quem estipulava nosso plano de ação, e Arthur e eu estávamos acostumados a obedecê-lo, implicitamente. Agora, o velho hábito parecia ter sido renovado de maneira instintiva. Com um rápido olhar ao redor da sala, ele rapidamente estabeleceu nosso plano de ataque, e, sem dizer uma palavra, indicou-nos com gestos nossas posições. Van Helsing, Harker e eu estávamos logo atrás da porta, para que, quando ela se abrisse, o professor pudesse defendê-la, enquanto nós dois nos colocássemos entre o recém-chegado e a porta. Godalming e Morris não estavam à vista; o primeiro à frente e o segundo atrás, estavam a postos para se lançar diante da janela. Aguardávamos num suspense que fazia os segundos passarem com a lentidão de um pesadelo. Os passos vagarosos e cuidadosos entraram no vestíbulo; evidentemente, o conde estava preparado para alguma surpresa – pelo menos temia-a.

Subitamente, num único salto ele estava no meio do vestíbulo, afastando-se de nós antes que qualquer um pudesse erguer a mão para detê-lo. Havia algo em seu movimento que o fazia assemelhar-se ao de uma pantera – algo tão pouco humano que fez com que nos recuperássemos imediatamente do choque de sua chegada. O primeiro a agir foi Harker: com um movimento rápido, colocou-se diante da porta que dava para a sala na frente da casa. Quando o conde nos viu, uma expressão horrível, como a de um animal rosnando, passou-lhe pelo rosto, revelando os caninos longos e pontiagudos; o sorriso malévolo logo se transformou, porém, no olhar fixo e frio de quem sente um desdém semelhante ao de um leão. Sua expressão mais uma vez se modificou quando, num único impulso, todos avançamos sobre ele. Foi pena não termos um plano de ataque mais bem-organizado, pois até mesmo naquele momento eu me perguntava o que faríamos. Eu, pessoalmente, não sabia se nossas armas letais teriam qualquer utilidade. Harker evidentemente queria tirar a questão a limpo, já que empunhava seu facão, com o qual golpeou-o de forma súbita e impetuosa. Foi um golpe poderoso, e somente a rapidez diabólica com que o conde saltou para trás salvou-o. Um segundo a menos e a lâmina aguda lhe teria atravessado o coração. A ponta da faca, porém, só cortou o tecido de seu casaco, fazendo um rasgão de onde um maço de dinheiro e moedas de ouro caíram. A expressão no rosto do conde era tão diabólica que durante um instante temi por Harker, embora visse que ele erguia novamente a faca mortífera para desfechar outro golpe. Instintivamente, adiantei-me, com um impulso protetor, segurando o crucifixo e a hóstia em minha mão esquerda. Senti um enorme poder emanar de meu braço e não me surpreendi ao ver o monstro encolher-se para trás quando os outros fizeram espontaneamente o mesmo movimento. Seria impossível descrever a expressão de ódio e desconcertada malignidade, de raiva e ira diabólica que se estampou no rosto do conde. Sua tez pálida tornou-se amarelo-esverdeada em contraste com seus olhos flamejantes, e a cicatriz vermelha em sua testa aparecia na pele branca como uma ferida palpitante. No instante seguinte, com um movimento sinuoso ele se esquivou por sob o braço de Harker, antes que o golpe fosse desfechado; apanhou no chão um punhado de dinheiro; cruzou como um raio a sala e lançou-se pela janela. Em meio ao vidro se espatifando e caindo no chão, ele caiu na área pavimentada com pedras, lá fora. Em meio ao som do vidro se quebrando, pude ouvir o tilintar do ouro, pois algumas moedas caíam sobre as pedras.

Corremos e o vimos levantar do chão sem um único ferimento. Subindo rapidamente os degraus, ele atravessou a área e abriu a porta do estábulo. Ali, virou-se e nos disse:

– Acham que podem me impedir, vocês, com seus rostos pálidos enfileirados como ovelhas no matadouro. Ainda hão de se arrepender, cada um de vocês! Pensam que me deixaram sem um lugar onde repousar, mas tenho outros. Minha vingança mal começou! Desenrola-se ao longo dos séculos, e o tempo está do meu lado. As moças que todos vocês amam já são minhas; através delas, vocês e outros mais ainda serão meus. Minhas criaturas, para cumprir minhas ordens e ser meus chacais quando eu quiser me alimentar. Ah!

Com um sorriso de escárnio, ele entrou rapidamente pela porta, e ouvimos o trinco enferrujado estalar quando se fechou. Uma porta mais adiante se abriu e fechou. O primeiro entre nós a falar foi o professor, quando, apercebendo-nos da dificuldade de persegui-lo no estábulo, voltamos ao vestíbulo.

– Aprendemos algo. Na verdade, aprendemos muito! Apesar de suas palavras corajosas, ele nos teme; teme o tempo, teme a privação! Caso contrário, por que tem tanta pressa? Se meus ouvidos não me enganam, seu próprio tom o trai. Por que ele pegaria aquele dinheiro? Vão atrás dele, rápido! São caçadores de animais selvagens e sabem fazer isso. Quanto a mim, quero me certificar de que nada aqui possa lhe ser útil, se por acaso aqui retornar.

Ao falar, o professor colocou o dinheiro em seu bolso, pegou o pacote com as escrituras do jeito que Harker deixara e jogou todo o restante na lareira, queimando tudo com um fósforo.

Godalming e Morris haviam corrido até o pátio, e Harker descera pela janela para perseguir o conde. Ele passara o ferrolho na porta do estábulo, porém, e quando conseguiram arrombá-la já não havia sinal dele. Van Helsing e eu tentamos fazer perguntas às pessoas nos fundos da casa, mas as estrebarias estavam desertas e ninguém o vira partir.

A tarde já estava avançada, e aproximava-se a hora do ocaso. Tínhamos que reconhecer que nossos planos haviam malogrado; desanimados, fomos obrigados a concordar com o professor quando ele disse:

– Voltemos para junto de madame Mina, de nossa pobre e querida madame Mina. Tudo o que podíamos fazer por ora foi feito e lá podemos ao menos protegê-la. Mas não precisamos perder as esperanças. Só há mais uma caixa de terra, e devemos tentar encontrá-la; quando isso for feito, então é possível que tudo venha a terminar bem.

Eu podia ver que ele falava da forma mais corajosa possível para consolar Harker. O pobre rapaz estava arrasado; vez por outra deixava escapar um gemido alto, que não conseguia reprimir – estava pensando na esposa.

Voltamos para minha casa abatidos. Lá Mrs. Harker nos aguardava, com uma aparência de alegria que fazia jus à sua bravura e ao seu altruísmo. Quando viu a expressão de nossos rostos, o seu próprio tornou-se pálido como a morte: por um segundo, seus olhos se fecharam, como se ela rezasse em silêncio. Ela disse, então, alegremente:

– Nunca serei capaz de agradecer-lhes o suficiente. Ah, meu pobre querido! – exclamou, segurando a cabeça grisalha do marido entre as mãos e beijando-a. – Apoie aqui sua cabeça e descanse. Tudo ainda há de terminar bem, meu querido! Deus irá nos proteger, se for essa a Sua vontade.

O pobre rapaz gemeu. Não havia lugar para as palavras em sua extrema infelicidade.

Juntos jantamos, apenas para obedecer à rotina, e acho que a refeição serviu para nos animar um pouco. Talvez tenham sido apenas os efeitos físicos que a comida produz em pessoas famintas – pois não havíamos comido nada desde o café da manhã –, ou é possível que o sentimento de companheirismo tenha nos ajudado; de qualquer modo, estávamos nos sentindo menos miseráveis e não víamos o futuro próximo como estando totalmente destituído de esperanças. Honrando nossa promessa, contamos a Mrs. Harker tudo o que se passara. Embora ela tenha ficado branca como a neve nos momentos em que o perigo parecia ter ameaçado seu marido, e escarlate quando a devoção de Harker a ela se manifestava, ouviu com calma e coragem. Quando chegamos à parte em que Harker investira de forma tão imprudente contra o conde, ela agarrou-se ao braço do marido, segurando-o com força, como se assim pudesse protegê-lo de todos os males ainda por vir. Não disse uma palavra, porém, até a conclusão da narrativa, quando por fim estava a par dos fatos ocorridos até o momento presente. Então, sem soltar a mão de seu marido, ela se pôs de pé entre nós e falou. Ah, se eu pudesse dar uma ideia da cena; daquela adorável e boa mulher em toda a radiante beleza de sua juventude e vivacidade, com a cicatriz vermelha na testa – da qual estava consciente e para a qual olhávamos rangendo os dentes de aflição, lembrando-nos de quando e como fora provocada; sua fé amorosa erguendo-se contra todos os nossos medos e dúvidas; e nós cientes de que, a tomar pelos símbolos, ela estava, com toda a sua bondade, pureza e fé, banida do reino de Deus.

– Jonathan – disse ela, e o nome soou como música em seus lábios, pois estava impregnado de amor e ternura. – Jonathan, querido, e todos vocês, meus amigos fiéis, quero que tenham certa coisa em mente durante todos esses terríveis momentos. Sei que devem lutar, que devem destruir como destruíram a Lucy falsa a fim de que a Lucy verdadeira pudesse viver; mas sua tarefa não deve ser regida pelo ódio. Aquela pobre alma que nos trouxe toda essa infelicidade é o caso mais triste de todos. Pensem em qual não será sua alegria quando também ele tiver sua pior parte destruída a fim de que a melhor parte possa ganhar a imortalidade espiritual. Devem apiedar-se dele também, embora isso não vá atar-lhes as mãos no momento de destruí-lo.

Enquanto ela falava, pude ver o rosto de seu marido tornar-se sombrio e contraído, como se a exaltação em que ele se encontrava o estivesse fazendo definhar até o âmago. Instintivamente, aumentou a força com que apertava a mão de sua esposa, até os nós dos dedos ficarem brancos. Ela não recuou diante da dor que devia estar sentindo, mas olhou para ele com olhos mais suplicantes do que nunca. Quando ela parou de falar, ele se pôs de pé num salto, quase arrancando sua mão das dela ao dizer:

– Que Deus o coloque em minhas mãos apenas pelo tempo suficiente para destruir sua vida terrena, contra a qual lutamos. Se depois disso eu puder mandar sua alma para o inferno, para todo o sempre, é o que farei!

– Ah, não diga isso! Não diga isso, em nome do bom Deus, Jonathan, ou irá me oprimir com o medo e o horror. Apenas pense, meu querido; estive pensando durante todo este dia tão longo a esse respeito. Pense que talvez... algum dia... também eu precise de igual piedade, e que algum outro como você, movido pela mesma ira, me queira negá-la! Ah, meu marido! Com certeza eu haveria de lhe poupar um pensamento desses se houvesse outra escolha; mas rezo para que Deus não tenha registrado suas palavras exaltadas, a não ser como o lamento de um homem amoroso e gravemente ferido, com o coração dilacerado. Ah, Deus, tome esses cabelos brancos como uma prova do que ele já sofreu, ele que em toda a sua vida não causou mal a quem quer que fosse e que foi sobrecarregado com tantos pesares.

A essa altura, todos nós já havíamos irrompido em lágrimas. Não resistimos, e chorávamos abertamente. Ela também chorava, ao ver que seus conselhos bondosos haviam prevalecido. Seu marido caiu de joelhos aos seus pés e, envolvendo-a com os braços, afundou o rosto nas dobras de seu vestido. Van Helsing nos chamou com um gesto e nós nos retiramos discretamente, deixando o casal a sós com seu Deus.

Antes que se recolhessem, o professor fez na sala os preparativos necessários para uma eventual vinda do vampiro e assegurou a Mrs. Harker que ela poderia descansar em paz. Ela tentou acreditar que sim e, obviamente pelo bem de seu marido, tentou parecer contente. Foi uma luta corajosa, e, creio, ela não ficou sem recompensas. Van Helsing deixou à mão um sino que qualquer um dos dois deveria fazer soar em caso de emergência. Quando se retiraram, Quincey, Godalming e eu decidimos fazer vigília alternadamente e zelar pela segurança da pobre moça ferida. O primeiro turno ficou com Quincey, e eu e o professor devemos ir para a cama o mais cedo possível. Godalming já se recolheu, pois o segundo turno é seu. Agora que meu trabalho já foi feito, também eu irei me deitar.

Diário de Jonathan Harker

3-4 de outubro, por volta da meia-noite – Achei que o dia de ontem não terminaria nunca. Eu estava tomado por um intenso desejo de dormir, numa espécie de crença cega de que ao acordar encontraria as coisas mudadas, e qualquer mudança teria que necessariamente ser para melhor. Antes de nos separarmos, discutimos qual seria o nosso próximo passo, mas não conseguimos chegar a qualquer conclusão. Tudo o que sabíamos era que restava uma caixa de terra, e que só o conde sabia onde ela estava. Se resolvesse se esconder, poderia enganar-nos durante anos, e enquanto isso...! A ideia é horrível; nem mesmo agora ouso pensar a respeito. De uma coisa estou certo: se alguma vez existiu uma mulher que fosse a mais pura perfeição, essa mulher é a minha pobre e ultrajada querida. Amo-a mil vezes mais pela amorosa piedade que demonstrou ontem à noite, uma piedade que fez com que meu ódio pelo monstro parecesse desprezível. Com certeza Deus não permitirá que o mundo empobreça perdendo uma criatura como ela. Isso é uma esperança para mim. Estamos todos à deriva, agora, e a fé é nossa única âncora. Graças a Deus! Mina está dormindo, e dormindo sem sonhos. Tenho medo de como possam ser seus sonhos, com memórias tão terríveis para inspirá-los. Ela já não estava tão calma, ao que me pareceu, desde o pôr do sol. Então, por algum tempo seu rosto foi invadido por uma tranquilidade que era como a primavera depois das ventanias de março. Naquele momento, pensei ser o efeito do sol avermelhado brilhando em seu rosto, mas de algum modo acho agora que havia um significado mais profundo. Eu próprio não sinto sono, embora esteja cansado – mortalmente cansado. Devo tentar dormir, de qualquer modo, pois ainda tenho o dia de amanhã pela frente, e não haverá descanso para mim até que...

Mais tarde – Devo ter adormecido, pois fui acordado por Mina, que estava sentada na cama, com uma expressão alarmada no rosto. Eu podia vê-lo facilmente, pois não deixamos o quarto na escuridão. Ela cobriu-me a boca com a mão, num gesto de advertência, e sussurrou em meu ouvido:

– Silêncio! Há alguém no corredor!

Levantei-me sem fazer ruído atravessando o quarto, abri a porta devagar.

Do lado de fora, deitado num colchão, estava Mr. Morris, acordado. Ergueu a mão, num sinal para que fizéssemos silêncio, ao sussurrar para mim:

– Psss! Volte para a cama, está tudo bem. Durante toda a noite um de nós fará vigília aqui. Não queremos correr riscos!

Sua expressão e sua postura determinada não davam margens à discussão. Voltei e disse a Mina o que havia. Ela suspirou, e a sombra de um sorriso lhe passou pelo pobre rosto pálido, enquanto ela me envolvia com os braços e dizia, suavemente:

– Ah, graças a Deus por esses homens bons e corajosos!

Com um suspiro, ela voltou a dormir. Escrevo estas palavras agora que não consigo adormecer, embora deva tentar mais uma vez.

4 de outubro, pela manhã – Mais uma vez durante a noite fui acordado por Mina. Dessa vez, todos havíamos dormido bastante, pois o cinza da aurora que se aproximava entrava pelas janelas projetando figuras alongadas na parede, e a chama do gás projetava apenas uma mancha, em lugar do disco de luz. Ela me disse, apressadamente:

– Vá chamar o professor. Quero vê-lo agora mesmo.

– Por quê? – perguntei.

– Tive uma ideia. Acho que deve ter me ocorrido durante a noite, e amadurecido sem que eu me desse conta. Ele precisa me hipnotizar antes do nascer do sol, para que eu possa falar. Vá logo, meu querido; não resta muito tempo.

Fui até a porta. O dr. Seward descansava sobre o colchão, e, ao me ver, pôs-se de pé num salto.

– Algo de errado? – perguntou, alarmado.

– Não – respondi. – Mas Mina quer ver imediatamente o dr. Van Helsing.

– Vou chamá-lo – disse ele, saindo às pressas em direção ao quarto do professor.

Dois ou três minutos mais tarde, Van Helsing estava em nosso quarto, de *robe de chambre*; Mr. Morris e lorde Godalming estavam junto à porta com o dr. Seward, fazendo-lhe algumas perguntas. Quando o professor viu Mina, um sorriso de alívio tomou o lugar da ansiedade em seu rosto. Ele esfregou as mãos e disse:

– Ah, minha querida madame Mina, esta é uma mudança de fato. Veja, amigo Jonathan, essa é nossa antiga madame Mina que está de volta! – E virou-se para ela. – O que posso fazer pela senhora?

– indagou, alegremente. – Pois, numa hora dessas, deve ter me chamado por algum motivo.

– Quero que me hipnotize! – disse ela. – Faça-o antes da aurora, pois sinto que então eu seria capaz de falar, e falar abertamente. Seja rápido, pois não temos muito tempo!

Sem dizer uma palavra, ele lhe indicou com um gesto que se sentasse na cama. Olhando fixamente para ela, começou a fazer passes diante de seu rosto, do alto da cabeça para baixo, alternando as mãos. Mina manteve o olhar fixo nele por alguns minutos, durante os quais meu coração batia como um martelo, pois eu sentia que estávamos na iminência de assistir a alguma crise. Seus olhos se fecharam aos poucos, e ela se imobilizou por completo; somente pelo discreto ondular de seu peito era possível dizer que estava viva. O professor fez mais alguns passes e parou; pude ver que sua fronte estava coberta de suor. Mina abriu os olhos, mas não parecia a mesma mulher. Seu olhar estava distante, e sua voz tinha um tom vago e triste inteiramente novo para mim. Erguendo a mão para pedir silêncio, o professor me indicou com um gesto que chamasse os outros. Os três entraram nas pontas dos pés, fechando a porta em seguida, e ficaram junto ao pé da cama, observando. Mina não parecia vê-los. A quietude foi rompida pela voz de Van Helsing falando num tom baixo, que não interromperia o fluxo dos pensamentos dela.

– Onde está?

A resposta veio de forma neutra:

– Não sei. O sono não tem um lugar próprio.

Durante vários minutos fez-se silêncio. Mina estava rígida, e o professor olhava para ela fixamente; o restante de nós mal ousava respirar. O quarto estava ficando mais claro; sem tirar os olhos do rosto de Mina, o professor me fez um sinal para que abrisse as venezianas. Obedeci, e o dia parecia prestes a raiar. Uma faixa vermelha projetava-se no céu, e uma luz rosada pareceu difundir-se pelo quarto. Nesse instante, o professor voltou a falar:

– Onde está, agora?

A resposta veio num tom vago, mas que revelava algum propósito; era como se ela estivesse interpretando alguma coisa. Já a ouvi usar o mesmo tom ao ler suas anotações taquigrafadas.

– Não sei. É tudo muito estranho para mim!

– O que está vendo?

– Nada; está tudo escuro.

– O que ouve? – Pude perceber a tensão na voz paciente do professor.

– O barulho da água batendo contra alguma coisa. Ouço o marulho de pequenas ondas lá fora.

– Então está num barco?

Entreolhamo-nos, tentando deduzir alguma coisa dessa troca de olhares. Tínhamos medo de pensar. A resposta não demorou:

– Ah, sim!

– O que mais ouve?

– O som de passos lá em cima, enquanto os homens correm pelo barco. Ouço o ruído de uma corrente e um retinir alto quando a parte lateral do cabrestante entra na catraca.

– O que está fazendo?

– Estou imóvel, completamente imóvel. É como se estivesse morta. – A voz foi enfraquecendo aos poucos e deu lugar a uma respiração pesada, como se ela estivesse dormindo; os olhos abertos voltaram a se fechar.

A essa altura, o sol já nascera e a luz da manhã iluminava o quarto. O dr. Van Helsing colocou as mãos sobre os ombros de Mina, deitando-lhe a cabeça gentilmente sobre o travesseiro. Ela ficou ali por alguns instantes como uma criança adormecida; então, com um suspiro profundo, acordou e ficou surpresa ao ver que todos estávamos ao seu redor.

– Por acaso eu falei dormindo? – Foram suas únicas palavras.

Parecia, contudo, saber instintivamente qual a situação, o que não significava que não estivesse ansiosa em saber o que falara. O professor reproduziu a conversa que haviam tido, e ela disse:

– Então não há um minuto a perder. Talvez ainda não seja tarde demais! – Mr. Morris e lorde Godalming dirigiram-se para a porta, mas a voz calma do professor fez com que voltassem:

– Fiquem, meus amigos. Aquele barco, qualquer que fosse, estava zarpando enquanto ela falava. Há muitas embarcações zarpando, neste momento, em seu grande porto de Londres. Qual deles é o que procuram? Louvado seja Deus por termos mais uma vez obtido uma pista, mesmo que não saibamos onde ela nos há de levar. Estivemos um tanto quanto cegos, como costumam ser os homens, pois, quando olhamos para trás, vemos o que teríamos visto ao olhar para o futuro se tivéssemos podido enxergar o que havia para ser visto. Ai de mim; essas palavras são incrivelmente confusas, não? Agora sabemos o que o conde tinha em mente ao agarrar aquele dinheiro, mesmo sob a ameaça da faca afiada de Jonathan, que até mesmo ele temia. Pretendia fugir. Ouçam-me, *fugir*! Sabia que, com apenas uma caixa de terra restante e um grupo de homens perseguindo-o como cães atrás de uma raposa, Londres não era lugar para ele. Levou sua última caixa de terra para bordo de um navio e deixa a terra firme. Pensa que vai escapar, mas não! Nós o seguiremos! *Tally-ho!*, como diria o amigo Arthur ao vestir seu casaco vermelho! Nossa raposa velha é astuta; ah, astuta demais, e nós devemos persegui-la com astúcia. Eu também sou astuto e acho que em breve conseguirei adivinhar quais são suas intenções. Enquanto isso, podemos descansar, e descansar em paz, pois entre nós há águas que ele não ousaria atravessar e que não conseguiria atravessar mesmo que tentasse, a menos que o navio encostasse na terra firme, o que só acontece na maré-cheia ou na baixa-mar. Vejam, e o sol acaba de nascer; o dia todo, até a hora do ocaso, pertence a nós. Vamos nos lavar, nos vestir e tomar o café da manhã, de que todos precisamos; podemos comer com calma, já que ele não está pisando a mesma terra que nós.

Mina lançou-lhe um olhar suplicante ao perguntar:

– Mas por que precisamos continuar procurando por ele, quando ele se foi para longe de nós?

Ele tomou-lhe a mão, afagando-a ao responder:

– Não me faça perguntas, por ora. Depois do café da manhã responderei a todas elas.

Nada mais ele disse. Separamo-nos e fomos nos vestir.

Após a refeição, Mina repetiu a pergunta. Ele olhou para ela de forma grave por um minuto, e então respondeu, pesarosamente:

– Porque, minha querida madame Mina, agora precisamos encontrá-lo mais do que nunca, mesmo que tenhamos que o perseguir até as portas do inferno!

Ela empalideceu ao perguntar, a voz fraca:

– Por quê?

– Porque – respondeu ele de forma solene – ele pode viver por séculos, e a senhora não passa de uma mortal. Agora temos que temer a passagem do tempo, uma vez tendo ele deixado essa marca em seu pescoço.

Adiantei-me na hora exata para segurá-la antes que ela caísse para a frente, desmaiada.

CAPÍTULO 24

Diário fonográfico do dr. Seward, gravação feita pelo dr. Van Helsing

Este recado é para Jonathan Harker.

Deve ficar com sua querida madame Mina. Nós iremos fazer nossa investigação – se é que posso usar esse termo, pois não se trata de uma investigação, mas da procura de certa informação, e só o que buscamos é uma confirmação. Fique, porém, e tome conta de sua esposa hoje. Esse é o seu dever mais importante e mais sagrado. Nada poderemos fazer para encontrá-lo hoje. Vou lhe dizer algo, para que saiba aquilo que os outros também já sabem. Nosso inimigo se foi; voltou para seu castelo na Transilvânia. Sei disso com tanta certeza quanto se uma enorme mão de fogo o tivesse escrito na parede. Ele de certa forma se preparou para isso, e aquela última caixa de terra estava em algum lugar pronta para ser despachada. Por esse motivo ele levou o dinheiro; por esse motivo toda aquela pressa – temia que conseguíssemos agarrá-lo antes do pôr do sol. Era sua última esperança, exceto pelo fato de acreditar que poderia se esconder no túmulo aberto a ele pela pobre Miss Lucy, que ainda achava pertencer à sua raça. Mas não havia tempo. Quando isso falhou, ele seguiu diretamente rumo ao seu último recurso – seu último movimento de terra, eu diria, se quisesse fazer *double entente*. Ele é astuto; ah, tão astuto! Sabe que seu jogo por aqui terminou. Assim sendo, toma a decisão de voltar para casa. Encontra um navio fazendo a mesma rota pela qual veio à Inglaterra, e embarca nele. Vamos agora tentar descobrir qual é esse navio e para onde ruma. Quando tivermos essa informação, voltaremos para contar. Então, consolaremos você e a pobre querida madame Mina com novas esperanças. Pois será de fato uma esperança, se parar para refletir: significará que nem tudo está perdido. A criatura que perseguimos leva centenas de anos para chegar a Londres; num único dia, porém, podemos obrigá-lo a fugir, se soubermos onde se esconde. Seu poder não é infinito, embora tenha a capacidade de operar muitos males e não sofra como nós. Somos fortes, contudo, em nossos objetivos individuais; e somos mais fortes unidos. Recobre a sua coragem, caro marido de madame Mina. Essa batalha apenas começou, e no fim a vitória será nossa – isso é tão certo quanto Deus está nas alturas zelando por Seus filhos.

Portanto, fique reconfortado até que regressemos.

Van Helsing

Diário de Jonathan Harker

4 de outubro – Quando li para Mina a mensagem que Van Helsing gravara no fonógrafo, a pobrezinha se animou consideravelmente. A certeza de que o conde estava fora do país já a consolara um pouco, e para ela consolo significa força. Quanto a mim, agora que já não estamos cara a cara com aquele horrível perigo, parece-me quase impossível acreditar nele. Até minhas próprias e terríveis experiências no Castelo Drácula parecem um sonho há muito esquecido. Aqui, no ar revigorante do outono, sob o sol brilhante...

Ai de mim! Como é fácil deixar de acreditar! Em meio a esses pensamentos, meus olhos caíram sobre a cicatriz vermelha na fronte pálida da minha pobre querida. Enquanto perdurar, não posso deixar de acreditar. E depois que tiver desaparecido, sua simples memória manterá viva minha fé. Mina e eu tememos o ócio, de modo que voltamos a examinar todos os diários outra vez. De algum modo, embora a realidade pareça cada vez maior, temos a impressão de que a dor e o medo diminuem. Há uma espécie de objetivo que nos conduz e se manifesta em todos os momentos; isso nos reconforta. Mina diz que talvez sejamos os instrumentos do bem final. É possível! Vou tentar pensar como ela. Ainda não conversamos sobre o futuro. É melhor esperar até que tenhamos visto o professor e os outros, após sua investigação.

O dia está se passando mais rapidamente do que eu jamais imaginei que um dia fosse se passar para mim de novo. Já são três horas.

Diário de Mina Harker

5 de outubro, cinco horas da tarde – Registro de nossa reunião. Presentes: professor Van Helsing, lorde Godalming, dr. Seward, Mr. Quincey Morris, Jonathan Harker e Mina Harker.

O dr. Van Helsing fez o relato de tudo o que foi feito ao longo do dia para descobrir em que barco o conde Drácula embarcara e qual o destino de sua fuga:

– Como eu sabia que ele queria regressar à Transilvânia, tinha como certo que teria de seguir pela foz do Danúbio, ou por algum lugar no mar Negro, já que viera por aquele caminho. Diante de nós, um terrível vazio. *Omne ignotum pro magnifico*; assim sendo, foi com grande abatimento que começamos a procurar saber quais as embarcações que haviam partido para o mar Negro na noite passada. Era uma embarcação a vela, pois madame Mina falou sobre velas sendo içadas. Elas não são importantes a ponto de figurar na lista de embarques do *Times*; assim, por sugestão de lorde Godalming, fomos ao seu Lloyd's, onde há registro de todas as embarcações que partem, por menores que sejam. Ali descobrimos qual a única embarcação com destino ao mar Negro que partiu com a maré vazante. Trata-se da *Czarina Catherine*, que partiu do cais do Doolittle rumo a Varna, e de lá para outros portos e depois para o Danúbio. "Ah!", exclamei, "esse é então o barco em que está o conde." Fomos para o cais do Doolittle, onde encontramos um homem num escritório. Perguntamos a ele sobre a rota da *Czarina Catherine*. Ele falava muitos palavrões e tinha o rosto vermelho e uma voz alta, mas mesmo assim era um bom sujeito; quando Quincey lhe deu algo que tirara do bolso e que estalava enquanto ele o enrolava e guardava dentro de uma sacolinha, provavelmente escondida entre suas roupas, tornou-se um sujeito ainda melhor e nosso humilde criado. Acompanhou-nos e fez perguntas a muitos homens rudes e nervosos; esses também melhoraram de humor quando já não sentiam sede. Usaram um bocado de linguagem grosseira, com vários "malditos" e "diabos", e outras coisas que não compreendi, embora ache que tenha conseguido adivinhar o que queriam dizer; contudo, disseram-nos tudo o que queríamos saber. Contaram-nos que ontem ao anoitecer, por volta das cinco horas, chegou um homem muito apressado. Um homem alto e magro, com o nariz protuberante e dentes muito brancos, e olhos que pareciam estar em chamas. Que estava todo de preto, a não ser por um chapéu de palha que não servia para ele nem era apropriado à hora do dia. Que distribuiu dinheiro em busca de informações rápidas sobre que barco partia para o mar Negro e exatamente para que porto. Alguns o levaram para o escritório e de lá para o barco, no qual não embarcou, mas se deteve na extremidade da prancha, pedindo que o comandante fosse se encontrar com ele. O comandante veio e, quando soube que ele pagaria bem, acabou por concordar, embora a princípio xingasse muito. O homem magro então se foi, e alguém lhe disse onde poderia alugar um cavalo e uma carroça. Ele partiu, e logo retornou, conduzindo ele mesmo uma carroça que transportava um grande caixote; retirou-o dali sem ajuda, embora vários homens tenham sido necessários para levá-lo a bordo. Deu muitas instruções ao comandante sobre como e onde deviam colocar o caixote, mas o comandante não gostou e xingou-o em várias línguas, dizendo-lhe que, se quisesse, poderia subir a bordo e dizer ele mesmo onde colocá-lo. Mas o homem disse que não, que ainda não podia subir a bordo, pois tinha muito que fazer; ao que o comandante lhe disse que, "pelos diabos", era melhor ele se apressar, pois a embarcação partiria daquele lugar "dos diabos" antes da mudança da "maldita" maré. Então, o homem magro sorriu e disse que evidentemente iria quando o comandante achasse apropriado, mas que ficaria bastante surpreso se fosse de imediato. O capitão xingou outra vez, poliglota, e o homem magro fez uma mesura, agradeceu-lhe e disse que abusaria de sua gentileza no sentido de apenas subir a bordo quando o barco estivesse prestes a zarpar. Por fim, o capitão, mais vermelho do que nunca, disse-lhe em muitas línguas que não queria saber de franceses, sobre os quais usou vários "malditos" e vários "dos diabos", em seu barco, usando "maldito" aqui também. Então, após perguntar se haveria nas proximidades alguma embarcação onde pudesse comprar formulários, se foi. Ninguém sabia para onde o "maldito" homem, como diziam, fora, mas tampouco se preocupavam com isso, pois tinham outra coisa com que se preocupar, outra vez "pelos diabos": logo começou a parecer que a *Czarina Catherine* não zarparia na hora prevista. Uma névoa começou a surgir, aumentando e aumentando, até que em pouco tempo um denso nevoeiro envolvia o barco e tudo ao seu redor. O comandante xingou em muitas línguas, em muitíssimas línguas, com vários "malditos" e vários "infernos", mas nada podia fazer. A maré subia e subia, ele começou a temer que acabaria por perder irremediavelmente a maré propícia. Não estava num humor muito amigável quando, na maré-cheia, o homem magro voltou, subiu pela prancha e pediu para ver onde sua caixa fora colocada. O comandante disse-lhe então que gostaria que ele e sua caixa, sempre com muitos "malditos" e "diabos", fossem para o inferno. O homem magro não se ofendeu, contudo, e foi com o imediato ver a caixa, voltando e demorando-se um pouco no convés, em meio ao nevoeiro. Deve ter resolvido tudo por conta própria, pois ninguém chegou a vê-lo. Na verdade, não pensavam nele, pois logo o nevoeiro se dissipou e o céu voltou a ficar limpo. Meus amigos sedentos e com a linguagem cheia de "diabos" e "malditos" riram, contando como os xingamentos do comandante excederam as várias línguas habituais, mais pitorescos do que nunca, quando ele perguntou aos outros marinheiros quem navegava pelo rio àquela hora e acabou descobrindo que muito poucos chegaram a notar o nevoeiro, exceto quando estava sobre o cais. A embarcação, contudo, zarpou na baixa-mar; pela manhã, sem dúvida já ia longe, após ter passado pela foz do rio. A essa altura, disseram-nos, já devia estar no mar. Assim sendo, minha cara madame Mina, resta a nós descansar mais uma vez, pois nosso inimigo está no mar, com a neblina sob seu comando, a caminho da foz do Danúbio. Velejar é demorado, por mais rápida que seja a embarcação. Quando partirmos, iremos mais rapidamente por terra e havemos de encontrá-lo lá. Nossa maior esperança é encontrá-lo dentro da caixa entre a aurora e o pôr do sol, quando não terá condições de lutar, e poderemos lidar com ele da maneira apropriada. Podemos dispor de alguns dias para elaborar nosso plano. Sabemos para onde ele se dirige; vimos o proprietário da embarcação, que nos mostrou faturas e mais toda a papelada existente. A caixa que procuramos irá para Varna, onde será entregue a um agente, um certo Ristics, que na ocasião apresentará suas credenciais; assim, nosso amigo no cais do Doolittle terá feito sua parte. Quando perguntou se havia algo de errado, pois, se fosse o caso, poderia telegrafar para Varna e mandar que fosse feita uma investigação, respondemos "não"; pois o que há a ser feito não é trabalho para a polícia ou a alfândega. Deve ser feito apenas por nós, e à nossa maneira.

Quando o dr. Van Helsing terminou de falar, perguntei-lhe se era certo que o conde permanecera a bordo do navio. Ele replicou:

– Temos a melhor prova disso: a prova que a senhora nos deu durante seu transe hipnótico, hoje de manhã.

Perguntei-lhe novamente se era mesmo necessário que perseguissem o conde, pois, ah!, eu temia que Jonathan me deixasse, e sabia que ele com certeza iria aonde os outros fossem. Ele me respondeu com exaltação crescente, mas calmo a princípio. Ao prosseguir, porém, foi ficando mais aborrecido e enérgico, até que no fim só era possível perceber uma pequena parte daquele autocontrole que fizera dele durante tanto tempo um mestre entre os homens.

– Sim, é necessário! Necessário, necessário! Pelo seu bem, em primeiro lugar, mas também pelo bem da humanidade. Esse monstro já causou males demais, mesmo num campo de ação limitado e durante um curto período de tempo; por enquanto, ele não passa de um corpo tateando às cegas e na ignorância. Tudo isso eu já disse aos outros; a senhora, minha cara madame Mina, saberá se ouvir o fonógrafo de meu amigo John, ou o de seu marido. Disse-lhes como a atitude de sair de sua própria terra árida e despovoada e vir para outro lugar onde a vida dos homens prolifera como o trigo nos campos foi o resultado de séculos de trabalho. Se outro Não Morto como ele tentasse o que ele tentou, talvez nem mesmo todos os séculos passados e futuros poderiam ajudá-lo. Com esse, todas as forças ocultas, profundas e poderosas devem ter se unido de forma espetacular. O próprio lugar onde ele, um Não Morto, tem existido durante todos esses séculos está cheio das estranhezas dos mundos geológico e químico. Há cavernas e fissuras profundas em que o homem ainda não conseguiu penetrar. Existem vulcões onde algumas das crateras ainda emanam águas de propriedades estranhas e gases que podem matar ou fazer reviver. Sem dúvida, há algo de magnético ou elétrico em algumas dessas combinações de forças ocultas que agem sobre o mundo físico de estranhas formas, e nele próprio sempre houve, desde o início, enormes qualidades. Numa época difícil, de muitas guerras, dizia-se que ele possuía, mais do que qualquer outro homem, nervos de aço, mente sutil e coração destemido. Nele, alguns dos princípios vitais chegaram de uma estranha maneira à perfeição. Enquanto seu corpo se mantém forte, cresce e se desenvolve, também seu cérebro cresce. Tudo isso sem aquela ajuda diabólica com que ele certamente conta, pois mesmo essa ajuda tem de se curvar aos poderes que emanam do bem, assim como aos seus símbolos. E agora é isso o que é para nós. Ele a infectou; perdoe-me, minha querida, por eu ter que o dizer, mas falo pelo seu bem. Infectou-a de tal modo que, mesmo que não mova mais um dedo, o que ocorrerá será que a senhora continuará levando sua vida, da forma habitual e harmoniosa, mas, com o tempo, a morte, que é o fim de todos os homens, e com a sanção de Deus, há de transformá-la num ser como ele. Isso não pode ser! Fizemos um juramento a esse respeito. Portanto, somos ministros da vontade divina: que o mundo e os homens pelos quais Seu Filho morreu não sejam entregues a monstros, cuja mera existência O difama. Já nos permitiu redimir uma alma, e sairemos pelo mundo como os antigos cruzados, para redimir outras. Como eles, viajaremos na direção do nascente; como eles, se perecermos, será por uma justa causa.

Fez uma pausa, e eu disse:

– Mas o conde não irá aprender sua lição, depois do fracasso? Já que conseguimos fazer com que ele fugisse da Inglaterra, será que ele não irá evitar nossa terra, como o tigre que evita a aldeia onde o caçaram?

– Arrá! – disse ele. – A imagem do tigre é boa, e vou adotá-la. O conde é igual a certos tigres da Índia que já provaram o sangue humano. Não os atraem outras presas, mas espreitam incessantemente até obter aquela que desejam. Esse que escorraçamos de nossa cidade é também um tigre, um animal que ataca os homens e nunca cessará de espreitar. Mais do que isso: não faz parte de sua natureza ir embora e permanecer afastado. Quando vivia como um homem, cruzou a fronteira do território turco para atacar o inimigo em seu próprio território; fizeram-no recuar, mas por acaso ele se aquietou? Não! Voltou outra vez, e outra, e mais outra. Vejam como é persistente e resistente. Com seu cérebro de criança, acalentou durante muito tempo a ideia de vir para uma grande cidade. E o que fez? Encontrou um lugar que para ele era o mais promissor do mundo. Deliberadamente, fez o que foi necessário a fim de se preparar para a empresa. Descobriu, com paciência, exatamente quais eram seus poderes e até onde ia sua força. Estudou outros idiomas. Aprendeu novas formas de vida social, os novos costumes, a política, as leis, as finanças, as ciências, os hábitos de uma nova terra e de um povo que passara a existir depois dele. O que vislumbrou serviu para abrir-lhe o apetite e acentuar-lhe os desejos. Mais do que isso, até: ajudou a desenvolver seu cérebro, pois provou-lhe que estivera correto desde o princípio em suas suposições. Fez tudo isso sozinho, inteiramente sozinho!, num túmulo em ruínas, numa terra esquecida. O que não será capaz de fazer quando o mundo mais amplo do pensamento se abrir a ele!

Ele, que pode escarnecer da morte, como sabemos; ele, que prospera em meio às doenças capazes de dizimar povos inteiros. Ah, se um ser como esse viesse de Deus, e não do Diabo, que força benéfica não teria neste nosso mundo! Mas nossa tarefa é libertar este mundo. Nosso trabalho terá de ser feito em silêncio, e todos os nossos esforços, em segredo; nesta época esclarecida, em que os homens não acreditam sequer naquilo que veem, a descrença de homens sábios seria a maior força de nosso inimigo. Representaria ao mesmo tempo sua proteção e sua armadura, e suas armas para destruir a nós, seus inimigos, que estamos dispostos a colocar em risco até mesmo nossas almas pelo bem daquela que amamos, e pelo bem da humanidade, e pela honra e glória de Deus.

Depois de uma discussão, ficou resolvido que nada seria decidido de maneira definitiva naquela noite. Todos devíamos dormir sobre o assunto e tentar chegar às conclusões apropriadas. Amanhã, à hora do café da manhã, vamos nos reunir de novo e, após contar uns aos outros nossas conclusões individuais, decidiremos acerca de um plano de ação definido.

Sinto uma paz e uma tranquilidade maravilhosas esta noite. É como se alguma presença que me assombrasse tivesse partido. Talvez...

Minha suposição sequer pôde se completar, pois olhei-me no espelho e vi a marca vermelha em minha testa, sabendo assim que permaneço impura.

Diário do dr. Seward

5 de outubro – Todos acordamos cedo, e acho que esse sono nos foi muito benéfico. Quando nos encontramos para tomar o café da manhã, ainda cedo, havia uma alegria geral maior do que qualquer um de nós esperaria voltar a experimentar.

É de fato maravilhosa a capacidade de recuperação inerente à natureza humana. Quando algum obstáculo, seja qual for, é removido – mesmo que pela morte –, voltamos aos nossos princípios primordiais de esperança e alegria. Mais de uma vez, enquanto nos sentávamos em torno da mesa redonda, arregalei os olhos e me perguntei se tudo o que acontecera nos últimos dias não fora na verdade um sonho. Foi somente ao me deparar com a ferida vermelha na fronte de Mrs. Harker que voltei à realidade. Até mesmo agora, quando reflito seriamente sobre o assunto, é quase impossível me dar conta de que a causa de todas as nossas inquietações ainda existe. A própria Mrs. Harker parece se esquecer de seu problema por longos períodos; só pensa na terrível cicatriz vez por outra, quando algo a obriga a recordar-se dela. Vamos nos reunir aqui em meu escritório dentro de meia hora, para traçar nosso plano de ação. Vejo apenas uma dificuldade imediata, e me apercebo dela de modo mais instintivo do que racional: teremos que falar abertamente, mas temo que, de alguma forma misteriosa, a pobre Mrs. Harker não tenha essa capacidade. *Sei* que ela chega a suas próprias conclusões; a partir de tudo o que já se passou, posso adivinhar que sejam brilhantes e acertadas, mas ela não as revela, talvez por não poder. Mencionei isso a Van Helsing, e pretendemos conversar a respeito quando estivermos a sós. Suponho que seja o terrível veneno que penetrou em suas veias começando a agir. O conde tinha intenções específicas quando fez com ela o que Van Helsing chamou "o batismo de sangue do vampiro". Bem, talvez haja um veneno destilado a partir de coisas boas; numa época em que a existência da ptomaína é um mistério, nada deveria nos surpreender! De uma coisa estou certo: se meu instinto estiver correto no que diz respeito aos silêncios de Mrs. Harker, então há uma terrível dificuldade, um perigo desconhecido, no trabalho que temos diante de nós. A mesma força que a obriga a se calar ordena que fale. Não ouso permitir que meu pensamento vá além disso, pois equivaleria a insultar uma mulher tão nobre!

Van Helsing virá à minha biblioteca um pouco antes dos outros. Tentarei discutir com ele essa questão.

Mais tarde – Quando o professor chegou, discutimos a nossa atual situação. Pude notar que ele tinha algo em mente e que gostaria de dizer, mas hesitava um pouco em abordar o assunto. Após alguns circunlóquios, ele disse, subitamente:

– Amigo John, há algo que você e eu precisamos discutir a sós, pelo menos por enquanto. Mais tarde, é possível que tenhamos que o revelar aos outros – interrompeu-se, então, e eu aguardei. – Madame Mina – prosseguiu ele –, nossa pobre e querida madame Mina, está mudando.

Um calafrio percorreu-me ao ver meus piores medos confirmados daquele modo. Van Helsing continuou:

– Depois de nossa triste experiência com Miss Lucy, desta vez temos que estar prevenidos antes que as coisas cheguem longe demais. Nossa tarefa é, na verdade, mais difícil do que nunca, e essa nova preocupação faz com que cada hora tenha importância crucial. Posso ver as características do vampiro surgindo no rosto de madame Mina. Ainda é uma mudança bastante sutil, mas temos de reconhecer que está ocorrendo, se formos capazes de fazê-lo sem julgamentos antecipados. Seus dentes estão um pouco mais afiados, e às vezes seu olhar parece mais rígido. Mas isso não é tudo: seu silêncio é agora frequente, como aconteceu com Miss Lucy; ela não falava, mesmo quando escrevia aquilo que gostaria que os outros viessem a saber mais tarde. Vou lhe dizer qual o meu receio. Se ela pode, quando em transe hipnótico, nos dizer o que o conde vê e ouve, não será possível também que ele, que a hipnotizou primeiro, que bebeu do sangue dela e a fez beber do seu, obrigue sua mente a lhe revelar aquilo que ela sabe? – Fiz que sim. – Então – prosseguiu ele –, o que temos que fazer é tomar precauções. Não podemos mantê-la a par de nossas intenções; ela não terá como contar a ele o que não sabe. Eis uma tarefa dolorosa! Ah, tão dolorosa que me parte o coração pensar em levá-la a cabo, mas assim terá de ser. Quando nos reunirmos hoje, terei que dizer-lhe que, por motivos que não podemos revelar, ela não poderá mais fazer parte de nosso conselho, mas será apenas protegida por nós.

Ele enxugou a testa, que começara a transpirar profusamente ante a ideia do sofrimento que teria de infligir à pobrezinha, já tão torturada. Eu sabia, seria um consolo para ele se eu lhe dissesse que também chegara à mesma conclusão; de qualquer modo, poderia aliviá-lo da dor causada pela dúvida. Foi o que fiz, e o efeito foi o esperado.

Aproxima-se agora o momento de nossa reunião. Van Helsing foi se preparar para o encontro e para a parte dolorosa que terá de assumir. Acredito que seu objetivo tenha sido poder rezar um pouco, sozinho.

Mais tarde – No início de nossa reunião, tanto eu quanto Van Helsing sentimos um grande alívio. Mrs. Harker enviara por seu marido uma mensagem dizendo que não iria se reunir a nós por ora; achava melhor que ficássemos livres para discutir nossas ações sem sua presença para nos constranger. O professor e eu nos entreolhamos por um instante e de algum modo ambos parecemos ficar aliviados. De minha parte, achei que, se Mrs. Harker se dera conta do perigo, evitavam-se assim muita dor e um enorme risco. Dadas as circunstâncias, concordamos, com um olhar interrogativo e o gesto que veio em resposta – o dedo indicador sobre o lábio –, em manter silêncio acerca de nossas suspeitas até que pudéssemos discuti-las em particular novamente. Abordamos de imediato nosso plano de campanha. Van Helsing nos expôs os fatos, em linhas gerais:

– A *Czarina Catherine* deixou o Tâmisa ontem pela manhã. Se velejar em sua velocidade máxima, levará três semanas para chegar a Varna; por terra, poderemos chegar ao mesmo local em três dias. Se diminuirmos dois dias do prazo previsto para a embarcação, dado o controle que o conde tem sobre as condições climáticas, e se contarmos com um atraso de um dia e uma noite em nosso caso, teremos então uma margem de quase duas semanas. Assim sendo, para não correr qualquer risco, teremos que partir o mais tardar no dia 17. De qualquer modo, chegaremos a Varna um dia antes do barco e poderemos fazer todos os preparativos necessários. Iremos armados, é claro; armados contra o mal físico e o espiritual.

Quincey Morris acrescentou, nesse ponto:

– Sei que o conde vem de uma região de lobos, e é possível que chegue lá antes de nós. Proponho que acrescentemos Winchesters ao nosso armamento. Tenho uma espécie de crença nos Winchesters quando há qualquer problema desse tipo nos arredores. Você se lembra, Art, de quando aquela alcateia estava atrás de nós em Tobolsk? O que não teríamos dado por uma arma de repetição para cada um de nós!

– Boa ideia! – disse Van Helsing. – Teremos Winchesters, então. Quincey é sempre sensato, mas ainda mais quando há uma caçada envolvida; a metáfora representa mais desonra à ciência do que os lobos representam perigo ao homem. Enquanto isso, nada podemos fazer aqui; como acredito que Varna não seja familiar a nenhum de nós, por que não chegar lá antes? Aqui ou lá, a espera será igualmente demorada. Podemos fazer nossos preparativos hoje e amanhã. Então, se tudo estiver bem, nós quatro podemos partir.

– Nós quatro? – indagou Harker, olhando para cada um de nós.

– É claro – respondeu com presteza o professor. – Você tem que ficar para cuidar de sua adorável esposa!

Harker ficou em silêncio por algum tempo e depois disse, numa voz inexpressiva:

– Vamos conversar sobre esse detalhe amanhã pela manhã. Quero falar com Mina a respeito.

Achei que era aquele o momento de Van Helsing adverti-lo para que não revelasse a ela nossos planos, mas ele nada disse. Lancei-lhe um olhar significativo e pigarreei. Em resposta, ele pôs o dedo indicador sobre o lábio e me deu as costas.

Diário de Jonathan Harker

5 de outubro, à tarde – Por algum tempo, após nossa reunião desta manhã, não consegui pensar. O novo aspecto que as coisas assumem deixa minha mente num estado de tal perplexidade que não me parece haver lugar para o pensamento ativo. A determinação de Mina no sentido de não participar da discussão me fez refletir; como não podia discutir com ela o assunto, só me restaram as suposições. Nunca estive, contudo, tão longe de qualquer conclusão. Também me intrigou a forma como os outros receberam o fato; na última vez que conversamos a respeito, concordamos que não deveríamos esconder nada uns dos outros. Mina está dormindo agora – com a calma e a suavidade de uma criancinha. Seus lábios estão curvos e sua face irradia felicidade. Graças a Deus por ela ainda ter momentos como este.

Mais tarde – Como tudo é tão estranho. Eu estava sentado observando o sono feliz de Mina e estava quase me sentindo também eu tão próximo da felicidade quanto jamais voltarei a ficar. Conforme a tarde caía, e o sol cada vez mais baixo fazia a terra se encher de sombras, o silêncio do quarto foi se tornando mais solene para mim. Subitamente, Mina abriu os olhos e, olhando para mim com ternura, disse-me:

– Jonathan, quero que me faça uma promessa. Tem que me dar sua palavra de honra. Uma promessa a mim, mas sagrada aos ouvidos de Deus, que não deve quebrar mesmo que eu caia de joelhos e lhe implore com lágrimas amargas. Rápido, tem que me fazer essa promessa imediatamente.

– Mina – disse eu –, uma promessa dessas não pode ser feita imediatamente. Talvez eu não tenha o direito de fazê-la.

– Mas, meu querido – disse ela, com uma intensidade espiritual tamanha que seus olhos eram como duas estrelas polares –, sou eu quem lhe pede, e não é pelo meu bem. Pode perguntar ao dr. Van Helsing se não tenho razão; se ele discordar, faça então o que achar apropriado. Mais do que isso: se todos concordarem, mais tarde você estará livre da promessa.

– Prometo! – disse eu, e por um momento ela pareceu sentir uma felicidade suprema, embora para mim toda a felicidade lhe fosse negada pela cicatriz vermelha em sua fronte.

– Prometa-me – disse ela – que não vai me contar nada sobre os planos da campanha contra o conde. Não dirá nada explicitamente, tampouco me dará informações das quais eu possa fazer deduções, em momento algum, enquanto esta marca persistir em minha testa!

Ela apontou de forma solene para a cicatriz. Vi que ela falava sério, e disse, também de modo solene:

– Prometo!

Nesse mesmo instante, senti que uma porta se fechara entre nós.

Mais tarde, à meia-noite – Mina esteve alegre e radiante durante toda a noite, tanto que o restante de nós pareceu se encorajar, como se sua alegria nos contagiasse. Como resultado, até mesmo eu senti que a nuvem de desânimo que pesa sobre nós tinha se tornado um tanto menos espessa. Todos nos recolhemos cedo. Mina dorme como uma criancinha agora; é maravilhoso o fato de que sua capacidade de dormir não tenha se alterado em meio a todas essas terríveis preocupações. Graças a Deus, pois pelo menos assim ela pode esquecer seus problemas. Talvez seu exemplo me afete como fez sua alegria, hoje à noite. Vou fazer uma tentativa. Ah, como gostaria de ter uma noite de sono sem sonhos!

6 de outubro, pela manhã – Outra surpresa. Mina me acordou cedo, mais ou menos à mesma hora de ontem, e me pediu que chamasse o dr. Van Helsing. Achei que era mais uma ocasião para o hipnotismo, e sem mais perguntas obedeci. Ele evidentemente esperava um chamado daqueles, pois encontrei-o vestido em seu quarto. Sua porta estava entreaberta, de modo que ele podia ouvir a porta de nosso quarto se abrindo. Veio imediatamente, entrou e perguntou a Mina se os outros também poderiam vir.

– Não – disse ela, de modo bastante simples. – Não será necessário. Pode contar a eles tão bem quanto eu. Tenho que os acompanhar em sua viagem.

O dr. Van Helsing ficou tão surpreso quanto eu. Depois de uma pequena pausa, perguntou:

– Mas por quê?

– Têm que me levar junto. Estarei mais protegida em sua companhia, e vocês também correrão menos perigos.

– Mas por quê, minha cara madame Mina? Sabe que sua segurança é nossa tarefa mais importante. Enfrentaremos o perigo, um perigo ao qual a senhora está mais suscetível do que qualquer um de nós, pelas circunstâncias, devido ao que ocorreu. – Ele fez uma pausa, embaraçado.

Mina, ao responder, ergueu o dedo e apontou para a própria testa:

– Sei disso. E é por esse motivo que devo ir. Posso lhe dizer agora, enquanto o sol nasce; talvez não seja capaz de voltar a fazê-lo. Sei que terei de ir quando o conde assim determinar. Sei que, se ele me disser para partir em segredo, terei que me valer de artimanhas, ludibriando a todos, até mesmo a Jonathan.

Deus viu o olhar que ela me lançou ao falar, e, se existir de fato um Anjo que tudo registra, esse olhar ficará gravado em nome da honra eterna de minha esposa. Só pude segurar-lhe a mão com força. Não tinha condições de falar; minha emoção era demasiada até mesmo para liberá-la através das lágrimas. Ela prosseguiu:

– Vocês, homens, são corajosos e fortes. O fato de serem muitos também os fortalece, pois podem desafiar um poder capaz de acabar com a resistência de um único homem. Além disso, posso ser de alguma ajuda, já que podem me hipnotizar e descobrir coisas que eu própria não sei.

O dr. Van Helsing disse, num tom grave:

– Madame Mina, a senhora tem razão, como sempre. Virá conosco, e juntos lutaremos para alcançar nosso objetivo.

Depois que ele falou, o longo silêncio de Mina me fez olhar para ela. Caíra adormecida sobre o travesseiro; não acordou sequer quando abri as persianas e deixei entrar a luz do sol no quarto. Van Helsing me fez um sinal, indicando-me que o acompanhasse sem fazer barulho. Fomos ao seu quarto, e, um minuto depois, lorde Godalming, o dr. Seward e Mr. Morris se reuniram a nós. Ele lhes contou o que Mina dissera e prosseguiu:

– Pela manhã partiremos com destino a Varna. Temos que lidar com um novo fator agora: madame Mina. Ah, como ela tem uma alma sincera! É uma agonia contar tudo o que já nos contou; mas é o mais correto, e fomos advertidos a tempo. Não podemos perder nenhuma oportunidade. Em Varna, teremos que estar prontos para agir no instante em que o barco aportar.

– E o que exatamente faremos? – perguntou Mr. Morris, lacônico.

O professor fez uma pausa antes de responder:

– Em primeiro lugar, subiremos a bordo. Quando tivermos identificado o caixote, colocaremos nele um ramo de rosas-selvagens, amarrando-o firmemente. Desse modo, o conde não poderá sair, pelo menos segundo as superstições. E é na superstição que devemos crer, a princípio; no começo, era essa a fé dos homens, e ainda tem suas raízes na fé. Quando tivermos a oportunidade que buscamos, quando não houver ninguém por perto para ver ou ouvir, abriremos a caixa, e então... e então tudo ficará bem.

– Não vou esperar por outra oportunidade – disse Morris. – Quando vir a caixa, vou abri-la e destruir o monstro, mesmo que haja mil homens olhando, e mesmo que no instante seguinte eu venha a ser aniquilado!

Agarrei instintivamente sua mão; estava firme como aço. Creio que compreendeu meu olhar; espero que tenha compreendido.

– Bom rapaz – disse o dr. Van Helsing. – E valente também. Quincey é um homem de verdade, que Deus o abençoe. Meu filho, acredite-me, nenhum de nós irá se demorar ou se deter devido ao medo. Só o que digo é o que poderemos fazer. O que teremos que fazer. Mas, na verdade, não é possível dizer o que faremos. Muita coisa pode acontecer, de formas e com resultados tão variados que até que seja chegado o momento nada poderemos dizer. Todos estaremos armados, e de todas as formas; quando chegar o momento final, nossos esforços não serão poupados. Portanto, temos que organizar tudo hoje. Que tudo o que atinge pessoas que nos são queridas e que dependem de nós fique acertado, pois nenhum de nós tem condições de afirmar como e quando será o final. Quanto a mim, meus assuntos pessoais estão em ordem; como nada mais tenho a fazer, vou cuidar dos preparativos para a viagem. Arranjarei as passagens e tudo o mais.

Nada mais havia a ser dito, e nos separamos. Vou agora cuidar de todos os meus negócios aqui neste mundo, a fim de me preparar para quaisquer eventualidades...

Mais tarde – Tudo já foi feito. Preparei meu testamento e cumpri os procedimentos legais necessários. Mina é minha única herdeira, se sobreviver. Se não, então os outros, que têm sido tão bons conosco, receberão meu espólio.

O pôr do sol se aproxima. A inquietude de Mina chama-me a atenção. Estou certo de que há algo em sua mente, e o momento exato do ocaso há de revelá-lo. Essas ocasiões estão se tornando angustiantes para nós, pois cada aurora e cada pôr do sol revelam algum novo perigo – algum novo sofrimento, que, no entanto, se Deus quiser, serão os meios para atingirmos os nossos objetivos. Escrevo estas palavras em meu diário, já que minha querida não pode ouvi-las, por ora; mas se puder voltar a lê-las, estarão prontas.

Mina está me chamando.

CAPÍTULO 25

Diário do dr. Seward

11 de outubro, à noite – Jonathan Harker pediu-me que anotasse isto, pois diz que no momento não está em condições de fazê-lo e quer que mantenhamos um registro exato dos acontecimentos.

Creio que nenhum de nós ficou surpreso ao ser chamado para ver Mrs. Harker um pouco antes do pôr do sol. Ultimamente, começamos a compreender que a aurora e o poente são seus momentos particulares de liberdade. É nesses momentos que seu antigo *eu* pode se manifestar sem que uma força controladora a reprima ou a obrigue a tomar determinadas atitudes. Esse estado de espírito ou condição começa cerca de meia hora antes do efetivo nascer ou pôr do sol, durando até que o sol esteja alto no céu ou enquanto as nuvens ainda guardarem a luz dos raios que subsistem no horizonte. A princípio, há uma espécie de condição negativa, como se algum nó se desatasse; então, a liberdade absoluta logo se instala. Quando, porém, a liberdade termina, o estado anterior ou a recaída chegam rapidamente, precedidos apenas por um período de silêncio que nos adverte.

Hoje à noite, quando nos reunimos, ela parecia estar um tanto constrangida, e tudo indicava estar travando uma luta interna. Eu próprio creio que isso se devia ao esforço violento que fazia no primeiro instante em que isso lhe era possível. Poucos minutos foram suficientes, contudo, para lhe dar total controle sobre si mesma. Fazendo um sinal a seu marido para que se sentasse ao seu lado no sofá, onde se reclinava, fez com que o resto de nós levasse cadeiras e se aproximasse. Tomando a mão do marido entre as suas, ela começou:

– Estamos todos juntos aqui em liberdade, e talvez seja esta a última vez! Eu sei, meu querido, que você ficará ao meu lado até o fim – disse a seu marido, que, como pudemos ver, apertou com força a mão dela. – Pela manhã, sairemos para cumprir nossa tarefa, e só Deus sabe o que nos aguarda. Vocês farão a gentileza de me levar consigo. Sei que farão tudo aquilo que homens valentes e leais são capazes de fazer por uma pobre mulher cuja alma talvez já esteja perdida... não, não, ainda não, mas que de qualquer modo corre perigo. Devem se lembrar, porém, que não sou como vocês. Há um veneno em meu sangue, em minha alma, capaz de me destruir; que *irá* me destruir, a menos que possamos encontrar algum auxílio. Ah, meus amigos, sabem tão bem quanto eu que minha alma corre perigo; e, embora eu saiba que há uma saída para mim, vocês não devem recorrer a ela, e eu também não!

Olhou para cada um de nós de maneira suplicante, começando e terminando em seu marido.

– E qual é? – perguntou Van Helsing, rouco. – Qual é essa saída, a que não podemos ou não devemos recorrer?

– É a minha morte imediata, por minhas próprias mãos ou pelas de outra pessoa, antes que o mal maior esteja feito. Eu sei, e vocês sabem, que se eu morresse poderiam libertar meu espírito imortal, como fizeram com minha querida Lucy. Se a morte ou o medo da morte fosse tudo o que estivesse no caminho, eu não hesitaria em morrer aqui e agora, em meio aos amigos que me amam. Mas a morte não é tudo. Não posso acreditar que morrer num caso desses, quando há esperanças diante de nós e uma tarefa difícil a cumprir, seja a vontade de Deus. Portanto, eu, de minha parte, abro mão aqui da certeza do repouso eterno e ingresso na escuridão onde talvez estejam as coisas mais sombrias deste e do outro mundo!

Ficamos todos em silêncio, pois instintivamente sabíamos que se tratava apenas de um prelúdio. Os rostos dos outros estavam rígidos, e o de Harker, sem cor; talvez ele adivinhasse melhor do que nós o que viria em seguida. Ela prosseguiu:

– Isso é o que posso acrescentar à colação de bens. – Não pude deixar de notar a singular expressão jurídica que ela usava num local como aquele, e com toda a seriedade. – O que cada um de vocês dará? Sei que darão suas vidas – prosseguiu, sem demora –, mas isso é fácil para homens valentes. Suas vidas pertencem a Deus, e podem devolvê-las a Ele; mas o que darão a mim? – Olhou-nos de forma inquisitiva, mas dessa vez evitou o rosto do marido. Quincey pareceu compreender; fez que sim, e o rosto dela se iluminou. – Então direi claramente o que quero, pois não podem restar dúvidas nessa combinação entre nós. Têm que me prometer, todos vocês, e até mesmo meu adorado marido, que, se chegar o momento, irão me matar.

– Qual será o momento? – A voz era de Quincey, mas estava baixa, e ele parecia ter dificuldades em falar.

– Será quando estiverem convencidos de que estou tão modificada que é melhor morrer do que continuar viva. Quando minha carne estiver morta, então, sem demorar um instante, transpassarão uma estaca em meu coração e deceparão minha cabeça, ou o que mais for necessário para que eu possa repousar em paz!

Quincey foi o primeiro a se levantar depois da pausa que se fez. Ajoelhou-se diante dela e, tomando-lhe a mão, disse, com um tom solene:

– Eu não passo de um sujeito grosseiro, que talvez não tenha vivido como deveria viver um homem para merecer tal distinção, mas juro por tudo o que me é mais sagrado que, se esse momento chegar, não hesitarei diante da tarefa que a senhora nos incumbiu de cumprir. E prometo-lhe também que farei com que todos tenham essa mesma certeza, pois se apenas eu estiver na dúvida vou deduzir então que o momento terá chegado!

– Meu amigo fiel! – Foi tudo o que ela conseguiu dizer entre as lágrimas que lhe brotavam em profusão dos olhos, enquanto ele, inclinando-se, lhe beijava a mão.

– Juro-lhe o mesmo, madame Mina! – disse Van Helsing.

– E também eu! – disse lorde Godalming, cada um deles se ajoelhando alternadamente para prestar juramento.

Eu fiz o mesmo. Então, seu marido virou-se para ela com olhos muito tristes e com uma palidez esverdeada que amenizava a brancura de seus cabelos, perguntando-lhe:

– Eu também preciso fazer esse juramento, minha esposa querida?

– Você também, meu amor – disse ela, com uma piedade imensa na voz e no olhar. – Não deve recuar. Você é a pessoa mais próxima e querida que tenho. É minha vida. Nossas almas são uma só, para todo o sempre. Pense, meu querido, que houve épocas em que os homens matavam suas esposas e as mulheres de seu povo para evitar que caíssem nas mãos dos inimigos. Suas mãos não vacilaram porque suas amadas lhes pediam que as matassem. É o dever dos homens para com aquelas que amam, numa época de penosa provação! E, ah, meu querido, se eu tiver que encontrar a morte pelas mãos de alguém, que seja então pelas mãos daquele que mais me ama. Dr. Van Helsing, não esqueci a compaixão que o senhor demonstrou, no caso de Lucy, por aquele que amava... – Ela se interrompeu, corando ligeiramente, e mudou a frase. – Por aquele que tinha mais direito de lhe proporcionar a paz. Se um momento como esse voltar a se apresentar, conto com vocês para fazer com que seja uma boa memória na vida de meu marido o fato de ter sido sua mão amorosa a me libertar de uma terrível escravidão.

– Mais uma vez eu juro – ressoou a voz do professor.

Mrs. Harker sorriu, e era um sorriso satisfeito; com um suspiro de alívio, ela reclinou-se para trás e disse:

– E agora algumas palavras de advertência, das quais nunca devem se esquecer: esse momento, se algum dia chegar, talvez chegue de forma rápida e inesperada; nesse caso, não devem perder tempo em aproveitar a oportunidade. Num momento como esse, eu talvez esteja unida ao seu inimigo contra vocês. Ou, melhor dizendo, sem dúvida estarei, se tal momento chegar. Mais um pedido – continuou ela, agora com um tom solene –, que não é tão vital ou necessário quanto o outro. Quero que me façam um favor, se puderem. – Todos aquiescemos, mas não dissemos nada; não havia necessidade de palavras. – Quero que leiam o missal.

Ela foi interrompida por um gemido profundo de seu marido; tomando a mão dele entre as suas, segurou-a sobre o peito e prosseguiu:

– Terão que lê-lo sobre o meu corpo algum dia. Qualquer que seja o desfecho dessa terrível história, será um pensamento de consolo para todos, ou para alguns de nós. Gostaria que você, meu querido, fizesse a leitura, pois assim as palavras ficarão para sempre gravadas em minha memória com a sua voz, aconteça o que acontecer.

– Mas, ah, minha querida – alegou ele –, a morte ainda está distante de você.

– Não – disse ela, erguendo a mão em sinal de advertência. – Estou mais perto da morte neste momento do que se me encontrasse dentro de um túmulo!

– Ah, querida esposa, devo mesmo ler? – perguntou ele, antes de começar.

– Vai me reconfortar, meu querido! – Foi tudo o que ela disse, e ele começou a ler assim que ela abriu o livro na página certa.

Como eu poderia – como qualquer um poderia – falar dessa estranha cena, de sua solenidade, de seu ar sombrio, de sua tristeza, de seu horror, e também de sua doçura? Até mesmo um cético, que nada enxerga além de uma paródia da amarga realidade em tudo o que é sagrado ou envolve as emoções, teria abaixado as defesas se visse o pequeno grupo de amigos afetuosos e devotos ajoelhados em torno daquela mulher ferida e desolada; ou se ouvisse a paixão terna da voz de seu marido, que falhava devido à emoção e tantas vezes obrigava-o a se interromper enquanto lia o culto simples e bonito do Enterro dos Mortos. "Nã-não posso... continuar... faltam-me as pa-palavras... e... a voz."

Seu instinto estava correto. Por mais que tudo tenha sido estranho, por mais bizarro que possa ter parecido mais tarde até mesmo a nós, que sentíamos toda a sua força no momento, o episódio nos reconfortou bastante; e o silêncio, que revelava a recaída de Mrs. Harker e a perda da liberdade de sua alma, não pareceu tão desesperador quanto havíamos temido.

Diário de Jonathan Harker

15 de outubro, Varna – Partimos de Charing Cross na manhã do dia 12, chegamos em Paris à noite e fomos ocupar os assentos previamente reservados no Expresso do Oriente. Viajamos uma noite e um dia inteiros, chegando aqui por volta das cinco horas da tarde. Lorde Godalming foi até o consulado ver se chegara algum telegrama para ele, nós viemos para o hotel – "o Odessus". É possível que o trem tenha atravessado belas paisagens, mas eu estava ansioso demais para seguir em frente e não prestei atenção nelas. Até que a *Czarina Catherine* aporte, nada no mundo será capaz de me despertar grande interesse. Graças a Deus, Mina está bem e parece mais forte; sua cor está voltando. Dorme bastante; durante a viagem, dormiu quase o tempo todo. Antes da aurora e do ocaso, porém, fica desperta e bem alerta. Tornou-se um hábito para Van Helsing hipnotizá-la nesses momentos. A princípio, era necessário certo esforço, e ele tinha que fazer muitos passes. Agora, porém, ela parece ceder de imediato, como se já estivesse habituada, e pouco esforço é necessário. O professor parece ter nesses momentos o poder de simplesmente comandar, e os pensamentos dela lhe obedecem. Ele sempre lhe pergunta o que está vendo ou ouvindo. À primeira pergunta, ela responde:

– Nada, está tudo escuro.

E à segunda:

– Posso ouvir as ondas batendo contra o barco e o mar em movimento lá fora. A lona e o cordame estiram-se; os mastros e vergas estalam. O vento está forte; posso ouvi-lo assoviando no ovém, e a proa devolve ao mar a espuma.

Era evidente que a *Czarina Catherine* ainda estava no mar, velejando apressada para Varna. Lorde Godalming acabou de chegar. Trazia quatro telegramas, um recebido a cada dia desde que partimos, e todos com a mesma informação: o Lloyd's não recebeu qualquer notícia da *Czarina Catherine.* Antes de partir de Londres, lorde Godalming solicitou a seu agente que lhe enviasse um telegrama por dia dizendo-lhe se havia notícias do barco, ou mesmo que não as houvesse, para que pudesse ter certeza de que alguém estava alerta do outro lado da linha.

Jantamos e fomos cedo para a cama. Amanhã vamos nos encontrar com o vice-cônsul e tentar conseguir permissão para subir a bordo da embarcação assim que ela chegar. Van Helsing diz que nossa chance é entrar no barco entre a aurora e o poente. Mesmo que assuma a forma de um morcego, o conde não pode atravessar as águas quando bem entender, de modo que não poderá deixar o barco. Como não ousa assumir a forma humana, pois haveria de levantar suspeitas que evidentemente quer evitar, terá que ficar dentro da caixa. Se pudermos, então, subir a bordo após o nascer do sol, ele estará em nossas mãos. Podemos abrir a caixa e nos certificarmos de que está lá, como fizemos com a pobre Lucy, antes que ele acorde. Quanta comiseração ele há de encontrar em nós não importa. Acreditamos que não teremos muitos problemas com os oficiais ou os marinheiros. Graças a Deus! Neste país tudo se resolve com suborno, e dinheiro não nos falta. Só o que temos a fazer é nos certificarmos de que o barco não chegue ao porto entre a aurora e o ocaso sem que sejamos avisados, e estaremos a salvo. O "Juiz Propina" vai decidir este caso, creio eu!

16 de outubro – O relato de Mina ainda é o mesmo: ondas batendo e água correndo, escuridão e vento favorável. É evidente que estamos bem adiantados e, quando recebermos notícias da *Czarina Catherine*, estaremos prontos. Como ela deve cruzar Dardanelos, com certeza vamos ouvir a seu respeito.

17 de outubro – Tudo está bastante bem preparado, acredito, para dar as boas-vindas ao conde em seu regresso. Aos encarregados de embarque e expedição de mercadorias, lorde Godalming disse acreditar que uma caixa que se encontra a bordo da *Czarina Catherine* talvez contenha algo que foi roubado de um amigo seu, e conseguiu obter permissão para abri-la, se assumir os riscos. O proprietário lhe deu um documento solicitando ao comandante que lhe desse todas as facilidades para fazer o que quisesse a bordo da embarcação e também uma autorização similar para o seu agente em Varna. Encontramo-nos com o agente, que ficou bastante impressionado com o tratamento gentil que recebeu de lorde Godalming, e todos estamos certos de que fará o que estiver ao seu alcance para atender aos nossos desejos. Já resolvemos o que fazer caso consigamos abrir a caixa. Se o conde estiver lá, Van Helsing e Seward deceparão de imediato sua cabeça e transpassarão uma estaca em seu coração. Morris, Godalming e eu teremos que evitar qualquer interferência externa, mesmo que tenhamos de usar as armas, que estarão prontas. O professor diz que, se fizermos isso com o corpo do conde, ele em breve ficará reduzido a poeira. Nesse caso, não haveria provas contra nós, se qualquer suspeita de assassinato for levantada. Mesmo que não fosse assim, porém, cumpriríamos nossa tarefa, e talvez algum dia estas minhas palavras venham a constituir provas que nos salvarão da forca. Eu, de minha parte, correria o risco alegremente, se necessário. Faremos tudo o que for necessário, absolutamente tudo, para levar a cabo nossos planos. Fizemos um acordo com certos oficiais para que sejamos informados por um mensageiro especial no instante em que a *Czarina Catherine* for vista.

24 de outubro – Uma semana inteira de espera. Telegramas diários para Godalming, mas sempre a mesma história: "Ainda sem notícias." Os relatos de Mina durante os transes hipnóticos, tanto pela manhã quanto à tardinha, são os mesmos: ondas batendo, o mar em movimento, mastros estalando.

Telegrama de Rufus Smith, do Lloyd's de Londres, para lorde Godalming, aos cuidados de Sua Majestade Britânica, vice-cônsul em Varna

"24 de outubro – A *Czarina Catherine* anunciou hoje sua chegada em Dardanelos."

Diário do dr. Seward

25 de outubro – Como sinto falta do meu fonógrafo! Escrever meu diário com pena e tinta é cansativo, mas Van Helsing diz que devo fazê-lo. Ficamos todos bastante excitados quando Godalming recebeu o telegrama do Lloyd's. Agora sei como se sentem os homens quando, numa batalha, são chamados à ação. Somente Mrs. Harker não demonstrou qualquer sinal de emoção. Não é estranho, afinal de contas, que tenha sido assim; tomamos um cuidado especial para não deixar que soubesse de coisa alguma e tentamos não nos mostrar exaltados em sua presença. Nos velhos tempos, tenho certeza de que ela teria notado, por mais que lhe tentássemos esconder. Está bastante mudada, contudo, após transcorridas essas três semanas. Sua letargia aumenta, e, embora pareça forte e saudável, além de recuperar um pouco da cor, Van Helsing e eu não estamos satisfeitos. Falamos frequentemente sobre ela; não dissemos uma única palavra aos outros, porém. Partiria o coração do pobre Harker – com certeza afetaria seus nervos – saber que estamos um tanto desconfiados sobre esse assunto. Van Helsing examina seus dentes cuidadosamente, pelo que me diz, enquanto ela está em transe hipnótico; segundo ele, enquanto não começarem a ficar mais pontiagudos, não há perigo iminente de mudanças nela. Se essas mudanças ocorrerem, será necessário tomar providências!... Ambos sabemos que providências seriam essas, embora não mencionemos nossos pensamentos um ao outro. Nenhum de nós recuaria diante da tarefa – por mais que nos pareça abominável. "Eutanásia" é uma boa palavra; nos oferece consolo! Fico muito agradecido a quem quer que a tenha inventado.

A tomar pela velocidade com que a *Czarina Catherine* veio de Londres, não levará mais do que 24 horas de Dardanelos até aqui. Deve, portanto, chegar amanhã pela manhã; mas como não existe a possibilidade de que chegue antes do meio-dia, fizemos com que todos descansassem cedo. Acordaremos à uma hora, para ter certeza de que estaremos prontos.

25 de outubro, meio-dia – Nenhuma notícia da chegada do barco. O relato de Mrs. Harker durante o transe hipnótico foi igual ao habitual, de modo que é possível que tenhamos notícias a qualquer momento. Nós, os homens, estamos com uma verdadeira febre de excitação, à exceção de Harker, que está calmo. Suas mãos estão frias como o gelo, e há uma hora encontrei-o afiando o enorme facão que agora sempre leva consigo. Será uma situação bem desagradável para o conde se a lâmina do Kukri chegar a tocar-lhe a garganta, empunhada por aquela mão firme e fria como o gelo!

Van Helsing e eu ficamos hoje um pouco alarmados com relação a Mrs. Harker. Por volta do meio-dia, ela entrou numa espécie de letargia que não nos agradou; embora tenhamos mantido silêncio com os outros, nenhum de nós dois ficou feliz com o fato. Ela ficara inquieta durante toda a manhã, e a princípio ficamos felizes em saber que estava dormindo. Quando, porém, seu marido mencionou que ela dormia tão profundamente a ponto de ele não conseguir acordá-la, fomos até o quarto examinar nós mesmos. Ela respirava com naturalidade e parecia tão bem e tão tranquila que concordamos que o sono teria sobre ela efeitos melhores do que qualquer outra coisa. Pobre moça! Tem tantas coisas a esquecer que não é de se admirar que esse sono, se lhe trouxer o esquecimento, lhe faça bem.

Mais tarde – Nossa opinião pareceu se confirmar, pois quando, após um sono revigorante de algumas horas, ela acordou, parecia mais animada e em melhor estado do que estivera por vários dias. À hora do pôr do sol, fez seu habitual relatório hipnótico. Onde quer que o conde esteja, no mar Negro, aproxima-se de seu destino. De sua destruição, espero!

26 de outubro – Mais um dia sem notícias da *Czarina Catherine*. Já devia ter chegado, a essa altura. Aparentemente, continua velejando *em algum lugar*, pois durante o transe hipnótico, à hora do nascer do sol, Mrs. Harker nos fez o mesmo relato. É possível que a escuna esteja aguardando para aportar, devido ao nevoeiro; alguns dos vapores que chegaram na noite passada informaram haver trechos sob nevoeiro tanto ao norte quanto ao sul do porto. Temos que continuar atentos, pois a escuna pode agora ser avistada a qualquer momento.

27 de outubro, meio-dia – É muito estranho. Ainda não há notícias da escuna que aguardamos. Mrs. Harker nos fez seu relato da mesma forma ontem à noite e hoje pela manhã: "ondas batendo e mar em movimento", embora tenha acrescentado que "o barulho das ondas era muito fraco". Os telegramas de Londres foram idênticos: "Sem mais notícias." Van Helsing está terrivelmente ansioso e acaba de me dizer o quanto teme que o conde nos esteja escapando. Acrescentou, de maneira significativa:

– Não gostei da letargia de madame Mina. Espíritos e memórias podem fazer coisas estranhas durante o transe.

Eu estava prestes a lhe pedir que falasse mais a respeito, mas Harker entrou nesse exato instante, e o professor ergueu a mão em sinal de advertência. Hoje, à hora do pôr do sol, temos que fazer com que ela fale mais abertamente do que quando em seus transes hipnóticos.

Telegrama de Rufus Smith, do Lloyd's de Londres, para lorde Godalming, aos cuidados de Sua Majestade Britânica, vice-cônsul em Varna

"***28 de outubro*** – A *Czarina Catherine* registrou sua entrada em Galatz hoje à uma hora."

Diário do dr. Seward

28 de outubro – Quando recebemos o telegrama anunciando a chegada da escuna em Galatz, creio que não foi para nenhum de nós um choque como o que poderíamos esperar. Na verdade, não sabíamos de onde, ou como, ou quando viria o golpe, mas creio que todos esperávamos que algo de estranho fosse acontecer. O atraso da chegada em Varna nos deixou a todos com a impressão de que as coisas não aconteceriam exatamente conforme o esperado; aguardávamos apenas para saber qual seria a mudança. Apesar disso, porém, foi uma surpresa. Suponho que a natureza trabalhe sobre o princípio da esperança, e acreditamos, a despeito de nós mesmos, que as coisas serão como deveriam ser, e não como deveríamos saber que serão. O transcendentalismo é uma fonte de luz e inspiração angélica, mesmo que seja uma ilusão para os homens. Foi uma experiência insólita, e cada um de nós reagiu de maneira diferente. Van Helsing ergueu as mãos para o céu por um instante, como se rogasse ao Todo-Poderoso, mas não disse uma palavra e, em poucos segundos, se pôs de pé, a face rígida. Lorde Godalming ficou muito pálido e se sentou, com a respiração acelerada. Eu próprio fiquei meio atordoado e olhei para cada um deles alternadamente, surpreso. Quincey Morris apertou o cinto com aquele movimento rápido que eu conhecia tão bem; na época em que errávamos pelo mundo, significava "ação". Mrs. Harker ficou pálida como a morte, o que fez com que a cicatriz em sua fronte parecesse estar em brasa, mas ela juntou as mãos docilmente e ergueu os olhos, rezando.

Harker sorriu – sorriu mesmo, mas era o sorriso amargo e sombrio dos que não têm esperanças. Ao mesmo tempo, contudo, sua atitude desmentiu suas palavras, pois suas mãos instintivamente procuraram pelo cabo do facão Kukri e ali ficaram.

– Quando parte o próximo trem para Galatz? – perguntou Van Helsing dirigindo-se a todos nós.

– Amanhã pela manhã, às seis e meia!

Todos ficamos muito surpresos, pois a resposta veio de Mrs. Harker.

– Como é possível que a senhora saiba? – perguntou Art.

– Está se esquecendo de que sou a fanática por trens, embora Jonathan saiba disso e o dr. Van Helsing também. Em Exeter, costumava anotar os horários, de modo a ser útil a meu marido. Descobri que isso às vezes se revelava tão útil que sempre faço um estudo dos horários dos trens agora. Sabia que, se alguma coisa nos obrigasse a ir até o Castelo Drácula, teríamos que ir via Galatz, ou de qualquer modo via Bucareste; então, informei-me cuidadosamente sobre os horários. Infelizmente, não é muita coisa, pois o trem a que me referi é o único a partir amanhã.

– Que mulher maravilhosa! – murmurou o professor.

– Será que conseguimos trem especial? – perguntou lorde Godalming. Van Helsing fez que não com a cabeça:

– Receio que não. Este é um país muito diferente do seu e do meu; mesmo que conseguíssemos um trem especial, provavelmente andaria mais devagar do que o nosso trem comum. Além do mais, temos que fazer preparativos. Precisamos refletir. Vamos nos organizar: o amigo Arthur vai até a estação, compra as passagens e toma todas as providências necessárias para que possamos partir amanhã pela manhã. O amigo Jonathan vai falar com o agente da escuna, obtendo dele cartas para o agente em Galatz, com autorização para vasculhar a embarcação igual à que tínhamos aqui. Quincey Morris vai falar com o vice-cônsul e pedir-lhe que nos ajude junto ao seu colega em Galatz e facilite nossa viagem, evitando que percamos tempo no Danúbio. John ficará com madame Mina e comigo, para discutirmos o assunto. Assim sendo, não terá importância se essas providências lhes tomarem tempo e se atrasarem, pois à hora do pôr do sol estarei aqui com madame, para ouvir seu relato.

– E eu tentarei ser útil de todas as maneiras possíveis – disse Mrs. Harker com vivacidade; há bastante tempo eu não a via tão parecida com seu antigo eu. – Vou pensar e escrever para vocês como costumava fazer. Algo está se afastando de mim de um modo estranho, e me sinto mais livre do que tenho estado ultimamente!

Os três rapazes pareceram se alegrar quando compreenderam o significado de suas palavras; ao nos entreolharmos, porém, Van Helsing e eu nos deparamos com a mesma expressão preocupada e séria. Nada dissemos, porém, no momento.

Depois que os três saíram para cumprir suas tarefas, Van Helsing pediu a Mrs. Harker que consultasse a cópia dos diários e encontrasse a parte escrita por Harker no castelo. Ela foi buscar os papéis. Quando ela saiu, o professor fechou a porta e me disse:

– Temos a mesma impressão! Fale!

– Houve mudanças. É uma esperança que me deixa aflito, pois talvez venhamos a nos frustrar.

– Exatamente. Sabe por que pedi a ela que fosse buscar o manuscrito?

– Não! – disse eu. – A não ser que quisesse uma oportunidade de estar a sós comigo.

– Você está certo, em parte, amigo John; mas só em parte. Há algo que quero lhe dizer. E, ah, meu amigo, estou correndo um risco imenso, um risco terrível, mas acredito que tenha razão. No momento em que madame Mina disse aquelas palavras cujo significado nós dois compreendemos, uma luz se acendeu para mim. Durante o transe, há três dias, o conde enviou seu espírito para ler a mente dela; ou, o que é mais provável, fez com que ela o visse em seu caixote de terra, na escuna, com o barulho do mar ao redor, do mesmo jeito como ela o vê à hora do nascer do sol e do ocaso. Descobriu que estamos aqui, pois ela tem mais a dizer, vivendo entre os homens, com olhos para ver e ouvidos para ouvir, do que ele, trancafiado como está em seu caixão. E agora faz esse último esforço para fugir de nós. No momento, não a quer. Seu grande conhecimento lhe dá a certeza de que ela atenderá ao seu chamado; mas a exclui temporariamente de seu campo de influência, como tem a capacidade de fazer, para que ela não vá até ele. Ah! Tenho esperanças de que nossos cérebros de homens, que o têm sido há tanto tempo e que não perderam a graça de Deus, elevem-se acima daquele cérebro infantil confinado há séculos a um túmulo, que ainda não alcançou a nossa estatura e só opera de maneira egoísta; limitada, portanto. Aí vem madame Mina. Não lhe diga uma palavra a respeito de seu transe! Ela não sabe e, se viesse a saber, ficaria arrasada e desesperada, num momento em que precisamos de toda a sua esperança e coragem, num momento em que precisamos que use sua mente, treinada como a de um homem, mas pertencente a uma mulher adorável e dotada de um poder especial que lhe foi conferido pelo conde; nem mesmo ele pode privá-la inteiramente desse poder, embora acredite que sim. Silêncio! Deixe-me falar e saberá. Ah, John, meu amigo, estamos em terríveis dificuldades. Tenho medo, um medo maior do que jamais tive. Só podemos confiar no bom Deus. Silêncio! Aí vem ela.

Achei que o professor fosse perder o controle e ter uma crise de histeria, como a que teve quando Lucy morreu, mas com um enorme esforço ele conseguiu se conter e estava no mais perfeito equilíbrio nervoso quando Mrs. Harker entrou no escritório, animada, alegre e aparentemente esquecida de seus infortúnios enquanto fazia seu trabalho. Entregou certa quantidade de folhas datilografadas a Van Helsing. Ele as examinou com ar grave, e seu rosto foi se iluminando conforme lia. Então, segurando as folhas entre o polegar e o indicador, disse:

— Amigo John, eis uma lição para você, que já tem tanta experiência; e também para a senhora, cara madame Mina, que ainda é jovem. jamais tenham medo de pensar. Uma ideia tem ficado zumbindo com frequência em meu cérebro, mas temo dar-lhe asas. Agora, com mais conhecimento, retorno aonde essa ideia se originou e descubro que não se trata apenas de uma ideia incipiente, mas de um pensamento completo, embora tão jovem que ainda não é forte o suficiente para usar suas asinhas. Como o "Patinho Feio" de meu amigo Hans Andersen, não é um pensamento-patinho, mas um enorme pensamento-cisne que desliza com toda a nobreza e com grandes asas assim que é chegado o momento de usá-las. Vejam, acabo de ler aqui o que Jonathan escreveu: "Um outro de sua raça que, mais tarde, levou repetidas vezes suas forças a cruzarem o rio; aquele que, uma vez derrotado, retornava, e retornava, e retornava, embora tivesse que regressar sozinho do campo sangrento onde suas tropas estavam sendo dilaceradas, pois sabia que somente ele poderia, ao fim, triunfar." O que isso nos revela? Não muito? Não! O pensamento infantil do conde nada vê; é por isso que ele fala tão abertamente. E nosso pensamento de homens nada vê, até este momento. Não! Mas eis que se ouve uma outra palavra, dita por alguém que fala sem pensar porque também ela não sabe o que significa, ou o que *poderia* significar. Do mesmo modo como, na natureza, há elementos inertes que, com o passar do tempo, acabam por se tocar; então, puf!, surge um clarão imenso que cega e mata e destrói alguns, mas que ilumina a Terra lá embaixo por quilômetros e quilômetros. Não é assim? Bem, vou explicar. Para começar, vocês já estudaram a filosofia do crime? "Sim" e "não". Você, John, sim, pois é um estudo da loucura. A senhora não, madame Mina, pois o crime não a afeta, à exceção daquele único episódio. Ainda assim, raciocina com correção e não argumenta *a particulari ad universale.* Os criminosos têm uma peculiaridade. É tão constante, em todos os países e em todas as épocas, a ponto de até mesmo a polícia, que não sabe muita filosofia, vir a descobrir, de forma empírica, que *é assim.* Isso é ser empírico. O criminoso sempre trabalha num crime; isto é, o verdadeiro criminoso, aquele que parece predestinado ao crime e que não se dedica a nada além disso. Esse criminoso não tem uma mente inteiramente desenvolvida. É esperto, astuto e habilidoso, mas seu cérebro não tem a estatura do cérebro dos outros homens. Em muitos aspectos, tem um cérebro infantil. Esse nosso criminoso também está predestinado a cometer crimes; também tem um cérebro infantil, e é característico de uma criança fazer o que ele fez. O passarinho, o peixinho, os pequenos animais não aprendem por princípios, mas de maneira empírica; quando aprendem o que fazer, já têm um ponto de partida para fazer mais coisas. "*Dos pon sto*", disse Arquimedes. "Deem-me um ponto de apoio, e serei capaz de mover o mundo!" O ponto de apoio a partir do qual o cérebro infantil se torna um cérebro adulto é a experiência. É o ato de fazer uma vez. Enquanto tiver a intenção de fazer mais coisas, continua se repetindo uma vez após a outra! Ah, minha cara, vejo que seus olhos estão abertos, e que para a senhora o clarão luminoso revela toda a vasta extensão lá embaixo. – Mrs. Harker começou a bater palmas, e seus olhos cintilaram. – Agora deve falar – prosseguiu ele. – Diga a nós, frios homens da ciência, o que vê com esses olhos tão brilhantes.

Ele tomou-lhe a mão, segurando-a enquanto ela falava. O indicador e o polegar fecharam-se em torno de seu punho – instintivamente, foi o que pensei.

– O conde é um criminoso e tem a natureza de um criminoso – disse ela. – Nordau e Lombroso haveriam de classificá-lo assim, e, *como* criminoso, a formação de sua mente é imperfeita. Assim, quando em dificuldades, tem que buscar seus recursos no hábito. Seu passado é uma pista, e a única página que conhecemos desse passado, a que ele próprio nos contou, nos diz que, no passado, quando se encontrava no que Mr. Morris chamaria de "maus lençóis", o conde deixou o território que tentara invadir e regressou ao seu país; então, mantendo-se firme em seu propósito, preparou-se para uma nova investida. Voltou, mais bem equipado para a luta, e venceu. Assim foi também a Londres, para invadir um novo território. Foi derrotado, e, quando já não lhe restavam esperanças de sucesso e sua existência estava em perigo, atravessou o mar e regressou às pressas ao seu lar, do mesmo modo como atravessara antes o Danúbio, voltando do território turco.

– Muito bom, muito bom! Ah, mas que mulher inteligente! – disse Van Helsing, entusiasmado, inclinando-se e beijando-lhe a mão.

Um instante depois, ele me disse, calmamente, como se estivéssemos fazendo uma consulta numa enfermaria:

– Só 72, e com toda essa animação. Ainda tenho esperanças. – E virou-se novamente para ela. – Mas prossiga – disse, na maior expectativa. – Prossiga! Há mais coisas a dizer, se quiser. Não tenha medo; John e eu sabemos. Eu sei, de qualquer modo, e direi se estiver correta. Fale sem receio!

– Vou tentar, mas terão que me perdoar se eu parecer egotista.

– Não, não tenha medo. A senhora tem que ser egotista, pois é na senhora que estamos pensando.

– Então, assim como ele é criminoso, é egoísta; seu intelecto é pequeno e sua ação é baseada somente em seus interesses; ele se restringe a um único objetivo. Nesse objetivo não há espaço para o remorso. Do mesmo modo como fugiu, atravessando o Danúbio e deixando seu exército ser feito em pedaços, assim também tem agora a intenção de se proteger, sem se importar com nada mais. Seu egoísmo, portanto, liberta um pouco meu espírito do terrível poder que adquiriu sobre mim naquela noite medonha. Eu pude senti-lo! Ah, eu pude senti-lo! Graças a Deus por Sua misericórdia. Minha alma está mais livre agora do que em qualquer outro momento desde aquela hora assustadora; só o que ainda me assombra é o medo de que, durante algum transe ou sonho, ele tenha se usado do meu conhecimento em prol de seus propósitos.

O professor se pôs de pé:

– É verdade que ele tenha usado dessa forma sua mente. Foi por isso que nos deixou aqui em Varna, enquanto a escuna em que embarcara seguia, em meio a um espesso nevoeiro, até Galatz. Lá, sem dúvida ele se preparou para fugir de nós. Foi apenas esse, porém, o alcance de sua mente infantil. Pode ser que, como sempre acontece quando a Providência Divina está em ação, aquilo com que esse ser maligno mais contava para alcançar seus objetivos egoístas acabe por lhe causar os maiores danos. O caçador é pego em sua própria armadilha, como diz o grande salmista. Pois, agora que ele acha que está inteiramente livre de nós, que conseguiu fugir deixando-nos muitas horas para trás, seu cérebro infantil e egoísta vai lhe sugerir que durma. Ele também acha que, ao deixar de ler sua mente, a senhora também não poderá ter acesso à dele; esse é o seu grande engano! Esse terrível batismo de sangue a que a submeteu deixa-a livre para ir até ele em espírito, como fez até o momento em seus períodos de liberdade, ao nascer e ao pôr do sol. Nesses instantes, a senhora está obedecendo à minha vontade, e não à dele. Esse poder, que é possível usar em favor do seu próprio bem e dos outros, a senhora ganhou, através do sofrimento, das mãos dele. Agora, nos é muito útil o fato de ele não saber disso, e de, para se proteger, ter se desligado até mesmo do conhecimento de nosso paradeiro. Nós, contudo, não somos egoístas; acreditamos que Deus esteja conosco em meio a toda essa escuridão e durante todas essas longas horas difíceis. Vamos segui-lo. Não recuaremos, mesmo que corramos o risco de nos tornarmos seres iguais a ele. Amigo John, este foi um momento muito especial; conseguimos avançar muito em nosso caminho. Tem que escrever tudo isso para que os outros possam ler, mais tarde, quando regressarem de seu trabalho. Então, ficarão a par de tudo, como nós estamos.

Assim sendo, escrevi estas páginas enquanto aguardamos seu retorno, e Mrs. Harker datilografou tudo o que aconteceu desde que chegou com o manuscrito.

CAPÍTULO 26

Diário do dr. Seward

29 de outubro – Estas páginas foram escritas no trem, entre Varna e Galatz. Na noite passada reunimo-nos um pouco antes da hora do poente. Cada um de nós tinha cumprido suas tarefas da melhor forma possível; no que diz respeito às reflexões, ao empenho e ao bom uso das oportunidades, estamos preparados para nossa viagem, e para o trabalho que teremos que fazer ao chegar em Galatz. Quando o momento habitual se aproximou, Mrs. Harker preparou-se para seu transe hipnótico; após um esforço maior e mais prolongado da parte de Van Helsing do que normalmente se fazia necessário, ela mergulhou no transe. O habitual é que ela fale tão logo receba o estímulo, mas dessa vez o professor teve que lhe fazer perguntas, e de forma bem direta, para que pudéssemos descobrir alguma coisa. Afinal, veio a resposta:

– Não consigo ver nada; estamos parados; não há ondas batendo, mas somente um ruído constante de água correndo suavemente junto à espia. Posso ouvir vozes de homens gritando, perto e longe, e o ruído dos remos nas toleteiras. Um tiro é disparado em algum lugar; o eco parece distante. Ouço passos lá em cima, e o arrastar de cordas e correntes. O que é isto? Vejo um clarão e posso sentir o sopro do ar sobre meu corpo.

Ela se interrompeu nesse momento. Havia se erguido como que impulsivamente do lugar onde estava deitada, no sofá. Levantara as duas mãos, com as palmas para cima, como se estivesse erguendo um peso. Van Helsing e eu trocamos olhares de entendimento. Quincey ergueu as sobrancelhas e ficou olhando atentamente para ela, enquanto Harker instintivamente agarrou o cabo de seu facão Kukri. Fez-se uma longa pausa. Todos sabíamos que o período em que ela era capaz de falar estava passando, mas sentíamos que era inútil dizer alguma coisa. Subitamente, ela se sentou e disse, com delicadeza, ao abrir os olhos:

– Será que nenhum de vocês quer uma xícara de chá? Devem estar todos tão cansados!

Como só queríamos vê-la feliz, aceitamos a oferta. Depois que ela se foi, Van Helsing disse:

– Estão vendo, meus amigos, que *ele* está bem perto. Saiu de dentro de sua arca de terra, mas ainda tem que chegar à terra firme. À noite, talvez se esconda em algum lugar, mas se não for carregado até a terra firme, ou se a escuna não a tocar, não tem como desembarcar. Nesse caso, durante a noite poderia mudar sua forma física e pular ou voar por *sobre* a água, como fez em Whitby. Se o dia nascer, porém, antes que ele consiga chegar à terra firme, então não poderá fugir, a menos que o carreguem. E se for carregado, os oficiais da alfândega talvez descubram o que contém o caixote. Assim sendo, em suma, se ele não fugir para a terra firme hoje à noite ou antes da aurora, terá perdido o dia. Talvez cheguemos a tempo; se ele não deixar a escuna à noite iremos encontrá-lo de dia, encaixotado e à nossa mercê. Pois ele não ousa ficar acordado e visível em sua verdadeira forma física, com medo de ser descoberto.

Nada mais havia a dizer. Aguardamos pacientemente até a aurora, quando então poderíamos obter mais informações junto a Mrs. Harker.

Bem cedo pela manhã aguardávamos, com o fôlego suspenso de ansiedade, pelas suas respostas durante o transe. O estágio hipnótico demorou ainda mais para chegar do que antes; quando se instalou, o tempo restante até o nascer do sol era tão pouco que começamos a entrar em desespero. Van Helsing parecia empenhar sua alma no esforço; afinal, em obediência ao seu comando, ela respondeu:

– Está tudo escuro. Ouço o marulho das ondas no mesmo nível em que estou, e uns estalos como os da madeira.

Ela se interrompeu, e o sol vermelho raiou. Teremos que esperar até a noite.

Assim, estamos viajando para Galatz angustiados e em grande expectativa. Deveríamos chegar entre as duas e as três horas da madrugada, mas já em Bucareste estamos com três horas de atraso, de modo que não conseguiremos chegar antes do nascer do sol. Teremos, portanto, mais duas mensagens hipnóticas de Mrs. Harker; através de uma delas, ou mesmo de ambas, talvez alguma luz se acenda sobre o que está acontecendo.

Mais tarde – O ocaso veio e se foi. Por sorte, ocorreu num momento em que não havia distrações; se tivesse nos surpreendido numa estação, não teríamos conseguido obter a calma e a isolação necessárias. Mrs. Harker cedeu com prontidão ainda menor do que a de hoje de manhã ao transe hipnótico. Temo que seu poder de ler as sensações do conde venha a cessar no momento em que nos é mais necessário. Parece-me que sua imaginação está começando a funcionar. Até agora, quando em transe, ela se limitou ao relato puro e simples dos fatos. Se isso continuar acontecendo, talvez acabe por nos confundir, em última análise. Se eu achasse que o poder do conde sobre Mrs. Harker cessaria junto com o poder de conhecimento dela, ficaria satisfeito, mas temo que não seja assim. Quando ela por fim falou, suas palavras foram enigmáticas:

– Alguma coisa está acontecendo; sinto passar por mim algo como um vento frio. Posso ouvir, a distância, sons confusos, como se fossem vozes de homens falando em línguas desconhecidas, água caindo com força e lobos uivando.

Ela parou e estremeceu, com uma intensidade cada vez maior, durante alguns segundos; por fim, tremia de forma descontrolada. Nada mais disse, nem mesmo em resposta às perguntas que o professor fazia de forma imperativa. Quando acordou do transe, sentia frio e estava lânguida e exausta, mas sua mente encontrava-se alerta. Não conseguia se lembrar de coisa alguma, mas perguntou o que havia dito. Quando lhe contamos, ela refletiu profundamente a respeito durante um bom tempo, em silêncio.

30 de outubro, sete horas – Estamos agora perto de Galatz, e eu talvez não tenha tempo de escrever mais tarde. Todos nós aguardávamos com muita ansiedade o nascer do sol, hoje de manhã. Ciente da crescente dificuldade de fazer Mrs. Harker ingressar no transe hipnótico, Van Helsing começou seus passes mais cedo do que o habitual. Não tiveram qualquer efeito, porém, até o horário costumeiro, e ela cedeu com dificuldade ainda maior, apenas um minuto antes do nascer do sol. O professor não perdeu tempo em fazer-lhe as perguntas; sua resposta veio com igual rapidez:

– Tudo está escuro. Ouço a água correndo, no mesmo nível dos meus ouvidos, e o estalar de madeira contra madeira. O mugir do gado, a distância. Há outro som, um som esquisito, como... – Ela parou e começou a ficar cada vez mais pálida.

– Continue! Fale, eu ordeno! – disse Van Helsing, aflito.

Havia ao mesmo tempo desespero em seus olhos, pois o sol que nascia produzia reflexos avermelhados até mesmo no rosto pálido de Mrs. Harker. Ela abriu os olhos, e todos ficamos surpresos quando disse, de maneira gentil e com aparente indiferença:

– Ah, professor, por que me pede para fazer o que sabe que não posso? Não me lembro de nada.

Em seguida, vendo a expressão de surpresa em nosso rosto, disse, virando-se alternadamente para cada um de nós:

– O que foi que eu disse? O que foi que eu fiz? Não sei de nada, exceto que estava deitada lá, semiadormecida, e o ouvi dizer "Continue!

Fale, eu ordeno!". Pareceu-me tão engraçado ouvi-lo me dar ordens, como se eu fosse uma criança travessa!

– Ah, madame Mina – disse ele, tristemente –, quando palavras que visam ao seu bem, ditas com mais sinceridade do que nunca, parecem tão estranhas, por serem ordens dadas àquela a quem me orgulho de obedecer, isso é uma prova, se provas forem necessárias, do quanto eu a estimo e respeito!

O trem está apitando; aproximamo-nos de Galatz. Estamos ardendo de ansiedade e impaciência.

Diário de Mina Harker

30 de outubro – Mr. Morris levou-me ao hotel onde nossos quartos foram reservados através de telegramas, já que ele, por não falar idiomas estrangeiros, é o único de que podem abrir mão, no momento. As forças foram distribuídas como haviam sido em Varna, com uma exceção: lorde Godalming foi falar com o vice-cônsul; seu título pode funcionar como uma espécie de garantia imediata ao oficial, já que estamos com uma pressa enorme. Jonathan e os dois médicos foram ao encarregado de expedição de mercadorias, a fim de se pôr a par de detalhes acerca da chegada da *Czarina Catherine.*

Mais tarde – Lorde Godalming voltou. O cônsul está ausente e o vice--cônsul encontra-se doente; o trabalho rotineiro está sendo feito por um funcionário – que foi muito amável e se ofereceu para fazer o que estiver em seu poder.

Diário de Jonathan Harker

30 de outubro – Às nove horas, o dr. Van Helsing, o dr. Seward e eu fomos ter com os senhores Mackenzie & Steinkov, agentes da firma londrina Hapgood. Em resposta ao pedido enviado por lorde

Godalming, eles haviam recebido de Londres um telegrama solicitando-lhes que nos atendessem com toda a cortesia. Foram mais do que gentis e polidos, levando-nos imediatamente a bordo da *Czarina Catherine*, ancorada no porto fluvial. Lá vimos o comandante, chamado Donelson, que nos contou sobre a viagem. Disse que em toda sua vida jamais encontrara ventos tão favoráveis.

– Minha nossa – disse ele –, estávamos tão apavorados. Achávamos que a má sorte ia nos visitar e perderíamos o navio. Não é normal ir tão rápido de Londres ao mar Negro com o vento ao nosso favor. Era como se o próprio Diabo estivesse soprando nossas velas, com algum objetivo particular dele. E o tempo todo não conseguíamos ver nada. Sempre que chegávamos perto de algum barco, de algum porto ou de algum cabo, o nevoeiro nos envolvia e seguia conosco. Quando se dissipava e olhávamos para o mar, já não conseguíamos ver nada. Atravessamos Gibraltar sem poder sinalizar, e só encontramos alguém quando chegamos em Dardanelos e ficamos esperando pela permissão para seguir viagem. Primeiro, eu estava inclinado a afrouxar um pouquinho as velas até o nevoeiro diminuir, mas achei que se o Diabo estava determinado a nos fazer chegar logo ao mar Negro, ia conseguir, quiséssemos nós ou não. Se fizéssemos uma viagem rápida, não ficaríamos nada mal aos olhos dos proprietários, e não prejudicaria nossos negócios. E o velho que havíamos ajudado ficaria bem agradecido por não ter sido impedido.

Essa mistura de simplicidade e astúcia, de superstição e raciocínio comercial, despertou Van Helsing, que disse:

– Meu amigo, esse Diabo é mais esperto do que alguns acreditam; e ele sabe quando encontra um adversário à altura!

O gracejo não desagradou ao comandante, que prosseguiu:

– Depois que passamos pelo Bósforo, os homens começaram a resmungar. Alguns deles, os romenos, vieram me pedir que lançasse ao mar um caixote grande que um velho esquisito trouxera a bordo logo antes de zarparmos de Londres. Eu vira esses homens olharem assustados para o sujeito e apontarem para ele dois dedos quando o viram, a fim de se proteger do mau-olhado. Puxa, essa superstição dos estrangeiros é bem ridícula! Mandei que voltassem ao trabalho na mesma hora, mas, logo depois que um nevoeiro envolveu o barco, eu mesmo me senti um pouco estranho por causa de alguma coisa. Mas não posso dizer que fosse por causa do caixote. Bem, continuamos, e como o nevoeiro não se dissipasse por cinco dias, simplesmente deixei o vento nos levar. Porque se o Diabo quisesse chegar a algum lugar, bem, é claro que ia conseguir. E se não quisesse, de qualquer modo ficaríamos de olho. Tivemos de fato bom tempo e navegamos em águas profundas o tempo todo. Há dois dias, quando o sol penetrou o nevoeiro, nos encontramos exatamente no rio em frente a Galatz. Os romenos estavam histéricos e queriam que, certo ou errado, eu tirasse a caixa e a jogasse no rio. Tive que discutir com eles com uma alavanca de madeira. Quando o último deles levantou-se do chão segurando com as mãos a cabeça, tive de convencê-los de que, mau-olhado ou não, a propriedade e a confiança dos proprietários seriam mais bem servidas em minhas mãos do que no Danúbio. Reparem bem, esses homens já tinham levado a caixa até o convés e estavam prontos para lançá-la na água. Como estava marcado nela *Galatz via Varna*, achei melhor deixá-la ali até descarregarmos as mercadorias no porto e nos livrarmos dela de uma vez por todas. Não conseguimos descarregar muita coisa naquele dia e tivemos que ficar ancorados durante a noite. Mas, bem cedinho na manhã seguinte, um senhor subiu a bordo com uma ordem, proveniente da Inglaterra, para receber uma caixa destinada a um tal conde Drácula. Os papéis estavam em ordem, e eu fiquei feliz por me livrar da maldita caixa, pois também estava começando a ficar inquieto com aquilo. Se o Diabo tivesse alguns pertences no navio, acho que não era nada mais nem nada menos do que a própria!

– Como se chamava o homem que o levou? – perguntou o dr. Van Helsing, contendo sua ansiedade.

– Já vou lhe dizer – respondeu o comandante.

Descendo até a cabine, voltou de lá com um recibo assinado por "Immanuel Hildesheim". O endereço era Burgenstrasse, 16.

Descobrimos que isso era tudo o que o comandante sabia; agradecemos e fomos embora.

Encontramos Hildesheim em seu escritório. Tratava-se de um hebreu tipo "Teatro Adelphia", com o nariz igual ao de um carneiro e um fez. Seus argumentos eram sublinhados com dinheiro – essa parte cabendo a nós –, e com certa barganha ele nos contou o que sabia. Suas informações se revelaram bastante simples, mas importantes. Ele recebera uma carta de Mr. de Ville, de Londres, dizendo-lhe que recebesse, se possível antes do raiar do dia, para evitar os oficiais da alfândega, uma caixa que chegaria a Galatz a bordo da *Czarina Catherine*. Deveria deixá-la aos cuidados de um certo Petrov Skinski, que negociava com os eslovacos que faziam o transporte pelo rio até o porto. Seus serviços haviam sido pagos por uma promissória de um banco inglês, devidamente descontada em ouro no Danube International Bank. Quando Skinski aparecera, ele o levara até a escuna e lhe entregara a caixa, a fim de economizar as despesas com o carreto. Era tudo o que sabia.

Quando procuramos por Skinski, não conseguimos encontrá-lo. Um de seus vizinhos, que não parecia gostar muito dele, disse que partira dois dias antes; ninguém sabia para onde. A informação foi confirmada pelo senhorio, a quem um mensageiro entregara a chave da casa e o pagamento do aluguel – em moeda inglesa. Isso ocorrera entre as dez e as 11 horas, na noite anterior. Estávamos novamente num beco sem saída.

Enquanto conversávamos, alguém chegou correndo, sem fôlego, dizendo que o corpo de Skinski havia sido encontrado dentro dos muros do adro de St. Peter, e que a garganta havia sido dilacerada, como que por algum animal selvagem. Os homens com quem falávamos correram para ver o horror, o sujeito gritando "Isso é coisa de algum eslovaco!". Fomos embora depressa, para evitar que nos relacionassem de alguma forma ao crime e assim nos detivessem.

Ao chegarmos ao hotel, não havia qualquer conclusão definitiva. Estávamos todos convencidos de que o caixote estava a caminho de algum lugar, por água, mas qual poderia ser esse lugar era algo que teríamos que descobrir. Com o ânimo abatido, voltamos para junto de Mina.

Quando nos reunimos, a primeira coisa a fazer era decidir se Mina voltaria a compartilhar de nossos planos e discussões. Estamos numa situação desesperada, e isso seria pelo menos correr o risco, embora um risco grande. Como um primeiro passo, fui liberado da promessa que fizera a ela.

Diário de Mina Harker

30 de outubro, à noite – Todos estavam tão exaustos e esgotados e abatidos que nada havia a fazer até que tivessem descansado um pouco. Assim sendo, pedi-lhes que se deitassem por meia hora enquanto eu anotava tudo o que acontecera até o momento. Fico muito grata ao homem que inventou a máquina de escrever "Traveller's" e a Mr. Morris, que comprou esta aqui para mim. Ficaria perdida se tivesse que escrever com pena e tinta.

Tudo já foi feito. Como meu pobre querido Jonathan não deve ter sofrido, como não deve estar sofrendo agora! Está deitado no sofá e mal parece respirar; a impressão é de que todo o seu corpo entrou em colapso. As sobrancelhas estão franzidas e todo o seu rosto está contraído com a dor. Pobre rapaz; talvez ele esteja pensando, e posso ver sua face enrugar com o esforço da concentração. Ah! Se eu pudesse ajudar no que fosse... Farei o que puder.

Pedi ao dr. Van Helsing todos os papéis que ainda não li, e ele me atendeu... Enquanto descansam, vou ler tudo com cuidado e talvez chegue a alguma conclusão. Vou tentar seguir o exemplo do professor e refletir sem preconceitos sobre os fatos que se abrem diante de mim...

Acredito que, com a graça de Deus, tenha feito uma descoberta. Vou apanhar os mapas e examiná-los...

Estou mais do que nunca convencida de que tenho razão. Já anotei minha nova conclusão; reunirei os outros e lerei o que escrevi. Eles poderão julgar; convém ser precisa, e cada minuto é muito importante.

Memorando de Mina Harker
(Registrado em seu diário.)

Base da investigação – O problema do conde Drácula é regressar ao seu castelo.

(*a*) É necessário que ele seja *levado de volta* por alguém. Isso é evidente, pois se ele tivesse condições de se deslocar como quisesse, poderia ir como homem, como lobo, como morcego ou de alguma outra forma. É óbvio que teme ser descoberto, ou que haja interferências em seu plano, no estado de impotência em que deve se encontrar – confinado como está a um caixote de madeira, entre a aurora e o poente.

(*b*) *Como ele será levado?* – Aqui um processo de exclusões pode nos ajudar. Pela estrada, pela ferrovia ou por água?

1. *Pela estrada*. – Há infinitas dificuldades, sobretudo para deixar a cidade.

(*x*) Há pessoas; pessoas são curiosas, e fazem investigações. Uma insinuação, uma suspeita, uma dúvida sobre o que poderia haver dentro da caixa poderiam destruí-lo.

(*y*) Há, ou pode haver, oficiais da alfândega e cobradores de impostos pelos quais teria que passar.

(*z*) Seus perseguidores poderiam segui-lo. Esse é o seu maior medo; para evitar que descubram seu paradeiro, ele repele, até onde é capaz de fazê-lo, sua própria vítima – eu!

2. *Pela ferrovia*. – Não há ninguém para cuidar da caixa. Ele teria que correr o risco de sofrer algum atraso, e qualquer demora seria fatal, com os inimigos em seu encalço. É verdade que pode fugir à noite; mas o que seria dele se deixado num lugar estranho, sem um refúgio onde se esconder? Não é o que tem em mente; não pretende correr riscos.

3. *Por água*. – Essa é a forma mais segura, por um aspecto, mas a mais perigosa, por outro. Na água ele perde seus poderes, exceto à noite; mesmo então, só pode invocar o nevoeiro, a tempestade, a neve e seus lobos. Se naufragasse, porém, a água haveria de tragá-lo; impotente, ele seria destruído. Poderia fazer com que a escuna se aproximasse da terra firme, mas se fosse terra inimiga, onde não tivesse liberdade para ir e vir, sua situação ainda seria desesperadora.

Sabemos, a partir destes registros, que ele estava viajando por água; o que precisamos fazer, portanto, é definir *qual* água.

A primeira coisa a descobrir é o que exatamente ele fez até o momento; então, talvez tenhamos alguma pista de quais serão seus próximos passos.

Primeiro. – Temos que distinguir entre o que ele fez em Londres como parte de seu plano geral de ação e o que fez sob pressão, em momentos em que tinha de se arranjar da melhor forma possível.

Segundo. – Temos que descobrir, até onde pudermos deduzir a partir dos fatos que conhecemos, o que ele fez até o momento.

Quanto ao primeiro ponto, ele obviamente tinha a intenção de ir até Galatz, mandando a fatura para Varna a fim de nos despistar caso averiguássemos a forma como partiu de Londres. Seu propósito único e imediato era fugir. Prova disso é a carta com instruções que enviou para Immanuel Hildesheim, dizendo-lhe que liberasse e desembarcasse a caixa *antes do nascer do sol*. Há também as instruções a Petrov Skinski. Só podemos fazer conjecturas, aqui, mas deve ter havido alguma carta ou mensagem, já que Skinski procurou Hildesheim.

Todos sabemos que seus planos, até aqui, foram bem-sucedidos. A *Czarina Catherine* fez uma viagem surpreendentemente rápida – tão rápida a ponto de merecer a desconfiança do capitão Donelson; mas sua superstição junto com sua esperteza beneficiaram o conde, e a escuna seguiu a toda velocidade, sob os ventos favoráveis e através do nevoeiro, até aportar em Galatz, às cegas. Também já foi comprovado que as instruções do conde foram cumpridas. Hildesheim liberou a caixa, desembarcou-a da escuna e a entregou a Skinski. Este apanhou-a – e aqui perdemos a pista. Tudo o que sabemos é que a caixa está em algum lugar sobre a água, seguindo adiante. A alfândega e os cobradores de impostos, se é que isso funciona por aqui, foram evitados.

Agora temos que nos perguntar o que o conde pode ter feito após sua chegada – em *terra firme*, em Galatz.

A caixa foi entregue a Skinski antes do nascer do sol. À hora da alvorada, o conde poderia aparecer em sua própria forma. Neste ponto, cabe perguntar por que Skinski resolveu colaborar. No diário de meu marido, Skinski é mencionado como alguém que negocia com os eslovacos que fazem o transporte pelo rio até o porto; e a observação daquele homem, de que o assassinato "era coisa de algum eslovaco", demonstra qual o sentimento geral com relação a essa gente. O conde queria ficar isolado.

Eis o que deduzo daí: em Londres, o conde decidiu voltar a seu castelo por água, por ser esse o meio mais seguro e discreto. Os ciganos o haviam trazido do castelo e provavelmente entregaram a carga aos eslovacos, que levaram as caixas até Varna, onde seriam embarcadas e seguiriam para Londres. Assim, o conde tem conhecimento de quais as pessoas capacitadas a lhe prestar esse serviço. Quando a caixa estava em terra firme, antes da aurora ou depois do poente, ele saiu de dentro dela, encontrou-se com Skinski e lhe disse o que fazer – como acertar que a caixa fosse transportada ao longo de algum rio. Quando isso foi feito, ele acreditou estar apagando suas pegadas com o assassinato do agente.

Estudei o mapa e descobri que o rio mais propício que os eslovacos poderiam ter subido é o Pruth, ou então o Sereth. Li nos papéis datilografados que, durante o transe, ouvi o mugido distante de vacas e a água correndo no nível dos meus ouvidos, bem como o estalar da madeira. Portanto, o conde, dentro de sua caixa, estava navegando por um rio, e dentro de uma embarcação aberta – movida a remo ou a varas, pois as margens estão próximas e é preciso remar contra a corrente. Não haveria sons como esses se o barco deslizasse a favor da corrente.

É claro que talvez não seja o Sereth nem o Pruth, mas podemos continuar investigando. Entre esses dois, porém, o Pruth é o mais facilmente navegável, mas o Sereth se junta, em Fundu, com o Bistrita, que mais acima vai circundar o passo de Borgo. A curva que faz ali é tão próxima do Castelo Drácula quanto é possível chegar por água.

Diário de Mina Harker
(continuação)

Quando acabei de ler, Jonathan tomou-me nos braços e me beijou. Os outros ficaram apertando minhas mãos, e o dr. Van Helsing disse:

– Nossa querida madame Mina mais uma vez nos dá uma lição. Seus olhos enxergaram quando os nossos estiveram cegos. Agora estamos outra vez na pista, e desta vez talvez sejamos bem-sucedidos. Nosso inimigo está mais impotente do que nunca; se pudermos encontrá-lo durante o dia, no rio, nossa tarefa terá terminado. Ele está na nossa frente, mas não tem o poder de apressar a viagem; não pode sair de sua caixa, ou vai despertar as suspeitas dos homens que o estão transportando. E se eles suspeitassem de algo, isso equivaleria a jogá-lo dentro d'água, onde pereceria. Isso ele sabe e não permitirá que aconteça. Agora, homens, ao nosso "Conselho de Guerra", pois temos que planejar aqui e agora o que cada um de nós fará.

– Vou arranjar uma lancha a vapor e segui-lo – disse lorde Godalming.

– E eu conseguirei cavalos para seguir pelas margens do rio, no caso de ele desembarcar – disse Mr. Morris.

– Ótimo! – disse o professor. – Mas nenhum dos dois deve ir sozinho. Temos que reunir forças para o combate caso haja necessidade; os eslovacos são fortes e grosseiros, e levam consigo armas cruéis.

Os homens sorriram, pois levavam consigo um pequeno arsenal. Mr. Morris disse:

– Trouxe alguns Winchesters; eles são bem práticos no meio de muita gente, e talvez haja lobos. O conde, se vocês se lembram, tomou algumas precauções. Fez certos pedidos que Mrs. Harker não conseguiu ouvir ou compreender. Temos que estar prontos, em todos os sentidos.

O dr. Seward disse:

— Acho que é melhor eu ir com Quincey. Estávamos acostumados a caçar juntos e nós dois, bem armados, seremos um páreo duro para quem quer que apareça. Você não deve ficar sozinho, Art. Talvez seja necessário lutar contra aqueles eslovacos, e uma facada imprevista, pois não acredito que essa gente leve armas de fogo, destruiria nossos planos. Não podemos correr riscos desta vez. Não descansaremos até que a cabeça e o corpo do conde estejam separados, e que tenhamos certeza de que não pode reencarnar.

Olhou para Jonathan enquanto falava, e Jonathan olhou para mim. Eu podia ver que o pobre rapaz estava terrivelmente dividido. É claro que queria ficar comigo, mas por outro lado o grupo no barco seria o que mais provavelmente destruiria o... o... o... vampiro. (Por que hesitei em escrever esta palavra?) Ele ficou em silêncio por algum tempo, e enquanto isso o dr. Van Helsing falou:

— Amigo Jonathan, vou lhe dizer algumas palavras, e por dois motivos. Em primeiro lugar, é jovem, valente e pode lutar; todas as suas energias talvez venham a ser necessárias no fim. Em segundo, é direito seu destruí-lo, esse ser que trouxe tanto sofrimento a você e aos seus. Não tema por madame Mina; ficará sob meus cuidados, se permitir. Estou velho. Minhas pernas já não correm tão rapidamente quanto outrora, e não estou habituado a cavalgar durante o tempo que talvez essa perseguição venha a exigir, ou a manejar armas de fogo. Mas posso ser útil de outra maneira; posso lutar de outras formas. E posso morrer, caso seja necessário, tanto quanto os homens mais novos. Portanto, vou lhes dizer qual a minha proposta: que o senhor, meu lorde Godalming, e o amigo Jonathan subam o rio em seu ligeiro barquinho a vapor, e, enquanto John e Quincey vigiam as margens onde por acaso ele poderia vir a desembarcar, levarei madame Mina ao coração do país do inimigo. Enquanto a velha raposa está presa em sua caixa, viajando por água, incapaz de fugir para terra firme e sem ousar abrir a tampa de seu caixão, pois seus transportadores eslovacos fariam, por puro medo, com que ele perecesse, seguiremos o mesmo trajeto de Jonathan: de Bistrita através do Borgo, e dali encontraremos o caminho para o Castelo Drácula. Nesse particular, o poder hipnótico de madame Mina com certeza vai ajudar, e encontraremos um caminho que de outro modo seria obscuro e desconhecido após a primeira aurora, quando estivermos perto daquele lugar fatal. Há muito que fazer, e outros lugares a santificar, para que aquele ninho de víboras seja eliminado.

Nesse ponto, Jonathan o interrompeu, exaltado:

– O senhor está querendo dizer, professor Van Helsing, que levaria Mina, mesmo em sua triste situação, e contaminada como está pela doença do Diabo, para dentro da armadilha mortífera de nosso inimigo? Por nada neste mundo! Nem por todos os anjos e por todos os demônios! – Ficou quase sem fala por um minuto. – O senhor sabe que lugar é aquele? – prosseguiu. – Por acaso viu aquele antro odioso de diabólica infâmia, onde o próprio luar está vivo com formas pavorosas e cada grão de poeira que rodopia ao vento é o embrião de um monstro devorador? Por acaso sentiu os lábios do vampiro sobre sua garganta? – Virou-se para mim, aqui, e, quando seus olhos encontraram minha fronte, ele jogou os braços para cima, com um grito. – Ah, meu Deus! O que fizemos para que tamanho terror recaia sobre nós?

Com isso, afundou no sofá, num colapso de aflição. Quando o professor falou num timbre claro e suave que parecia vibrar no ar, sua voz acalmou a todos:

– Ah, meu amigo, é justamente porque desejo proteger madame Mina daquele lugar odioso que iria para lá. Que Deus me proíba de levá-la àquele lugar. Há muito trabalho a fazer ali, um trabalho árduo, ao qual os olhos dela não devem assistir. Nós, os homens aqui presentes, à exceção de Jonathan, vimos com nossos próprios olhos o que precisa ser feito antes que o local possa ser purificado. Lembrem-se de que estamos em dificuldades terríveis. Se o conde fugir de nós desta vez, e ele é forte, astuto e sagaz, pode decidir dormir por um século; então, nossa querida – e tomou minha mão – iria ao seu encontro para lhe fazer companhia e seria igual àquelas que você,

Jonathan, viu. Falou-nos sobre seus lábios lascivos; ouviu sua gargalhada torpe enquanto agarravam aquela sacola que o conde lhes atirara, e que ainda se mexia. Estremece, e não é de se espantar que o faça. Perdoe-me se lhe causo tanto sofrimento, mas é preciso. Meu amigo, não é esta uma necessidade extrema pela qual darei, talvez, minha vida? Se eu quisesse que alguém fosse àquele lugar para ficar, seria eu mesmo a ir e lhes fazer companhia.

– Faça como quiser – disse Jonathan, com um soluço que o sacudiu da cabeça aos pés. – Estamos nas mãos de Deus.

Mais tarde – Ah, me fez bem ver a forma como todos aqueles homens valentes trabalharam. Como pode uma mulher não amar homens tão honestos, tão sinceros e tão corajosos? E tudo isso me fez pensar também no maravilhoso poder do dinheiro! O que não é capaz de obter, quando é utilizado de maneira correta; e o que poderia fazer se fosse utilizado com intenções vis. Sinto-me tão grata por lorde Godalming ser rico, e pelo fato de que tanto ele quanto Mr. Morris, que também tem uma boa fortuna, estejam dispostos a gastá-la com tanta liberalidade. Pois, se não o fizessem, nossa pequena expedição não poderia ter início com tanta prontidão e tão bem equipada – como terá, dentro de mais uma hora. Não se passaram três horas desde que ficou acertado o que cada um de nós deveria fazer, e agora lorde Godalming e Jonathan têm uma bela lancha a vapor, pronta para partir a qualquer instante. O dr. Seward e Mr. Morris têm meia dúzia de bons cavalos aparelhados. Temos todos os mapas e vários tipos de instrumentos e apetrechos. O professor Van Helsing e eu devemos partir no trem das 23h40 para Veresti, onde teremos que arranjar uma carruagem e ir até o passo de Borgo. Levamos conosco uma boa quantidade de dinheiro em espécie, pois será preciso comprar a carruagem e os cavalos. Nós mesmos conduziremos, pois não há ninguém em quem possamos confiar num caso destes. O professor conhece os rudimentos de muitíssimas línguas, de modo que tudo ocorrerá sem problemas. Todos levamos armas, até mesmo eu, que tenho um revólver de grande calibre. Jonathan não ficou satisfeito até me ver armada como os outros. Ai de mim! Há uma arma que todos os outros levam e que me está proibida, enquanto houver esta cicatriz em minha testa. O caro dr. Van Helsing me consola dizendo-me que estou armada até os dentes, pois podemos encontrar lobos. O tempo está ficando cada vez mais frio a cada hora que passa, e nevascas leves acontecem de quando em quando, em sinal de advertência.

Mais tarde – Precisei de toda a minha coragem para dizer adeus ao meu querido. Talvez nunca mais nos encontremos. Coragem, Mina! O professor a está olhando com uma expressão severa; é uma advertência. Não deve haver lágrimas agora – a menos que Deus as deixe cair, em sinal de alegria.

Diário de Jonathan Harker

30 de outubro, à noite – Escrevo estas palavras sob a luz da porta da fornalha, na lancha a vapor, que lorde Godalming está atiçando. Tem experiência no assunto, pois durante anos teve uma lancha no Tâmisa e outra em Norfolk Broads. Com relação aos nossos planos, chegamos por fim à conclusão de que Mina tinha razão; se o conde escolheu fugir de volta ao castelo por via fluvial, o Sereth e depois o Bistrita, quando os dois se unem, seriam o caminho ideal. Concluímos que o lugar escolhido para seguir por terra até os Cárpatos seria algum ponto a 47 graus de latitude norte. Não receamos ir em grande velocidade à noite; há muita água, e as margens estão suficientemente distantes para fazer da lancha a vapor um transporte seguro mesmo no escuro. Lorde Godalming me disse para ir dormir um pouco, pois por ora basta um de nós ficar de guarda. Mas não consigo dormir – como conseguiria, sabendo que esse perigo terrível paira sobre a minha querida, e que ela está indo para aquele lugar abominável? O consolo que me resta é saber que estamos nas mãos de Deus. Se não fosse pela fé, seria mais fácil morrer do que viver, e assim ficar livre de tantos problemas. Mr. Morris e o dr. Seward partiram em sua longa cavalgada antes de nós embarcarmos; vão ficar na margem direita, longe o suficiente do rio para que, em terras mais altas, tenham uma visão melhor e também possam evitar as muitas curvas. Levaram consigo, para essa fase da viagem, dois homens que cavalgam com eles e levam os outros cavalos, quatro animais ao todo, para não despertar curiosidade. Quando dispensarem os homens, o que ocorrerá em breve, eles próprios cuidarão dos cavalos. Talvez seja preciso unir nossas forças; se for o caso, haverá cavalos para todos nós. Uma das selas tem o arção dianteiro removível, e pode ser facilmente adaptada para Mina, se necessário.

Esta é uma aventura fantástica. Aqui, enquanto seguimos rio acima em meio à escuridão, com o frio parecendo levantar-se das águas e nos atingir, e com todas as vozes misteriosas da noite ao nosso redor, é possível compreender a enormidade de tudo isso. Parecemos estar ingressando em lugares e caminhos desconhecidos, num mundo de coisas sombrias e assustadoras. Godalming está fechando a porta da fornalha...

31 de outubro – Continuamos seguindo em frente. Já é dia, e Godalming está dormindo. Eu estou de guarda. A manhã está bastante fria, e o calor da fornalha é bem-vindo, embora tenhamos pesados casacos de pele. Até o momento, só passamos por uns poucos barcos abertos, mas nenhum deles levava a bordo qualquer tipo de caixote do tamanho daquele que procuramos. Os homens ficaram assustados todas as vezes que caiu sobre eles o facho de luz de nossa lanterna elétrica, e se puseram de joelhos, rezando.

1º de novembro, à noite – Sem novidades o dia todo. Não encontramos nada do tipo que procuramos. Já estamos agora no rio Bistrita, e se nossas conclusões estiverem erradas, perdemos a chance de interceptar o conde. Inspecionamos todos os barcos, grandes e pequenos. Hoje cedo pela manhã a tripulação de um deles achou que éramos do governo e nos deu o tratamento apropriado. Descobrimos com isso uma forma de facilitar as coisas; portanto, em Fundu, onde o Bistrita e o Sereth se encontram, arranjamos uma bandeira romena, que agora exibimos de forma bem visível. O truque foi bem-sucedido com cada barco que inspecionamos desde então; trataram-nos com muita deferência e não fizeram qualquer objeção ao que quer que tenhamos perguntado ou feito. Alguns dos eslovacos nos disseram que uma embarcação grande passou por eles, seguindo com extraordinária velocidade, pois a bordo havia o dobro da tripulação habitual. Isso havia sido antes de chegarem em Fundu, de modo que não tinham condições de dizer se o barco seguira pelo Bistrita ou se continuara subindo o Sereth. Em Fundu, ninguém sabia do barco, o que significa que deve ter passado por aqui à noite. Estou bastante sonolento; talvez esteja começando a sentir as consequências do frio, e a natureza precisa descansar em algum momento. Godalming insiste em fazer o primeiro turno da guarda. Que Deus o abençoe por toda a bondade que tem demonstrado por minha pobre querida Mina e por mim.

2 de novembro, pela manhã – Já é dia. O gentil rapaz não me acordou. Disse-me que teria sido um pecado fazê-lo, pois eu dormia em paz, livre de todas as inquietações. Pareceu-me brutalmente egoísta de minha parte ter dormido tanto e tê-lo deixado de guarda a noite toda, mas ele tinha razão. Sou um novo homem esta manhã; enquanto me sento aqui e o observo dormindo, posso fazer tudo o que é necessário: cuidar da fornalha, conduzir a lancha e ficar de guarda. Sinto minha força e energia regressando. Pergunto-me onde estarão agora Mina e Van Helsing. Devem ter chegado a Veresti por volta do meio-dia, na quarta-feira. Levaria certo tempo até conseguirem a carruagem e os cavalos; assim sendo, se viajaram rápido, devem estar chegando agora ao passo de Borgo. Que Deus os guie e ajude! Tenho medo de pensar no que pode acontecer. Se pudéssemos ir mais rápido! Mas não podemos; os motores vibram, trabalhando em sua potência máxima. Pergunto-me como estarão se saindo Mr. Morris e o dr. Seward. Parece haver uma quantidade infinita de riachos que correm das montanhas até este rio, mas nenhum deles muito grande – por ora, pelo menos, embora sejam muito perigosos no inverno e quando a neve derrete. Nossos cavaleiros não devem ter encontrado muitos obstáculos. Espero que consigamos vê-los antes de chegar a Strasba; pois, se até então não tivermos interceptado o conde, será preciso reunirmo-nos para discutir o que fazer a seguir.

Diário do dr. Seward

2 de novembro – Estamos na estrada há três dias. Não há nada de novo, e eu não teria tempo para escrever mesmo que houvesse, pois cada instante é precioso. Só descansamos o necessário para os cavalos, mas ambos estamos aguentando bastante bem. Esses nossos dias de aventura estão se revelando úteis. Temos que nos apressar: não ficaremos satisfeitos até colocarmos de novo os olhos sobre aquela lancha.

3 de novembro – Em Fundu ouvimos dizer que a lancha seguiu pelo Bistrita. Eu gostaria que não fizesse tanto frio. Há sinais de que a neve se aproxima e, se cair em grande quantidade, vai nos deter. Nesse caso, precisaremos de um trenó para seguir em frente, do tipo russo.

4 de novembro – Hoje ouvimos dizer que a lancha se acidentou ao tentar forçar caminho pelas corredeiras. Os barcos eslovacos saem-se bem na passagem, com a ajuda de uma corda e de um timoneiro experiente. Alguns passaram apenas algumas horas antes. O próprio Godalming é um mecânico amador, e evidentemente foi ele quem pôs a lancha em condições de navegar outra vez. Por fim, com ajuda local conseguiram passar pelas corredeiras, e estão novamente na busca. Temo que o barco esteja em piores condições depois do acidente; os camponeses nos disseram que, após a passagem das corredeiras, ficava parando a todo momento, enquanto o tiveram em vista. Temos que nos apressar mais do que nunca; é possível que em breve nossa ajuda venha a ser necessária.

Diário de Mina Harker

31 de outubro – Chegamos a Veresti ao meio-dia. O professor me disse que hoje pela manhã, ao raiar do dia, mal conseguiu me hipnotizar, e que tudo o que eu disse foi "escuro e quieto". Saiu para comprar uma carruagem e cavalos. Disse que mais tarde tentará comprar mais cavalos, para que possamos trocá-los durante a viagem. Temos cerca de cem quilômetros diante de nós. A região é adorável e muito interessante; se as condições fossem outras, seria agradável conhecê-la. Se Jonathan e eu estivéssemos viajando aqui sozinhos, que prazer eu não estaria sentindo! Parar e ver as pessoas, aprender alguma coisa sobre sua vida, encher nossas mentes e nossas memórias com todo o colorido e o caráter pitoresco desta região bonita e selvagem, e dessa gente exótica! Mas, ai de mim!...

Mais tarde – O dr. Van Helsing voltou. Conseguiu a carruagem e os cavalos; vamos jantar qualquer coisa e partir dentro de uma hora. A dona do hotel está preparando para nós um grande cesto de provisões; parece suficiente para uma companhia de soldados. O professor a incentiva a fazê-lo, sussurrando em meu ouvido que talvez uma semana se passe antes que consigamos boa comida novamente. Ele também andou fazendo compras e trouxe para o hotel uma boa quantidade de casacos e agasalhos de pele, e mais todo tipo de vestimentas quentes. Com certeza não passaremos frio.

Partiremos em breve. Tenho medo de pensar no que pode nos acontecer. Estamos verdadeiramente nas mãos de Deus. Somente Ele sabe o que vai acontecer, e rezo, com toda a força de meu espírito triste e humilde, para que Ele proteja meu adorado marido; para que, aconteça o que acontecer, Jonathan saiba que o amei e respeitei mais do que sou capaz de dizer, e que meu último e mais sincero pensamento será sempre para ele.

CAPÍTULO 27

Diário de Mina Harker

1º de novembro – Viajamos o dia todo, e em boa velocidade. Os cavalos parecem saber que estão sendo tratados com gentileza, pois é de boa vontade que dão o melhor de si. Já fizemos tantas mudanças de cavalos e encontramos a mesma reação com tanta constância que somos levados a acreditar que a viagem será fácil. O dr. Van Helsing é lacônico; diz aos fazendeiros que tem pressa de chegar a Bistrita e lhes paga bem para fazer a troca de cavalos. Tomamos sopa quente, ou café, ou chá, e partimos. É uma região admirável, cheia de belezas de todos os tipos imagináveis, e o povo é valente, forte e simples, e aparentemente tem muitas qualidades. São *muito, muito* supersticiosos. Na primeira casa em que paramos, quando a mulher que nos servia viu a cicatriz em minha testa fez o sinal da cruz e estendeu dois dedos, para se proteger do mau-olhado. Acredito que se deram o trabalho de colocar um pouco mais de alho em nossa comida, e eu não suporto alho. Desde então, tenho tomado o cuidado de não tirar o chapéu nem o véu, e assim tenho conseguido escapar de suas suspeitas. Estamos viajando rapidamente, e, como não temos conosco um cocheiro que saia espalhando fofocas, evitamos comentários negativos a nosso respeito, mas creio que o medo do mau-olhado vai nos seguir bem de perto o tempo todo. O professor parece incansável. Não parou o dia inteiro, embora tenha me feito dormir por um bom período. À hora do poente, hipnotizou-me e disse que respondi, como de hábito, "escuridão, o marulho da água e o estalar da madeira"; portanto, nosso inimigo ainda está no rio. Tenho medo de pensar em Jonathan, mas de certo modo não temo por ele, ou por mim mesma. Escrevo estas palavras enquanto esperamos, numa fazenda, que os cavalos sejam preparados. O dr. Van Helsing está dormindo. Pobre coitado, ele parece muito cansado e muito velho, mas sua boca está rígida como a de um conquistador; até mesmo durante o sono sua determinação transparece instintivamente. Depois que partirmos, preciso fazê-lo descansar enquanto eu conduzo a carruagem. Vou lhe dizer que ainda temos vários dias diante de nós e que não podemos correr o risco de fraquejar quando nossa força será mais do que nunca necessária... Tudo está pronto, logo partiremos.

2 de novembro, pela manhã – Fui bem-sucedida, e alternamos a condução da carruagem ao longo de toda a noite. Já é dia, agora; dia claro, embora frio. Há um peso estranho no ar – digo "peso" por falta de uma palavra melhor; o que quero dizer é que nos oprime. Faz muito frio, e só ficamos confortáveis usando nossas peles. Ao nascer do sol, Van Helsing me hipnotizou; disse que respondi "escuridão, estalar da madeira e águas rugindo"; portanto, o rio está se modificando à medida que sobem. Espero que meu querido não esteja correndo perigo, ou pelo menos não mais do que o necessário; mas estamos nas mãos de Deus.

2 de novembro, à noite – Viajamos o dia todo. A região torna-se mais selvagem à medida que avançamos, e os enormes picos dos Cárpatos, que em Veresti pareciam tão distantes e tão pequenos no horizonte, agora dão a impressão de nos cercar e se elevar em grande altura diante de nós. Ambos parecemos ter bom ânimo; acho que um se esforça para alegrar o outro, e, assim, alegramos a nós mesmos. O dr. Van Helsing diz que pela manhã chegaremos ao passo de

Borgo. As casas são muito esparsas agora, e o professor diz que o último cavalo que conseguimos terá de ir conosco até o fim, pois talvez não seja possível trocá-lo. Comprou mais dois além dos dois que trocamos pela última vez, de modo que nesse momento temos um quarteto improvisado. Os pobres cavalos são bons e pacientes, e não nos dão trabalho. Não temos que nos preocupar com outros viajantes; assim, até mesmo eu posso conduzir a carruagem. Chegaremos ao passo durante o dia; não queremos chegar antes disso. Portanto, estamos seguindo com mais calma e descansamos por um bom período, alternadamente. Ah, o que o dia de amanhã vai nos trazer? Estamos indo procurar o lugar onde meu pobre querido sofreu tanto. Deus permita que sigamos no caminho correto. Que faça a bondade de olhar por meu marido e por aqueles que nos são caros a ambos, agora em tão grave perigo. Quanto a mim, não sou digna de Seus olhos. Ai de mim! Estou impura e assim permanecerei até que Ele haja por bem olhar-me como alguém sobre quem Sua ira não caiu.

Memorando de Abraham van Helsing

4 de novembro – Isto é para meu velho e leal amigo dr. John Seward, de Purfleet, Londres, no caso de eu não voltar a vê-lo. Talvez consiga explicar tudo. De manhã, escrevo diante de um fogo que mantive aceso durante toda a noite – com a ajuda de madame Mina. Faz muito frio, tão frio que o céu pesado e cinzento está cheio de neve; quando essa neve cair, ficará durante todo o inverno, pois o chão já está endurecendo para recebê-la. Parece ter afetado madame Mina; ela anda tão sonolenta durante todo o dia que nem parece a mesma pessoa. Dorme, dorme e dorme! Ela, que de hábito é tão alerta, não fez literalmente nada durante o dia; chegou mesmo a perder o apetite. Não escreve em seu pequeno diário; ela que costumava aproveitar cada pausa para fazê-lo. Algo me diz que as coisas não vão muito bem. Hoje à noite, no entanto, ela está mais *vif*. O fato de ter dormido o dia todo a revigorou e restabeleceu, pois agora está animada e gentil como sempre. À hora do poente, tentei hipnotizá-la, mas, ai de mim!, sem resultados; o poder diminuiu dia após dia, e hoje não funcionou por completo. Bem, que seja feita a vontade de Deus – qualquer que seja ela e para onde quer que nos leve!

Agora ao histórico – pois, se madame Mina não escreve em seu diário taquigrafado, tenho eu que o fazer, à minha moda antiga e desajeitada, para que nenhum dia de nossa viagem fique sem registro.

Chegamos ao passo de Borgo ontem de manhã, logo após o raiar do dia. Quando vi os sinais da aurora, aprontei-me para hipnotizar madame Mina. Paramos a carruagem e descemos, para não sermos perturbados. Fiz com as peles um assento para ela, que, recostando-se, cedeu como de costume ao sono hipnótico, mas mais devagar e por um tempo menor do que até então. Como antes, a resposta foi "escuridão e água correndo". Então acordou, alegre e radiante; seguimos viagem e logo chegamos ao passo. Nessa hora e nesse lugar, ela ficou extremamente entusiasmada; alguma nova força manifestou-se nela e a estava guiando, pois ela apontou para uma estrada e disse:

– É por aqui.

– Como pode saber? – perguntei-lhe.

– É claro que sei – ela respondeu, e fez uma pausa. – Por acaso Jonathan não a percorreu – acrescentou – e descreveu em seu diário?

A princípio achei algo estranho, mas logo vi que só havia uma única estrada transversal. Poucos a utilizam, e é bem diferente da estrada usada pelos coches entre Bucovina e Bistrita – esta última é mais larga e resistente, e mais utilizada.

Assim, seguimos por essa estrada; quando cruzávamos outros caminhos – nem sempre tínhamos certeza de que fossem estradas, pois estão descuidados e caiu um pouco de neve – só os cavalos sabiam. Soltei as rédeas, e eles seguem em frente com muita paciência. Aqui e ali fomos encontrando tudo o que Jonathan descreveu naquele seu maravilhoso diário. E seguimos adiante, por horas e horas a fio. A princípio, disse à madame Mina que dormisse; ela tentou e conseguiu. Dormiu o tempo todo. Por fim, comecei a ficar desconfiado e tentei acordá-la. Ela continuou dormindo, porém, e não consegui fazer com que despertasse, a despeito das tentativas. Não queria ser muito incisivo para não lhe fazer mal; sei quanto sofreu, e o sono às vezes é tudo para ela. Acho que acabei cochilando, pois subitamente senti-me culpado, como se tivesse feito o que não devia; encontrei-me sentado muito ereto, com as rédeas nas mãos, e os cavalos iam trotando em frente como sempre. Olhei para baixo e vi que madame Mina ainda dormia. A hora do poente já se aproxima, e, sobre a neve, a luz do sol projeta um brilho amarelado; nossas sombras são compridas sobre as montanhas tão íngremes. Estamos subindo cada vez mais; ah!, a paisagem é tão selvagem e rochosa, como se este lugar fosse o fim do mundo.

Então, acordei madame Mina. Dessa vez ela despertou sem maiores dificuldades, e em seguida tentei hipnotizá-la. Mas ela não cedeu, mesmo eu tendo sido rígido. Continuei tentando e tentando até que eu e ela já estivéssemos na escuridão. Olhei ao redor e vi que o sol já tinha se posto. Madame Mina riu, e virei-me para ela. Estava agora bem desperta e parecia tão bem quanto eu não a via desde aquela noite em que entramos na casa do conde, em Carfax. Fiquei surpreso e não muito satisfeito; mas ela estava tão animada e carinhosa e atenciosa para comigo que esqueci todos os meus medos. Acendi uma fogueira, pois havíamos trazido lenha conosco, e ela preparou a comida enquanto eu soltava os cavalos da carruagem, amarrava-os num abrigo e os alimentava. Quando voltei para junto da fogueira, meu jantar estava pronto. Fui ajudá-la, mas ela sorriu e me disse que já havia comido – que sentia tanta fome que não conseguira esperar. Não gostei disso e fiquei bastante receoso, mas não quis assustá-la e nada disse a respeito. Ela me ajudou, e eu comi sozinho. Depois, envolvemo-nos nas peles e deitamos junto à fogueira. Eu lhe disse para dormir enquanto eu fazia a guarda. Logo em seguida, porém, esqueci-me completamente da guarda e, quando de súbito recordei-me, vi que ela estava deitada em silêncio mas acordada, olhando para mim com olhos brilhantes. A mesma coisa aconteceu uma ou duas vezes, e consegui dormir bastante até o raiar do dia. Quando acordei, tentei hipnotizá-la, mas, ai de mim!, embora ela fechasse os olhos, obediente, o transe não veio. O sol foi ficando cada vez mais alto no céu. Ela adormeceu tarde demais, mas tão profundamente que não consegui acordá-la. Tive que pegá-la no colo e colocá-la ainda adormecida na carruagem, depois de atrelar os cavalos e aprontar tudo. A madame ainda está dormindo, e, em seu sono, parece mais saudável e corada do que antes. Não gosto disso. Tenho medo, medo, medo! Tenho medo de tudo – até mesmo de pensar, mas preciso seguir em frente. O que está em jogo aqui é uma questão de vida ou morte, ou mais do que isso, e não podemos recuar.

5 de novembro, pela manhã – Tenho que relatar tudo de forma precisa, pois, embora nós dois tenhamos visto coisas estranhas juntos, você pode a princípio pensar que eu, Van Helsing, estou louco – que os muitos horrores e a tensão nervosa finalmente abalaram minha mente.

Viajamos durante todo o dia de ontem, chegando cada vez mais perto das montanhas e penetrando numa região cada vez mais selvagem e deserta. Havia enormes e sombrios precipícios e muitas quedas-d'água; a natureza parecia ter feito uma grande festa por ali. Madame Mina continuava dormindo a sono solto; embora eu tivesse sentido fome e me alimentado, não consegui despertá-la – nem mesmo para comer. Comecei a temer que o feitiço mortal daquele lugar estivesse agindo sobre ela, contaminada depois do batismo feito pelo vampiro. "Bem", disse eu a mim mesmo, "se ela dormir o dia inteiro, então eu não dormirei a noite inteira." Enquanto viajávamos pela estrada acidentada, pois aquela era de fato uma estrada antiga e defeituosa, baixei a cabeça e adormeci. Mais uma vez acordei com um sentimento de culpa e de que algum tempo se passara. Encontrei madame Mina ainda adormecida e o sol baixo no céu. Mas tudo se modificara de fato: as montanhas sombrias pareciam mais distantes, e estávamos perto do topo de um morro íngreme, onde havia um castelo como o que Jonathan descrevera em seu diário. Fiquei ao mesmo tempo exultante e temeroso; agora o fim estava próximo, fosse qual fosse.

Acordei madame Mina e mais uma vez tentei hipnotizá-la, mas, ai de mim!, sem qualquer resultado, até que já era tarde demais. Então, antes que a escuridão nos envolvesse – pois, mesmo depois do poente, os céus ainda guardavam alguma luminosidade, que se refletia na neve, e tudo ficava mergulhado por algum tempo no crepúsculo –, soltei os cavalos da carruagem e lhes dei comida, abrigando-os como pude. Acendi então uma fogueira, perto da qual fiz com que madame Mina, agora desperta e mais encantadora do que nunca, se sentasse confortavelmente entre suas peles. Preparei a comida, mas ela não comeu, alegando apenas que não tinha fome. Não a pressionei, sabendo que seria inútil. Eu próprio comi, pois preciso agora estar forte. Então, temendo o que pudesse vir a acontecer, desenhei no chão um grande círculo em torno de madame Mina, para sua segurança; ao longo de todo o anel, polvilhei um pouco da hóstia, partida em pedaços bem pequenos de modo a não deixar de cobrir nenhum lugar. Ela ficou imóvel o tempo todo – como um cadáver; foi ficando cada vez mais pálida, até que a neve já não era mais branca do que ela, mas não disse uma palavra. Quando me aproximei, porém, ela se agarrou a mim, e eu sabia que a pobrezinha tremia dos pés à cabeça; era doloroso senti-lo. Disse-lhe, logo em seguida, depois que se acalmou um pouco:

– Por que não vem para perto do fogo?

Na verdade, eu queria testar o que ela era capaz de fazer. Ela se levantou, obediente, mas depois de ter dado um passo se deteve e ficou parada como se tivesse sido atingida.

– Por que não continua? – perguntei.

Ela meneou a cabeça e, voltando, sentou-se em seu lugar. Então, olhando para mim com os olhos abertos, como quem acaba de acordar, disse apenas "Não consigo", e ficou em silêncio. Alegrei-me, pois sabia que o que ela não pudesse fazer nenhum daqueles que temíamos poderia. Embora pudesse haver risco para o seu corpo, sua alma estava a salvo!

Pouco depois, os cavalos começaram a relinchar, dando puxões nas cordas que os amarravam; fui até lá, então, e os acalmei. Quando sentiram minhas mãos neles, relincharam baixinho como se estivessem alegres, lamberam minhas mãos e ficaram quietos por algum tempo. Várias vezes durante a noite fui aonde estavam, até a chegada da hora fria em que toda a natureza está mais debilitada; em todos os momentos foi a minha presença que os acalmou. Na hora fria, a fogueira começou a apagar, e eu estava prestes a ir atiçá-la, pois a neve caía com mais força e junto com a neve espalhava-se uma neblina fria. Mesmo na escuridão havia uma espécie de luz, como sempre há sobre a neve; parecia que os flocos agitados pelo vento e as espirais de neblina tomavam a forma de mulheres arrastando vestidos compridos. Um silêncio morto e sombrio tomava conta de tudo, exceto pelo barulho dos cavalos relinchando e se encolhendo, como se temessem o pior. Eu sentia um medo terrível, mas então me veio a sensação de segurança por estar dentro do anel. Comecei também a pensar que estava imaginando coisas por causa da noite, do abatimento e da falta de descanso que tivera de suportar, e mais toda a terrível ansiedade. Era como se minhas lembranças de toda a apavorante experiência de Jonathan estivessem me fazendo de tolo; pois agora os flocos de neve e a neblina começavam a girar em círculo, até que pude vislumbrar, em meio às sombras, formas que se assemelhavam às mulheres que queriam beijá-lo. Os cavalos se encolhiam cada vez mais, gemendo de medo como fazem os homens quando sentem dor. Não conseguiam sequer sentir a loucura do pavor, que lhes teria permitido fugir. Eu temi por minha querida madame Mina, quando aqueles vultos estranhos se aproximaram e nos rodearam. Olhei para ela, que, no entanto, estava sentada, calma, e sorria para mim; no momento em que eu estava prestes a sair do círculo para reavivar a fogueira, ela me segurou e me puxou de volta, sussurrando, numa voz tão baixa que mais parecia saída de um sonho:

– Não! Não! Não saia. Aqui o senhor está a salvo!

Virei-me para ela e, olhando-a nos olhos, disse:

– Mas e a senhora? É pela senhora que temo!

Ao que ela riu, uma gargalhada baixa e irreal, dizendo:

– Teme por *mim*! Por que teme por mim? Ninguém no mundo inteiro está mais a salvo delas do que eu.

No mesmo momento em que eu me perguntava qual o significado de suas palavras, uma rajada de vento reavivou a chama, e vi a cicatriz vermelha em sua testa. Então, ai de mim!, eu soube. Se não soubesse, em breve haveria de descobrir, pois os vultos de neblina que rodopiavam se aproximaram, mas sempre se mantendo fora do círculo sagrado. Então, começaram a se materializar, até que – se Deus não me privou da razão, pois vi com meus próprios olhos – estavam diante de mim em carne e osso as mesmas três mulheres que Jonathan viu no quarto, onde elas queriam beijar seu pescoço. Eu conhecia as formas arredondadas e oscilantes, os olhos brilhantes e rígidos, os dentes brancos, a pele corada, os lábios voluptuosos. Elas sorriam para a pobre madame Mina; enquanto sua gargalhada ecoava em meio ao silêncio da noite, elas se deram os braços e apontaram para ela, dizendo, naquele tom de voz agradável que Jonathan disse serem da intolerável doçura dos copos de cristal com água dentro:

– Venha, irmã. Venha até nós. Venha! Venha!

Apavorado, virei-me para minha pobre madame Mina, e meu coração se encheu de alegria, pois, ah!, o terror espelhado em seus olhos adoráveis, a repulsa, o horror me davam muita esperança. Graças a Deus, ela ainda não era uma delas. Apanhei um pouco da hóstia e avancei em sua direção, indo para a fogueira. Elas recuaram diante de mim e riram com aquele seu riso baixo, horrível. Coloquei lenha na fogueira e não mais as temi; sabia que estávamos a salvo com a proteção que tínhamos. Elas não poderiam se aproximar de mim enquanto eu tivesse aquela arma, tampouco de madame Mina, enquanto estivesse dentro do anel, do qual não podia sair tanto quanto as outras não podiam entrar. Os cavalos haviam parado de comer e estavam deitados no chão, imóveis; a neve caía aos poucos sobre eles, que iam ficando mais brancos. Eu sabia que os pobres animais não voltariam a sentir mais terror.

Assim permanecemos até que o tom avermelhado da aurora iluminasse a neve sombria. Eu estava desolado e apavorado, e sentia um enorme pesar e terror; mas, quando o belo sol começou a se aproximar do horizonte, a vida retornou ao meu corpo. Ao primeiro sinal da aurora, os vultos hediondos se desfizeram em meio à neblina e à neve que rodopiavam; as medonhas espirais transparentes seguiram na direção do castelo e desapareceram.

Com o nascer do sol, virei-me para madame Mina instintivamente, com a intenção de hipnotizá-la, mas ela caíra num sono repentino e profundo, do qual não consegui despertá-la. Tentei hipnotizá-la mesmo adormecida, mas não obtive respostas, nem uma única, e o dia raiou. Eu ainda tenho medo de me mexer. Acendi a fogueira e vi os cavalos; estão todos mortos. Hoje tenho muito que fazer por aqui e aguardo até que o sol esteja alto no céu. Talvez haja lugares aonde tenha que ir; lá, a luz do sol será uma segurança, mesmo obscurecida pela neblina e pela neve.

Vou me fortalecer com o café da manhã, e então irei cumprir minha terrível tarefa. Madame Mina ainda está dormindo; e graças a Deus por ser um sono tranquilo...

Diário de Jonathan Harker

4 de novembro, à noite – O acidente com a lancha foi terrível para nós. Se não fosse por esse fato, já teríamos há muito tempo ultrapassado o barco, e, a essa altura, minha querida Mina estaria livre. Tenho medo de pensar nela, nos descampados, perto daquele lugar horrível. Arranjamos cavalos e seguimos na pista do conde. Escrevo estas linhas enquanto Godalming se prepara. Estamos levando nossas armas. Os ciganos precisarão tomar cuidado se quiserem briga. Ah, se Morris e Seward estivessem conosco! Só o que nos resta é não perder as esperanças! Se eu não mais escrever, adeus, Mina! Que Deus a abençoe e proteja.

Diário do dr. Seward

5 de novembro – Ao raiar do dia, vimos o grupo de ciganos diante de nós afastando-se rapidamente do rio em seu *leiter-wagon*. Eles circundavam-no, bem próximos, e avançavam como se estivessem sendo perseguidos. Neva um pouco, e há uma estranha excitação no ar. Talvez sejam nossos próprios sentimentos, mas a depressão é insólita. Ouço lobos uivando ao longe; a neve faz com que desçam das montanhas, e há perigos para todos nós, aproximando-se por todos os lados. Os cavalos já estão quase prontos, e logo partiremos. O fim desta viagem é a morte, mas só Deus sabe quem será, ou onde, ou o quê, ou quando, ou como...

Memorando do dr. Van Helsing

5 de novembro, à tarde – Pelo menos não estou louco. Graças a Deus por isso, embora comprová-lo tenha sido aterrorizante. Depois de ter deixado madame Mina dormindo dentro do círculo sagrado, segui em direção ao castelo. O martelo de ferreiro que trouxe de Veresti na carruagem foi útil; embora as portas estivessem todas abertas, quebrei suas dobradiças enferrujadas, para evitar que viessem a ser fechadas por más intenções ou pela má sorte – e, uma vez dentro do castelo, eu não tivesse mais como sair. A amarga experiência de Jonathan me foi útil. Recordando seu diário, encontrei o caminho até a antiga capela, pois sabia que era ali que teria de trabalhar. O ar estava opressivo; era como se houvesse algum gás sulfuroso, que às vezes me deixava tonto. Ou meus ouvidos zumbiam, ou escutei o uivo distante de lobos. Então me lembrei de minha querida madame Mina, e me vi numa situação difícil. O dilema me deixava dividido.

A ela eu não ousara levar àquele lugar, mas deixara dentro do círculo sagrado, a salvo das vampiras. Mas ainda havia os lobos! Decidi que meu trabalho era ali, e que teríamos que nos submeter aos lobos, se Deus assim o desejasse. De qualquer modo, para além daí só havia a morte e a liberdade. Então, fiz a escolha por ela. Se fosse apenas por mim, teria sido uma escolha fácil: melhor descansar entre as mandíbulas de um lobo do que no túmulo de um vampiro! Então, minha escolha foi levar a tarefa adiante.

Eu sabia que havia pelo menos três sepulturas a encontrar – sepulturas habitadas. Procurei, procurei e encontrei uma delas. Lá estava ela, em seu sono de vampira, tão cheia de vida e voluptuosa beleza que estremeci como se tivesse ido ali cometer um assassinato. Ah, não tenho dúvidas de que outrora, quando aconteciam coisas desse tipo, mais de um homem disposto a realizar uma tarefa como a minha veria seu coração falhar no fim, e seus nervos também. Então, haveria de se demorar, e se demorar, e se demorar, até que a simples beleza da Não Morta leviana o tivesse hipnotizado; ficaria ali até a hora do poente, quando o sono da vampira terminaria. Então, os bonitos olhos daquela linda mulher haveriam de se abrir, com a expressão do amor, e a boca voluptuosa ofereceria um beijo... e a carne é fraca. Ali estaria mais uma vítima para o rebanho dos vampiros; mais um para engrossar o sinistro e medonho exército dos Não Mortos!

Com certeza há certa fascinação quando uma mera presença como essa é capaz de me perturbar, mesmo deitada como ela estava num túmulo gasto pelo tempo e pesado com a poeira acumulada ao longo de séculos, e embora exalasse aquele odor terrível que eu já sentira nos abrigos do conde. Sim, fiquei perturbado – eu, Van Helsing, com toda minha determinação e com todos os motivos que tinha para odiá-la –, fiquei perturbado e fui tomado pelo desejo de atrasar o cumprimento da minha tarefa; esse desejo parecia paralisar minhas faculdades e embotar meu próprio espírito. Talvez a necessidade de sono e a estranha opressividade do ar estivessem começando a me dominar. Eu com certeza mergulhava no sono, o sono de olhos abertos de quem cede a uma adorável fascinação, quando, através do silêncio criado pela neve, um longo lamento, baixo, tão cheio de sofrimento e piedade me despertou como se fosse o toque de um clarim. Era a voz de minha querida madame Mina que eu ouvia.

Então me preparei para minha terrível tarefa e encontrei, tirando as tampas das sepulturas, mais uma das três irmãs, a outra morena. Não ousei parar para observá-la, receoso de mais uma vez ficar fascinado. Continuei procurando até que, logo em seguida, encontrei, num túmulo alto e grande, como que feito para alguém muito amado, a outra irmã, a loura – que, como Jonathan, eu vira se materializar a partir dos átomos da neblina. Ela era tão agradável de se ver, dona de uma beleza tão radiante, tão maravilhosamente voluptuosa que o próprio instinto masculino existente em mim, esse instinto que leva alguns do meu sexo a amar e proteger as do seu sexo, fez minha cabeça rodopiar com novas emoções. Que Deus seja louvado, porém; aquele lamento da alma de madame Mina ainda ecoava em meus ouvidos. Antes que aquele feitiço me dominasse por completo, eu me reanimara e estava pronto para fazer meu trabalho. A essa altura, já verificara todos os túmulos na capela, ao que me parecia; como à noite só havia três daqueles fantasmas Não Mortos ao nosso redor, deduzi que não existiam mais Não Mortos ativos. Havia uma grande sepultura de aspecto mais nobre do que as outras; era imensa e de belas proporções. Uma única palavra se inscrevia nela:

Drácula

Era aquela então a casa de Não Morto do Rei-Vampiro, ao qual tantos outros deviam sua existência. Estava vazia, o que era suficiente para me fazer ter certeza do que de resto já sabia. Antes de começar a devolver aquelas mulheres à verdadeira morte através de meu trabalho abominável, coloquei um pouco da hóstia dentro do túmulo de Drácula, banindo-o dali, Não Morto, para sempre.

Então comecei a cumprir minha terrível tarefa, que eu muito temia. Se fosse apenas uma, teria sido comparativamente fácil. Mas três! Recomeçar mais duas vezes depois de ter realizado aquele feito odioso! Se havia sido terrível com a adorável Miss Lucy, como não seria com aquelas três estranhas que sobreviviam havia séculos e teriam se fortalecido com o passar dos anos; que teriam, se pudessem, lutado por suas vidas ímpias...?

Ah, meu amigo John, foi uma carnificina. Se não me encorajasse a lembrança de outros mortos e daquela que ainda vivia e sobre a qual pesava tamanha nuvem de medo, não teria conseguido continuar. Estou tremendo ainda agora, embora, até que tudo já estivesse terminado, meus nervos aguentaram firme, com a graça de Deus. Se eu não tivesse visto em primeiro lugar o repouso, e a felicidade que penetrou ali logo antes de a dissolução final ocorrer, como um sinal de que a alma havia sido salva, não teria conseguido levar adiante aquele trabalho de açougueiro. Não teria suportado os berros horríveis enquanto a estaca as perfurava, os pulos e contorções de seus corpos, e a espuma sangrenta que se formava nos lábios. Teria fugido dali, aterrorizado, e deixado minha tarefa inacabada. Tudo já está terminado, porém! E as pobrezinhas – agora posso apiedar-me delas e chorar, quando me lembro de seu plácido sono, o sono da morte verdadeira, um curto instante antes de se desfazerem. Pois, amigo John, mal minha faca decepara suas cabeças, todo o corpo começou a se desintegrar e se transformar no pó original, como se a própria morte, que deveria ter chegado séculos antes, por fim se tivesse feito valer e dito, em voz alta: "Aqui estou!"

Antes de sair do castelo, lacrei suas entradas, de modo que nunca mais o conde possa entrar ali como Não Morto.

Quando entrei no círculo onde madame Mina dormia, ela acordou, e, ao me ver, exclamou, sofrida, que eu suportara coisas demais.

– Venha! – disse. – Vamos embora deste lugar abominável! Vamos nos encontrar com meu marido, que agora sei estar vindo em nossa direção.

Sua aparência era de magreza e palidez, mas seus olhos estavam puros e brilhavam de fervor. Fiquei feliz em ver o quanto estava pálida e abatida, pois minha mente estava cheia das imagens das vampiras coradas em seu sono, que eu vira tão recentemente.

Assim, confiantes e esperançosos, embora com muito medo, seguimos para leste a fim de encontrar nossos amigos – e a *ele*, que madame Mina diz *saber* estar vindo nos encontrar.

Diário de Mina Harker

6 de novembro – A tarde já ia avançada quando o professor e eu rumamos na direção leste, por onde eu sabia que Jonathan estava vindo. Não fomos num passo rápido, embora o caminho fosse uma descida íngreme, pois tivemos que levar conosco as mantas e os agasalhos pesados; não podíamos correr o risco de nos ver sem nada com que nos aquecer em meio ao frio e à neve. Tínhamos que levar algumas provisões também, pois aquele lugar era inteiramente deserto, e, até onde podíamos ver em meio à neve que caía, não havia qualquer sinal de moradias. Quando já tínhamos percorrido pouco mais de um quilômetro e meio, senti-me cansada com a árdua caminhada e me sentei para descansar. Olhamos para trás, então, e vimos o Castelo Drácula recortado nitidamente contra o céu; era tão íngreme a encosta do morro sobre o qual se erguia e que estávamos descendo, que daquele ângulo sequer era possível avistar os Cárpatos. Vimos o castelo em toda a sua grandiosidade, trezentos metros acima do topo de um precipício, e aparentemente com uma enorme garganta separando-o do sopé das montanhas vizinhas. Havia algo de selvagem e sobrenatural naquele lugar. Podíamos ouvir o uivo distante de lobos. Estavam longe dali, mas o som, mesmo que nos chegasse abafado pela neve, era cheio de terror. Pelo modo como o dr. Van Helsing examinava os arredores, eu sabia que ele estava tentando encontrar algum local estratégico onde ficássemos menos expostos em caso de ataque. A estrada acidentada ainda descia; era possível divisá-la em meio à neve que se acumulava.

Um pouco depois, o professor me fez um sinal; levantei-me e fui até onde ele estava. Encontrara um lugar maravilhoso, uma espécie de vão natural numa rocha, com uma entrada igual a um pórtico entre duas pedras grandes. Ele me levou pela mão e fez com que eu entrasse:

– Veja! – disse ele. – Aqui a senhora estará protegida, e, se os lobos vierem, poderei recebê-los um a um.

Trouxe para dentro nossas peles, fazendo um confortável leito para mim; trouxe também um pouco das provisões e insistiu para que eu comesse. Não consegui, porém; mesmo a simples tentativa me causava repulsa, e, embora eu quisesse agradá-lo, não era capaz de comer nada. Ele pareceu muito triste, mas não me censurou. Tirando seus binóculos do estojo, pôs-se de pé no alto da rocha e começou a olhar na direção do horizonte.

– Olhe! Olhe, madame Mina! Olhe!

Pus-me de pé num salto e fiquei ao seu lado, na rocha; ele me passou os binóculos e apontou. A neve caía em maior quantidade e rodopiava ferozmente no ar, pois começava a ventar forte. Havia momentos, porém, em que se faziam pausas entre as lufadas de neve, e era possível enxergar bem longe. Da altura em que estávamos, a vista era boa; lá longe, para além do vasto deserto coberto de neve, eu podia ver o rio correndo como uma fita negra, em curvas e volteios. Diretamente à nossa frente, e não muito longe na verdade, tão perto que fiquei surpresa por não termos notado antes –, vinha um grupo de homens a cavalo, galopando velozmente. No meio deles havia uma carroça, um comprido *leiter-wagon* que balançava para um lado e para o outro, como a cauda de um cachorro, a cada irregularidade da estrada. Destacados sobre a neve como estavam, eu podia ver, pelas roupas dos homens, que eram algum tipo de camponeses ou ciganos.

Sobre a carroça havia um enorme baú quadrado. Meu coração deu um salto quando o vi, pois soube que o fim se aproximava. A noite caía, e eu sabia que depois do poente a Coisa, agora aprisionada ali dentro, ganharia nova liberdade e poderia despistar seus perseguidores assumindo uma de suas muitas formas. Voltei-me para o professor, assustada; contudo, para minha consternação, ele não estava ali. Um instante depois, vi-o lá embaixo. Em torno da pedra, desenhava um círculo, igual ao que nos abrigara na noite passada. Quando terminou, voltou para junto de mim e disse:

– Pelo menos *dele* a senhora estará a salvo, aqui! – Pegou os binóculos e, quando a nevasca voltou a nos oferecer uma brecha, correu os olhos em todo o espaço abaixo de nós. – Veja – disse ele –, estão vindo rápido. Estão açoitando os cavalos e galopando o mais velozmente possível.

Fez uma pausa antes de prosseguir, com a voz sem expressão:

– Estão correndo contra o tempo, mas o poente se aproxima. Talvez tenhamos chegado tarde demais. Que seja feita a vontade de Deus.

A neve caiu profusamente outra vez, transformando toda a paisagem num borrão. Logo amainou, porém, e, de novo, o professor fixou seus binóculos na planície. Então, um grito súbito:

– Olhe! Olhe! Olhe! Veja, dois cavaleiros seguem velozmente, vindos do sul. Devem ser Quincey e John. Pegue os binóculos. Olhe, antes que a neve borre tudo outra vez!

Obedeci. Os dois homens talvez fossem o dr. Seward e Mr. Morris. Estava claro, de qualquer modo, que nenhum dos dois era Jonathan. Ao mesmo tempo, *sabia* que ele não estava longe dali; olhando ao redor, vi, ao norte do grupo que se aproximava, dois outros homens galopando a toda velocidade. Um deles eu sabia ser Jonathan, e o outro presumi ser, é claro, lorde Godalming. Os dois também perseguiam o grupo com a carroça. Quando contei ao professor, ele gritou de alegria como um menino; após observar intensamente com os binóculos até a neve tornar a tarefa impossível, deixou seu rifle Winchester pronto para ser usado junto à pedra, na entrada de nosso abrigo.

– Estão se dirigindo ao mesmo ponto – disse. – Quando chegar a hora, teremos ciganos por todos os lados.

Peguei meu revólver, pois, enquanto falávamos, o uivo dos lobos se tornara mais alto e mais próximo. Quando a nevasca tornou a diminuir, olhamos outra vez. Era estranho ver a neve caindo perto de nós em flocos tão pesados e, a distância, o sol brilhando cada vez mais forte enquanto afundava por trás dos picos das montanhas. Correndo os olhos em torno de onde estávamos, pude ver aqui e ali pontos se movendo sozinhos e em grupos de dois ou três, ou em maior número – os lobos estavam se reunindo para a caçada.

Cada instante parecia uma eternidade enquanto esperávamos. O vento agora soprava em lufadas ferozes e a neve arremetia contra nós em furiosos redemoinhos; às vezes não conseguíamos enxergar à distância de um braço diante de nós. Em outros momentos, porém, quando o vento passava por nós com um ruído surdo parecia limpar o espaço ao nosso redor, e assim podíamos enxergar longe. Ultimamente, havíamos nos acostumado tanto a ficar alertas à aurora e ao poente que sabíamos com bastante exatidão quando seriam; estava claro que logo o sol haveria de se pôr. Era difícil acreditar que, conforme o que podíamos observar, menos de uma hora se passou em nosso abrigo na rocha antes que chegassem até onde estávamos. O vento soprava com rajadas ainda mais furiosas e vinha mais regularmente do norte.

Parecia ter afastado as nuvens dali, pois agora a neve só caía ocasionalmente. Podíamos distinguir com nitidez os indivíduos de cada grupo, os perseguidos e os perseguidores. Muito estranho, porém, era o fato de que os perseguidos não pareciam se dar conta de sua situação, ou pelo menos importar-se com ela; no entanto, aparentemente avançavam com velocidade redobrada conforme o sol mergulhava cada vez mais entre os topos das montanhas.

Chegavam mais perto. O professor e eu nos agachamos atrás da rocha, com nossas armas prontas para disparar; eu podia ver que ele estava determinado a impedir sua passagem. Ignoravam completamente nossa presença.

Subitamente, duas vozes gritaram "Alto!". Uma delas era a de meu Jonathan, num tom alto e arrebatado; a outra era o timbre forte, decidido e imperativo de Mr. Morris. Os ciganos talvez não compreendessem o idioma, mas não havia como confundir aquele tom, independentemente da língua em que estivessem falando. Instintivamente, puxaram as rédeas de seus cavalos; no mesmo instante lorde Godalming e Jonathan surgiram como flechas de um lado e o dr. Seward e Mr. Morris do outro. O líder dos ciganos, um homem de aspecto magnífico, que se sentava em seu cavalo como um centauro, fez-lhes um gesto com a mão para que se afastassem; com uma voz furiosa, gritou para os companheiros a ordem de prosseguir. Chicotearam os cavalos, que se lançaram adiante, mas os quatro homens apontaram seus rifles Winchester, e, de modo inconfundível, ordenaram que parassem. No mesmo instante, o dr. Van Helsing e eu saímos de trás da pedra e apontamos nossas armas na mesma direção. Vendo que estavam cercados, os ciganos puxaram as rédeas e fizeram os animais parar. O líder virou-se para eles e disse algo que fez com que todos os homens do grupo sacassem suas armas, facas ou pistolas, preparando-se para atacar. A batalha começou no mesmo instante.

O líder, com um rápido movimento das rédeas, levou seu cavalo até a frente do grupo; apontando primeiro para o sol – agora bem próximo dos picos das montanhas – e depois para o castelo, disse algo que não compreendi. Em resposta, os quatro homens de nosso grupo desmontaram e dispararam como flechas em direção à carroça. Eu devia ter sentido um medo enorme ao ver Jonathan correndo tanto perigo, mas o ardor da batalha provavelmente me contagiara, assim como a eles; eu não tinha medo, mas somente um desejo louco e crescente de fazer alguma coisa.

Vendo o rápido movimento dos cavaleiros, o líder dos ciganos deu uma ordem; no mesmo instante, seus homens se agruparam em volta da carroça, numa espécie de esforço indisciplinado, acotovelando-se e se empurrando na ânsia de cumprir a ordem.

No meio de tudo isso, eu podia ver que Jonathan, diante do círculo de homens, e Quincey também, do outro lado, estavam forçando passagem para junto da carroça; era evidente que estavam dispostos a concluir sua tarefa antes que o sol se pusesse. Nada parecia capaz de detê-los ou mesmo de fazê-los recuar. Nem mesmo as armas que os ciganos apontavam, ou suas facas de lâminas faiscantes, diante deles, ou o uivo dos lobos, às suas costas, pareciam lhes chamar a atenção. A impetuosidade de Jonathan e a evidente determinação de levar a cabo seu propósito pareceram intimidar os homens diante dele; instintivamente, encolheram-se e o deixaram passar. Num instante ele pulara sobre a carroça e, com uma força que parecia incrível, ergueu a enorme caixa, lançando-a ao chão, por sobre a roda. Enquanto isso, Mr. Morris tivera de se valer de toda a sua força para passar pelos ciganos do seu lado do círculo. Durante todo o tempo em que estivera observando Jonathan, com o fôlego suspenso, vira, com o canto do olho, Mr. Morris abrindo caminho desesperadamente; as facas dos ciganos faiscaram enquanto ele forçava passagem, e o golpearam. Ele se defendera com sua faca, e a princípio achei que também chegara são e salvo à carroça; mas quando ele se reuniu a Jonathan, que saltara para o chão, pude ver que apertava o próprio corpo à altura das costelas e que o sangue brotava por entre seus dedos. Apesar disso, não parou; enquanto Jonathan, com uma força desesperada, investia contra uma das extremidades da caixa, tentando fazer uma alavanca com seu facão *Kukri* e abrir a tampa, Mr. Morris investiu furiosamente contra a outra extremidade. Sob os esforços dos dois homens, a tampa começou a ceder; os pregos saltaram com um ruído agudo e a tampa da caixa foi arremessada para trás.

A essa altura, os ciganos, vendo-se sob a mira dos Winchesters de lorde Godalming e do dr. Seward, tinham se dado por vencidos e não resistiram mais. O sol já quase se escondera por trás das montanhas, e as sombras dos homens projetavam-se sobre a neve. O conde estava deitado dentro da caixa, sobre a terra – que, com a queda violenta da carroça, espalhara-se um pouco sobre ele. Estava mortalmente pálido, como uma figura de cera, e os olhos vermelhos brilhavam com o olhar vingativo que eu conhecia muito bem.

Enquanto eu observava, os olhos viram que o sol se punha, e o olhar de ódio que havia neles transformou-se numa expressão de triunfo.

Nesse instante, porém, vi o brilho e o movimento veloz do facão de Jonathan. Dei um grito agudo ao ver a lâmina cortar o pescoço do conde, ao mesmo tempo que a faca de Mr. Morris mergulhava em seu coração.

Foi quase como um milagre, mas, diante de nossos olhos, e em menos de um segundo, todo o corpo se desfez em pó e desapareceu de nossa vista.

Enquanto viver, guardarei a alegria de saber que mesmo no instante da dissolução final havia no rosto do conde uma expressão de paz tal como nunca imaginei possível a ele.

O Castelo Drácula projetava-se contra o céu rubro, e cada pedra da ameia danificada era visível à luz do poente.

Os ciganos, achando que de algum modo éramos os responsáveis pelo extraordinário desaparecimento do morto, viraram-se, sem dizer uma palavra, e cavalgaram para longe dali como se suas vidas estivessem em jogo. Os que não estavam a cavalo pularam na carroça e gritaram para os cavaleiros, pedindo-lhes que não os abandonassem. Os lobos, que haviam recuado a uma distância segura, seguiram os ciganos, deixando-nos em paz. Mr. Morris, que caíra ao chão, apoiava-se no cotovelo, apertando o lado do corpo com a mão; o sangue ainda jorrava por entre seus dedos. Corri até ele, pois o círculo sagrado já não me detinha; os dois médicos fizeram o mesmo. Jonathan ajoelhou-se ao seu lado, e o ferido apoiou a cabeça em seu ombro. Com um suspiro, Mr. Morris estendeu-me a mão que não estava manchada de sangue, quase sem forças, e segurou nela a minha. Deve ter visto a angústia que eu sentia estampada em meu rosto, pois me sorriu e disse:

– Estou muito feliz por ter sido útil! Ah, meu Deus! – gritou, subitamente, tentando se sentar e apontando para mim. – Valeu a pena morrer por isso! Vejam! Vejam!

O sol acabava de descer por trás do pico da montanha, e os raios vermelhos caíam sobre meu rosto, banhando-o com uma luz rosada. Num único impulso, os homens caíram de joelhos.

– Amém! – disseram, com grande intensidade e seriedade, quando seus olhos seguiram o dedo que Mr. Morris apontava.

– Que Deus seja louvado por tudo isso não ter sido em vão – disse ele. – Vejam! A neve agora não é mais imaculada do que a fronte de Mrs. Harker. A maldição terminou!

E, para nosso profundo pesar, com um sorriso e em silêncio, morreu um nobre cavalheiro.

NOTA

Há sete anos todos nós atravessamos as chamas; acreditamos que a felicidade em que alguns de nós vivem desde então valeu a dor que tivemos de suportar. É uma alegria a mais para Mina e para mim que o aniversário de nosso filho seja no mesmo dia em que Quincey Morris morreu. Sei que sua mãe acredita, em segredo, que algo do espírito de nosso valente amigo vive nele. Seu nome completo une todo o nosso pequeno grupo de homens, mas o chamamos de Quincey.

Este ano, durante o verão, fizemos uma viagem para a Transilvânia e percorremos o mesmo solo que estava, e está, para nós, tão cheio de memórias vívidas e terríveis. Foi quase impossível acreditar que as coisas que tínhamos visto com nossos próprios olhos e escutado com nossos próprios ouvidos eram verdadeiras. Já não havia mais o menor traço delas. O castelo erguia-se como antes, alto, acima de uma terra árida e desolada.

Quando voltamos para casa, estávamos falando sobre os velhos tempos – para os quais podemos olhar sem nos desesperar, pois Godalming e Seward estão ambos casados e muito felizes. Peguei os papéis no cofre onde haviam ficado desde o nosso retorno, há tanto tempo. Surpreendeu-nos o fato de que, em meio a todo o material que compõe nosso registro, mal há um único documento autêntico; tudo não passa de um monte de folhas datilografadas, à exceção dos últimos cadernos de Mina, de Seward e o meu próprio, e do memorando de Van Helsing.

Não poderíamos pedir que alguém os aceitasse como prova de uma história tão fantástica – mesmo que quiséssemos fazê-lo, Van Helsing resumiu tudo quando disse, com nosso filho sentado sobre seus joelhos:

– Não queremos provas; não estamos pedindo a ninguém que acredite em nós! Algum dia, este menino saberá que mulher valente e notável é sua mãe. Já conhece o quanto ela é adorável e afetuosa; mais tarde compreenderá como certos homens a amaram tanto a ponto de se arriscar para a sua salvação.

Jonathan Harker

SOBRE O AUTOR

Abraham "Bram" Stoker nasceu em 1847, na Irlanda. Era amigo de Henry Irving, com quem trabalhou na administração do Lyceum Theatre de Londres. Escreveu diversos livros além da obra-prima *Drácula* (1897) e se dedicou também a adaptações para o teatro. Bram Stoker faleceu em Londres, em 20 de abril de 1912.

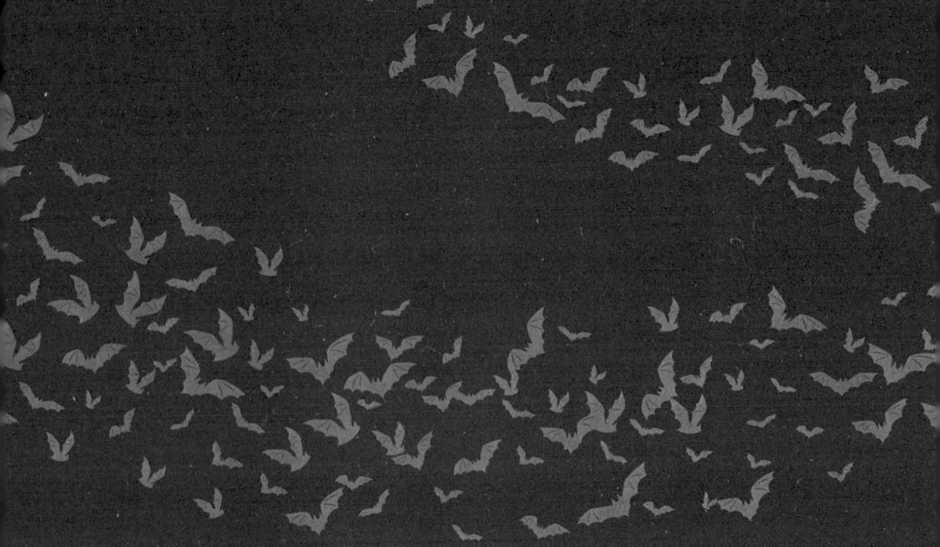

DIREÇÃO EDITORIAL
Daniele Cajueiro

EDITORA RESPONSÁVEL
Ana Carla Sousa

PRODUÇÃO EDITORIAL
Adriana Torres
Mariana Bard
Laiane Flores

REVISÃO
Agatha Machado
Eduardo Carneiro

CAPA, PROJETO GRÁFICO DE MIOLO
E DIAGRAMAÇÃO
Anderson Junqueira

Este livro foi impresso em 2020
para a Nova Fronteira.